Ne jamais te croire

Melissa Marr

Ne jamais te croire

Traduit de l'anglais (américain)
par Blandine Longre

wiz
Albin Michel

Melissa Marr a grandi en croyant aux fées et aux fantômes. Après avoir enseigné la littérature à l'université pendant dix ans, elle s'est mise à écrire sur sa fascination pour les légendes. Melissa vit actuellement à Washington, consacre son temps à ses livres, et croit toujours aux fées.
Après *Ne jamais tomber amoureuse* (Wiz), *Ne jamais te croire* est le second volet d'une tétralogie, best-seller aux États-Unis.

Titre original :
INK EXCHANGE
(Première publication : HarperTeen,
an imprint of HarperCollins Publishers Inc., New York, 2008)

Ce roman est dédié à tous ceux qui ont connu l'abîme et qui ont su retrouver la terre ferme (ou sont en voie de le faire) – vous êtes la preuve vivante qu'il n'y a rien d'impossible.

Ainsi qu'à A.S. qui a partagé ses ombres avec moi – en espérant que tu as trouvé ce dont tu avais besoin.

Prologue

Automne

Irial observait la fille qui remontait la rue sans se presser : il émanait d'elle terreur et fureur. Il resta dans l'ombre de la ruelle, devant la boutique de tatouage, mais tandis qu'il finissait sa cigarette, son regard demeura rivé sur elle.

Il s'avança à l'instant précis où elle passait devant lui.

Quand elle le vit, son cœur se mit à battre trop vite. Elle redressa les épaules – elle ne s'enfuit ni ne recula, intrépide malgré les ombres qui lui collaient à la peau – et tendit la main vers le bras d'Irial. Son nom et sa généalogie y apparaissaient en écriture oghamique[1], une inscription ornée de spirales et d'entrelacs qui se transformaient en chiens stylisés.

– C'est magnifique. Un travail signé Rabbit ?

---

1. L'écriture oghamique ou ogam : écriture sacrée en usage dans le monde celte et dans les îles Britanniques à partir des premiers siècles après J.-C. *(Toutes les notes sont de la traductrice.)*

Il acquiesça et se dirigea vers la boutique. La fille lui emboîta le pas.

– J'envisage de m'en faire faire un bientôt. Seulement, je n'ai pas encore choisi mon motif, annonça-t-elle avec un air de défi.

Il resta muet.

– Je m'appelle Leslie, ajouta-t-elle.

– Et moi, Irial.

Elle aurait tant voulu continuer à lui parler, attirer son attention. Elle avait soif de quelque chose. S'il avait encore eu l'habitude de se servir des mortels comme de jouets, il aurait pu s'amuser avec elle, mais il était là pour affaires, non pour collectionner des babioles ; aussi garda-t-il le silence, sans pour autant cesser de la dévisager. Il ouvrit la porte de *L'Encre et l'Aiguille* et s'effaça devant elle.

Dans la boutique, Leslie s'écarta de lui pour aller discuter avec une fille aux cheveux noirs, qui les scrutait d'un air méfiant. Ils n'étaient pas seuls dans le magasin, mais pour Irial, seule comptait cette fille aux cheveux noirs. Irial savait exactement qui elle était : n'avait-il pas lui-même lancé la malédiction qui avait entravé le Roi de l'Été des siècles plus tôt ? Il avait sous les yeux celle qui deviendrait la Reine de l'Été. Le problème. Celle qui changerait tout.

Bientôt.

Irial l'avait senti dès l'instant où Keenan l'avait choisie et lui avait volé sa mortalité. C'était pour cette raison qu'Irial était venu voir Rabbit : des bouleversements s'annonçaient. Le souverain de l'Été allait retrouver sa liberté... et probablement se venger de ceux qui l'avaient entravé – pour la première fois depuis des siècles, l'hypothèse d'une véritable guerre ne pouvait être écartée. Malheureusement, la paix était une autre possibilité, et celle-ci ne plaisait guère à Irial.

– Tu as un moment à m'accorder, Rabbit ? demanda Irial.

Une question toute rhétorique. Rabbit avait beau ne pas être un fé à part entière, jamais il n'aurait envoyé promener le souverain de la Cour des Ténèbres.

– Viens dans l'arrière-boutique, répondit le tatoueur.

Au passage, Irial frôla de la main les présentoirs à bijoux aux cadres d'acier. Il le savait, Leslie ne l'avait pas quitté des yeux. Il referma la porte derrière lui et tendit à Rabbit les fioles de verre remplies du sang et des larmes de la Cour des Ténèbres.

– Il va falloir que les échanges d'encre se déroulent plus tôt que prévu. Le temps presse.

– Les fés pourraient... commença Rabbit, avant de reformuler sa phrase. Cela peut sans doute mettre leur vie en danger ; quant aux mortels, ils ont du mal à se rétablir.

– Dans ce cas, trouve un moyen pour que ça marche. *Maintenant.*

Irial essaya de sourire, d'adoucir son expression – effort qu'il consentait rarement face à un Fé des Ténèbres.

Puis il redevint invisible et suivit Rabbit dans la salle principale de la boutique. Mû par une curiosité malsaine, il s'arrêta près de Leslie. Les autres étaient partis, mais elle était restée à contempler des motifs accrochés au mur, images bien moins puissantes que celles que Rabbit, à l'occasion, pourrait dessiner dans sa peau.

– Rêve de moi, Leslie, chuchota Irial, tout en déployant ses ailes autour de la jeune fille, si bien qu'elles les enveloppèrent tous deux.

Leslie deviendrait peut-être assez forte pour subir sans dommage un échange d'encre avec l'un des fés qu'il avait choisis. Sinon, il pourrait toujours l'offrir à l'un de ses sujets plus faible. Même cassé, le jouet resterait adorable : il serait dommage de le gâcher.

1

Au début de l'année suivante

Leslie enfila son uniforme et se prépara aussi vite que possible. Elle referma doucement la porte de sa chambre ; elle n'avait aucune envie de réveiller son père avant de partir. La retraite et lui ne faisaient pas bon ménage. Autrefois, il avait été un père plutôt convenable – avant le départ de sa femme, avant qu'il se mette à la bouteille, avant ses excursions à Atlantic City et Dieu sait où encore.

Son frère Ren était déjà levé ; elle le trouva attablé dans la cuisine, une pipe à la main. Vêtu seulement d'un jean miteux, ses longs cheveux blonds balayant son visage, il paraissait détendu et amical. Il lui arrivait parfois de l'être. Pour de bon.

Il leva les yeux et lui adressa un sourire angélique.

– Tu veux une taffe ?

Elle fit non de la tête et chercha dans le placard une tasse qui ne soit pas trop crasseuse. Rien à faire. Elle sortit alors une canette de soda du compartiment à viande du réfrigérateur.

Depuis le jour où Ren avait mis, à son insu, de la drogue dans une bouteille, elle ne buvait plus que des canettes qu'elle ouvrait elle-même.

Son frère l'observait, l'air heureux, enveloppé d'un nuage chimique. Quand il était sympa et qu'il se contentait de fumer de l'herbe, c'était un bon jour, un jour sans problème.

– Tiens, pour ton petit déjeuner, dit-il en désignant un paquet presque vide de chips au maïs sur le plan de travail.

– Merci.

Elle en prit une ou deux puis ouvrit le congélateur, où elle avait caché des gaufres à toaster. Elles avaient disparu. Elle dénicha un paquet de muesli dans un placard. Son frère n'y touchait jamais : c'était bien trop sain comme nourriture. Leslie trouvait la mixture ignoble, mais au moins, ses réserves restaient intactes.

Elle versa des céréales dans un bol.

– Y'a plus de lait, marmonna Ren, les yeux fermés.

La jeune fille poussa un léger soupir puis s'attabla devant son bol de muesli. *Pas de bagarres. Pas d'histoires.* Quand elle était à la maison, elle avait toujours l'impression de marcher sur un fil, au risque de tomber à la première bourrasque.

Elle se souvint de l'époque où des effluves d'œufs et de bacon l'accueillaient au réveil et que son père préparait du café, quand ils menaient une vie normale. Cela faisait plus d'un an que les choses avaient changé.

Ren posa lourdement ses pieds nus sur la table de la cuisine, déjà encombrée de tout un bric-à-brac : prospectus, factures à payer, vaisselle sale... et une bouteille de bourbon presque vide.

Tout en mangeant, elle ouvrit les factures les plus urgentes – l'eau et l'électricité. Elle constata avec soulagement que son père les avait réglées à l'avance. Ce qu'il faisait quand la chance lui avait souri autour des tables des casinos ou qu'il avait passé quelques jours sans boire, histoire tout de même d'éviter les catastrophes. Pour les courses et la télé par câble (leur abonnement était suspendu une énième fois), inutile de compter sur lui ; la plupart du temps, c'était Leslie qui payait.

Cette fois, j'ai mieux à faire. Elle avait finalement décidé d'aller au bout, de se faire tatouer. Elle y pensait depuis un bon moment, mais jusque-là, elle ne s'était pas sentie prête. Ces derniers mois, c'était devenu une obsession. Elle ne voulait plus attendre. Elle avait sans cesse cette démarche à l'esprit – marquer son corps, se le réapproprier ; une étape qu'elle avait besoin de franchir pour se sentir de nouveau elle-même.

À présent, il ne me reste plus qu'à trouver le bon motif.

– Tu as de l'argent pour payer le câble ? demanda-t-elle à Ren avec un sourire qu'elle espérait amical.

– Peut-être, répondit-il en haussant les épaules. T'es prête à mettre combien ?

– Je ne suis pas en train de négocier. Je veux juste savoir si tu peux régler la facture de ce mois.

Il inspira une longue bouffée de sa pipe et recracha la fumée au visage de Leslie.

– Pas si t'as l'intention de te comporter comme une garce. J'ai des frais, moi aussi. Si t'es pas capable de me rendre service de temps à autre, d'être gentille avec mes copains... à toi de payer la facture.

– Tu sais quoi ? Je n'ai pas besoin du câble.

Elle se dirigea vers la poubelle et y jeta la facture, tout en ravalant la nausée qui lui était venue en l'entendant faire allusion à ses amis. Si seulement quelqu'un dans cette famille se souciait de ce qui lui arrivait.

Si seulement maman ne s'était pas tirée...

C'est ce qu'elle avait fait, pourtant. Elle était partie en laissant Leslie se débrouiller avec son frère et son père. « Ça ira mieux comme ça », avait-elle dit. Ce qui n'était pas le cas du tout. Leslie n'était pas sûre d'avoir envie de revoir sa mère. De toute façon... elle ne savait même pas comment la contacter.

Leslie secoua la tête. Inutile de se morfondre : ça ne l'aidait pas vraiment au quotidien... Elle s'apprêtait à passer devant Ren, quand celui-ci se redressa et l'attira à lui. Elle se raidit immédiatement.

– Qu'est-ce que t'as ? T'as encore tes règles ?

Il se mit à rire. Sa blague grossière et la réaction furieuse de sa sœur le réjouissaient.

– Laisse tomber, Ren. Oublie que j'ai...

– Je paierai la facture. T'inquiète.

Il la relâcha. Elle afficha un sourire factice et murmura :

– Merci, Ren.

– Je m'en occupe. Mais tâche de t'en souvenir la prochaine fois que je te demanderai de sortir avec moi. T'es une bonne distraction quand j'ai besoin qu'on me fasse crédit, ajouta-t-il en la dévisageant d'un air calculateur.

Que répondre à cela ? Pas question de refuser, il referait son numéro de salaud avec elle. Pas question d'accepter non plus. Après ce que ses copains drogués avaient fait – après ce que *Ren* les avait laissé faire –, pas question d'approcher d'eux de nouveau.

Plutôt que de continuer à ressasser, elle alla chercher la facture dans la poubelle et la lui tendit.

– Merci de t'en charger.

En fin de compte, qu'il la paie ou non, cela n'avait pas d'importance. Elle voulait garder son argent pour le tatouage et ne pouvait pas acquitter cette facture ; d'ailleurs, elle ne regardait presque jamais le câble. Elle n'avait pas à payer l'abonnement. Quand elle finissait par le faire, c'était par honte : elle ne voulait pas qu'on puisse penser que sa famille ne pouvait pas régler ses factures. Les choses reviendraient peut-être à la normale si elle sauvait les apparences, se disait-elle. Ce qui lui épargnerait de faire face à l'inévitable pitié et aux murmures des autres le jour où le monde comprendrait que son père était devenu une loque depuis le départ de son épouse, et qu'il découvrirait que son frère était tombé si bas.

À l'automne prochain, elle s'évaderait, irait à l'université, loin d'eux. *Tout comme maman s'est échappée.* Parfois, Leslie se demandait si sa mère avait fui une chose qu'elle ne voulait pas que sa fille apprenne. Si c'était le cas, son départ s'expliquait – mais pourquoi l'abandonner, elle ? Ça, c'était plus difficile à comprendre. *Aucune importance.* Leslie avait déjà envoyé son inscription et sa fiche de vœux à la fac, et rempli tout un tas de demandes de bourses. *C'est ça, l'important : faire des projets, partir d'ici.* L'année prochaine, elle serait en sécurité, dans une nouvelle ville, où elle mènerait une nouvelle existence.

Mais ces pensées ne suffirent pas à faire reculer la vague de terreur qu'elle éprouva à la vue de Ren qui la saluait en silence en levant sa bouteille de bourbon.

Sans un mot de plus, elle empoigna son sac.

– À plus tard, petite sœur, lui lança-t-il.

Non. Pas question.

Une fois arrivée sur le perron du lycée Bishop O'Connell, Leslie avait soigneusement rangé ses peurs dans leur boîte. Elle avait fait des progrès ; à présent, elle détectait les signes avant-coureurs – les coups de téléphone nerveux qui indiquaient que Ren était de nouveau dans le pétrin, les inconnus qui venaient chez eux. Quand les avertissements de ce genre se multipliaient, elle faisait des heures sup au travail. Elle avait posé des verrous sur la porte de sa chambre. Elle ne buvait rien qui vienne d'une bouteille déjà ouverte. Toutes ces précautions ne pouvaient effacer ce qui s'était passé, mais elles l'aidaient à éviter ce qui pourrait arriver.

– Leslie ! Attends ! l'appela Aislinn, derrière elle.

La jeune fille s'arrêta, se força à afficher une expression calme, impassible – même si cela n'avait guère d'importance : Aislinn vivait maintenant sur sa propre planète. Depuis quelques mois, elle sortait avec le beau Seth. Ce qui n'avait rien d'anormal, ils avaient été très amis, avant d'être amoureux. En parallèle, Aislinn s'était mise à fréquenter assidûment un autre, Keenan, ce qui était plus étrange. Apparemment, aucun des deux garçons ne s'en formalisait.

Keenan et l'oncle de ce dernier, Niall, ainsi que les types qui avaient accompagné Aislinn au lycée, restèrent sur le trottoir d'en face à la surveiller tandis qu'elle rejoignait Leslie. Ils affichaient une mine beaucoup trop sérieuse. Immobiles, fidèles au poste, ils n'avaient que faire de tous ces gens qui les regardaient comme s'ils faisaient partie des Living Zombies. Leslie se demanda si Niall jouait d'un instrument. Il était encore plus sexy que les membres des Zombies. S'il jouait d'un instrument et chantait aussi... il ne lui faudrait pas grand-chose pour devenir célèbre avec un air si craquant. Il dégageait une aura mystérieuse. Il avait deux ou trois ans de plus que Leslie et Aislinn, était peut-être déjà étudiant à la fac. Ajoutez à cela des responsabilités étrangement excitantes – guère plus âgé que Keenan, il était pourtant l'un de ses tuteurs. Bref, il paraissait avoir tout de l'homme parfait, et elle ne cessait de le dévisager.

Quand il sourit et lui fit un signe de la main, Leslie dut se retenir d'aller le rejoindre. Lorsqu'il la regardait, elle éprouvait toujours cela. Un élan incompréhensible l'incitait à courir vers lui, comme si un ressort était compressé au fond de son cœur, comme si le seul moyen de relâcher cette tension était d'aller vers lui. Ce qu'elle ne faisait jamais. Elle n'avait pas l'intention de se ridiculiser à cause d'un garçon qui ne lui manifestait pas de véritable intérêt. *Cela arrivera peut-être, malgré tout.* Pour l'instant, les seuls contacts qu'ils avaient eus s'étaient déroulés sous le regard attentif de Keenan et d'Aislinn – moments rares, généralement interrompus par cette dernière, qui trouvait toujours une excuse peu convaincante pour s'éloigner de Niall.

Aislinn posa la main sur le bras de Leslie.

– Allons-y.

Sur ce, elles s'éloignèrent de Niall. Comme toujours.

Leslie se retourna vers Aislinn.

– Waouh. Rianne m'avait parlé de ton bronzage de dingue, mais je ne l'ai pas crue.

D'ordinaire pâle, la peau d'Aislinn était bronzée à la perfection, tout autant que celle de Keenan, comme si la jeune fille vivait sur une plage. Qu'avait-elle donc fait le week-end ? Aislinn se mordit la lèvre – un tic qui signifiait généralement qu'elle se sentait acculée.

– C'est un truc qui arrive l'hiver, ils appellent ça une dépression saisonnière. Il a donc fallu que je prenne un peu le soleil.

– Je vois, répondit Leslie, qui tenta en vain de dissimuler le doute dans sa voix.

Aislinn ne paraissait pas déprimée du tout – d'ailleurs, ces derniers temps, elle n'avait pas franchement de raison de l'être. Elle semblait plutôt gâtée côté argent et affection. À quelques reprises, Leslie l'avait aperçue avec Keenan, et tous deux portaient le même collier d'or, un joyau dont les spirales épousaient parfaitement la forme de leur cou. La garde-robe d'Aislinn, ses nouveaux manteaux d'hiver, ses chauffeurs et – ne l'oublions pas – Seth, que tout cela ne gênait pas du tout. *Déprimée ? Ouais, à d'autres.*

– Tu as pu finir la lecture pour le cours de littérature ? s'enquit Aislinn en ouvrant la porte.

Elles rejoignirent le flot d'élèves qui se pressait dans l'entrée.

– On avait un dîner en banlieue, et je n'ai pas pu terminer, dit Leslie en levant exagérément les yeux au ciel. Et tu sais quoi ? Ren avait même fait des efforts pour s'habiller correctement.

Toutes deux continuèrent de diriger la conversation loin des sujets délicats. Leslie mentait facilement, mais Aislinn n'avait visiblement aucune envie de sortir d'un bavardage anodin. Au bout d'un moment, elle jeta un coup d'œil derrière elle, comme s'il y avait eu quelqu'un, puis, une nouvelle fois, choisit au hasard un thème de discussion banal.

– Tu travailles toujours au *Verlaine* ?

Leslie vérifia derrière Aislinn : elle ne vit personne.

– Bien sûr. Mon père est furieux de savoir que je suis serveuse, mais en réalité, ça me fait une bonne excuse pour expliquer mes horaires bizarres.

Leslie n'avoua pas qu'elle était *obligée* de travailler et que son père n'avait pas la moindre idée de ce qu'elle faisait pour gagner de l'argent. Savait-il seulement qu'elle avait un petit boulot ou qu'elle payait les factures ? La jeune fille n'en était pas certaine. Peut-être croyait-il que Ren s'en chargeait, sans avoir conscience que le jeune homme vendait de la drogue – ou sa propre sœur – pour gagner sa vie. Leslie n'avait pas envie de parler de Ren, d'argent ou de sa famille ; à son tour, elle changea de sujet. Avec un sourire complice, elle passa un bras autour de la taille d'Aislinn et afficha la mine enjouée qu'elle réservait à ses amis.

– Parlons un peu de l'oncle sexy de Keenan. Tu n'aurais pas des informations exclusives sur lui ? Il sort avec quelqu'un ?

– Niall ? Il est juste... il n'est pas... bredouilla Aislinn, les sourcils froncés. Mieux vaut que tu l'oublies. Il y a des garçons plus mignons... ou plutôt, mieux que lui...

– J'en doute, ma belle, l'interrompit Leslie en lui tapotant le bras. Ta vue s'est troublée à force de trop regarder Seth. Niall, c'est le haut du panier !

Il était aussi beau que Keenan, dans un genre bien différent : Niall, lui, avait du caractère. Une longue cicatrice courait de sa tempe à la commissure des lèvres, sans que cela paraisse le gêner. Ses cheveux étaient coupés si court que rien d'autre ne pouvait diminuer le charme de cette balafre irrégulière. Et son corps... *waouh*. Tout en muscles et en longueur, il se déplaçait comme si, depuis la naissance, il était entraîné à quelque art martial oublié. Leslie ne comprenait pas qu'on puisse encore remarquer Keenan quand Niall était à ses côtés. Le premier était assez attirant, avec ses yeux d'un vert surnaturel, son corps parfait et ses cheveux blond roux. Il était superbe, mais il se mouvait de telle façon qu'il n'était pas vraiment fait, selon Leslie, pour le monde civilisé. Il l'effrayait. Ce qui n'était pas le cas du séduisant Niall, qui avait l'air plus doux, plus gentil que Keenan.

Leslie voulut encourager son amie à en dire plus.

– Et donc, du côté des amours...

– Les amours... hum... ce n'est pas son truc, répondit Aislinn d'une voix douce. Et de toute façon, il est trop vieux pour toi.

Leslie n'insista pas davantage. Bien qu'Aislinn passe la plupart de son temps à « ne pas sortir avec » Keenan, elle marquait autant que possible la séparation entre ses camarades de lycée et la bande de Keenan. Quand ces deux mondes se croisaient, Aislinn ne quittait pas Leslie d'un pouce, ne lui laissant aucune occasion de bavarder avec l'entourage de Keenan – surtout s'il s'agissait de Niall.

Un instant, Leslie se demanda si Niall l'aurait autant intriguée si Aislinn n'avait pas constamment fait obstacle. Plus celle-ci agissait de la sorte, plus Leslie avait envie d'approcher Niall. Un garçon plus vieux, qui possédait un corps à se damner, qui n'avait apparemment aucune mauvaise habitude et qui était en quelque sorte tabou... comment ne pas être attirée ?

Mais Aislinn était déjà tellement occupée par Keenan et Seth qu'elle n'avait peut-être pas compris la situation. *Ou bien elle sait quelque chose.* Leslie repoussa cette idée. Si son amie avait une raison légitime de se méfier de Niall, elle le lui aurait dit. Elles avaient beau avoir chacune des secrets qui les emportaient dans une danse étrange, elles étaient encore amies.

– Leslie ! s'écria Rianne en se frayant un passage dans la foule, avec son habituelle exubérance. J'ai manqué le plateau de desserts ?

– Seulement deux délicieux spécimens, aujourd'hui... répondit Leslie en passant un bras sous celui de Rianne.

Les jeunes filles se dirigèrent vers les casiers. On pouvait compter sur Rianne, qui excellait à prendre les choses avec légèreté.

– Sombre-le-Percé n'était donc pas de service aujourd'hui ? demanda-t-elle en décochant un grand sourire taquin à Aislinn.

Celle-ci rougit, comme il fallait s'y attendre.

– Pas de Seth, non. Aujourd'hui, c'était Blond-le-Maussade, accompagné de Balafré-le-Sexy.

Leslie fit un clin d'œil à Aislinn, profitant de ces brefs instants de normalité, de pouvoir sourire. Rianne apportait toujours la joie dans son sillage, et Leslie lui en était reconnaissante. Elles s'arrêtèrent devant le casier d'Aislinn.

– La petite qui nous fournit les desserts s'apprêtait à me dire quand nous allions tous sortir danser, reprit Leslie.

– Je... non... commença Aislinn.

– Tôt ou tard, il va bien falloir que tu partages le magot, Ash. On se sent défavorisées. Défaillantes, soupira Rianne en s'appuyant lourdement sur Leslie. Je crois que je vais m'évanouir...

Un bref instant, Leslie lut de l'envie dans les yeux d'Aislinn, mais cette dernière vit Leslie la dévisager, et son visage redevint aussitôt impassible.

– Parfois, j'aimerais pouvoir... seulement, je crois que ça serait une mauvaise idée.

Rianne était sur le point de répondre, quand Leslie fit non de la tête.

– Laisse-nous une minute, Rianne, je te rejoins ensuite.

Dès que Rianne les eut quittées, Leslie croisa le regard d'Aislinn.

– Ash, je déteste ça... commença-t-elle en agitant la main entre elles.

– Que veux-tu dire ? s'étonna Aislinn.

Celle-ci se tut et resta immobile. L'espace d'un instant, le vacarme qui les entourait parut s'apaiser.

– Je regrette qu'on se mente ainsi, soupira Leslie. On n'est plus de vraies amies, Ash, et ça me manque. Je n'ai pas l'intention de marcher sur tes plates-bandes, mais ça serait bien si on était de nouveau franches l'une envers l'autre. Tu me manques.

– Je ne te mens pas. Je... ne sais pas mentir, répondit Aislinn.

Elle fronça les sourcils, à l'attention, visiblement, de quelqu'un qui se trouvait derrière Leslie. Mais celle-ci ne se retourna pas.

– Tu n'es pas sincère avec moi. Si tu ne veux plus me voir... ajouta Leslie avec un haussement d'épaules. À toi de choisir.

Aislinn lui attrapa les bras et se rapprocha d'elle. Leslie essaya de se dégager, sans y parvenir.

– Amoureuses ! leur lança un imbécile en passant près d'elles.

Leslie se raidit, partagée entre l'envie instantanée de lui faire un doigt d'honneur et sa peur encore toute récente du conflit.

La sonnerie retentit. Les portes des casiers se refermèrent en claquant.

– Je ne veux pas qu'il t'arrive du mal. Il y a... des gens et des choses... et...

– Ma chérie, je ne crois pas qu'ils soient pires que...

Leslie s'interrompit, incapable de terminer sa phrase. Son cœur battait à tout rompre à l'idée de prononcer ces mots à haute voix. Elle secoua son bras.

– Tu peux me lâcher ? Je n'ai pas encore pu prendre mes affaires dans mon casier.

Aislinn obéit et Leslie s'éloigna avant d'avoir à répondre aux questions qui suivraient inévitablement son début de confession. En parler n'y changerait rien. Mais parfois, c'était ce qu'elle désirait par-dessus tout : parler à quelqu'un. Même si, la plupart du temps, elle avait seulement envie de ne plus éprouver ces sentiments affreux, de se fuir elle-même, afin de ne plus ressentir ni douleur, ni peur, ni dégoût.

2

Après les cours, Leslie se dirigea vers la sortie avant qu'Aislinn ou Rianne n'aient le temps de la rejoindre. Elle avait passé une heure de permanence à la bibliothèque, où elle avait parcouru quelques ouvrages sur l'histoire du tatouage et des marquages corporels, des traditions vieilles de plusieurs siècles. Les origines du tatouage la fascinaient – qu'il s'agisse d'adopter un animal totem, de souligner les événements qui surviennent au cours d'une vie, ou d'offrir des signaux visuels permettant d'identifier des criminels. Plus important encore, ces marques trouvaient un écho en elle.

La clochette retentit quand elle poussa la porte de *L'encre et l'Aiguille*.

Rabbit regarda par-dessus son épaule.

– Je suis à toi dans un instant, lui dit-il.

En pleine conversation avec un client, Rabbit passa distraitement la main dans ses cheveux teints en blanc et bleu.

Leslie le salua d'un geste et passa devant lui. Il avait depuis peu laissé pousser un minuscule bouc qui attirait l'attention sur sa lèvre inférieure percée. C'était ce piercing qui avait éveillé l'intérêt de Leslie la première fois qu'Ani et Tish l'avaient amenée à la boutique. Moins d'une semaine plus tard, elle s'était fait faire son propre piercing – caché sous son corsage – et avait commencé à fréquenter assidûment cet endroit.

Elle s'y sentait en sécurité – loin du lycée, loin des tensions désagréables provoquées par les habitudes d'ivrogne de son père, loin des sales types que Ren ramenait à la maison. À *L'Encre et l'Aiguille*, elle était tranquille, détendue – plus qu'en aucun autre lieu.

– Oui, on utilise toujours des aiguilles neuves, répéta Rabbit au client potentiel.

Tout en déambulant dans la boutique, Leslie attrapait au vol les quelques commentaires de Rabbit qui s'enroulaient dans les silences, entre deux chansons – « Autoclave... stérile... comme à l'hôpital... ».

Le regard de l'homme se promenait paresseusement sur les dessins accrochés aux murs, mais il n'était apparemment pas venu là pour prendre rendez-vous. Il était tendu, prêt à déguerpir. Ses yeux étaient trop écarquillés et sa posture trahissait sa nervosité – bras croisés, corps comme replié sur lui-même. Malgré le grand nombre de gens qui entraient dans la boutique, seuls quelques-uns étaient prêts à dépenser de l'argent pour se faire tatouer. Et cet homme n'en faisait pas partie.

– J'ai quelques questions, lança Leslie à Rabbit.

Avec un sourire reconnaissant, celui-ci s'excusa auprès de l'homme en lui disant : « Si vous avez envie de regarder les dessins... »

Leslie se dirigea vers le mur du fond, où elle se mit à contempler les affiches de flash – des images qui pouvaient être choisies immédiatement comme motifs par autant de clients qui le souhaitaient. Fleurs et croix, tatouages tribaux ou géométriques ; la plupart étaient très beaux, mais aucun ne paraissait lui convenir. Les petites pièces qui donnaient sur la salle principale proposaient d'autres styles, beaucoup moins tentants – des pin-up traditionnelles, des silhouettes de squelettes, des personnages de dessins animés, des slogans et des animaux.

Rabbit arriva derrière elle, mais Leslie ne se raidit pas et n'éprouva pas le besoin de se retourner – comme elle le faisait toujours quand elle se sentait prise au piège. C'était seulement Rabbit. Et Rabbit était quelqu'un de fiable.

– Il n'y a rien de nouveau parmi ces images, Leslie.

– Je sais.

Elle tourna les grands cadres accrochés au mur, remplis d'affiches. L'une d'elles représentait une plante grimpante enroulée autour d'une femme à demi-humaine et qui paraissait l'étrangler ; pourtant, la créature souriait, comme si elle en éprouvait du plaisir. *Débile*, pensa Leslie. Elle tourna le cadre suivant. Il était couvert de symboles obscurs et de leur traduction. *Pas mon genre.*

Rabbit laissa échapper un rire rauque – pourtant, il prétendait n'avoir jamais touché à une cigarette de sa vie.

– Vu le temps que tu as passé à regarder ces dessins ces derniers mois, tu l'aurais déjà trouvé, ton motif, s'il était là-dedans.

Leslie se retourna et lui jeta un regard mauvais.

– Dans ce cas, imagine un dessin pour moi. Je suis *prête*, à présent. Je veux aller au bout.

Sur le côté, le pseudo-client s'arrêta devant la vitrine pour examiner quelques bagues.

– Je te l'ai déjà dit, répondit le tatoueur en haussant les épaules d'un air gêné. Si tu veux un tatouage sur mesure, tu m'apportes une idée. Quelque chose. Je ne peux pas travailler sans une base.

L'homme sortit de la boutique ; la clochette retentit.

– Alors aide-moi à trouver une idée. S'il te plaît... Ça fait des semaines que je t'ai donné la fiche d'accord parental.

Cette fois, elle refusait de faire marche arrière. Il lui fallait absolument ce tatouage, comme si cela allait l'aider à mettre de l'ordre dans sa vie, à avancer. C'était son corps, son corps à elle, malgré ce qu'il avait subi ; elle voulait se le réapproprier, se prouver à elle-même qu'il était toujours sien. Elle n'attendait rien de magique, mais l'idée de marquer sa peau pour y inscrire sa propre identité lui semblait être la meilleure façon de reconquérir sa vie. Parfois, il y a de la puissance dans un acte et de la force dans les mots. Elle voulait trouver un dessin qui puisse représenter ses sentiments et le graver sur sa peau comme preuve tangible de sa décision de changer.

– Rabbit ? J'en ai besoin. Tu m'avais dit d'y réfléchir. C'est ce que j'ai fait. J'ai vraiment...

Elle porta son regard vers les gens qui passaient dans la rue, en se demandant si les hommes qui l'avaient... – s'ils étaient là, dehors. Elle n'aurait pas pu les reconnaître, puisque Ren l'avait droguée avant de la leur offrir. Elle se tourna de nouveau vers Rabbit et s'adressa à lui avec franchise – ce qui ne lui ressemblait pas : elle lui avoua ce qu'elle n'avait pas pu dire à Aislinn, plus tôt dans la journée.

– J'ai besoin de changer. Je suis en train de sombrer, tu sais ? Il me faut un tatouage, ou alors, je ne vais pas m'en sortir. Ce n'est peut-être pas la bonne solution, mais pour le moment, c'est tout ce que je me sens capable de faire… tu veux bien m'aider ?

Il resta un instant silencieux, l'air étrangement hésitant.

– N'insiste pas.

Leslie aperçut Ani et Tish sur le trottoir, qui regardaient dans la boutique. Elles lui firent un signe de la main, entrèrent et se dirigèrent vers la chaîne stéréo. Une mélodie plus sombre envahit le magasin – des basses plus graves, une voix rauque. Le volume augmenta tellement que les percussions se mirent à vibrer.

– Ani ! s'écria Rabbit, les sourcils froncés, en regardant sa sœur.

– La boutique est vide, répliqua celle-ci en se déhanchant.

Elle le dévisageait, sans aucun remords. Jamais elle ne reculait devant son frère, même quand celui-ci se montrait bougon. De toute façon, il ne lui aurait pas fait de mal. Il traitait ses sœurs comme si elles étaient les personnes les plus précieuses qui puissent exister. C'était pour cette raison, entre autres, que Leslie le trouvait réconfortant. Lui, au moins, se comportait bien avec ses proches. Pas grand-chose à voir avec son père et son frère à elle.

Rabbit fixa Leslie pendant quelques secondes avant de reprendre :

– Ce n'est pas d'une solution aussi rapide dont tu as besoin. Il faut plutôt que tu affrontes ce que tu cherches à fuir.

– Je t'en prie… j'en ai envie.

Elle sentit les larmes lui picoter les yeux. Rabbit se doutait de trop de choses et elle ne voulait pas de ses discours d'encouragement. Ce qu'elle voulait, c'était une chose qu'elle arrivait à peine à définir – la paix, l'engourdissement, n'importe quoi. Elle garda les yeux rivés sur lui. Comment le convaincre ? Pourquoi refusait-il de lui venir en aide ? Mais rien ne lui vint à l'esprit que cette supplication. « Je t'en prie... »

Il détourna le regard, puis fit signe à Leslie de le suivre dans son bureau. Il tira le verrou et la fit entrer dans la pièce minuscule.

Elle s'arrêta sur le seuil, un peu gênée, mais toujours résolue. L'endroit était à peine suffisant pour contenir tout ce qu'il y avait entassé. Un bureau de bois sombre et massif et deux placards de rangement occupaient le mur du fond. Un plan de travail encombré de divers ustensiles et de prospectus s'étendait sur toute la longueur du mur de droite ; à gauche, un plan de travail identique où étaient installés deux imprimantes, un scanner, un projecteur et une série de bocaux non étiquetés.

Il tira une autre clé de sa poche et ouvrit un des tiroirs du bureau. Sans un mot, il en sortit un mince ouvrage dont le titre était gravé dans la couverture marron. Ensuite, il s'assit dans son fauteuil et la fixa avec tant d'intensité qu'elle eut soudain envie de s'enfuir, comme si tout ce qu'elle savait de lui s'était estompé et qu'elle se retrouvait, sans savoir comment, en danger.

Arrête, c'est Rabbit.

Cette crainte passagère l'avait mise mal à l'aise. Rabbit était le grand frère qu'elle aurait dû avoir, un véritable ami. Il l'avait toujours respectée.

Elle s'installa sur le bureau.

– Tu cherches quoi, exactement ? demanda-t-il en soutenant son regard.

Ils en avaient déjà suffisamment discuté et elle savait qu'il ne voulait pas parler de l'image, mais de ce qu'elle pouvait représenter. Un tatouage, ce n'est pas un dessin, c'est la signification de ce dessin.

– Me sentir en sécurité. Ne plus être en proie à la peur, ne plus souffrir.

Au moment de parler, elle avait baissé les yeux, mais au moins, elle avait *réussi* à l'avouer. Et ce n'était pas rien.

Rabbit ouvrit le livre en son milieu et le posa sur les genoux de la jeune fille.

– Tiens. Ce sont les miens. Ils sont spéciaux. Ce sont des... symboles de changement. Si celui dont tu as besoin est là... tu... est-ce que tu crois que celui que tu recherches se trouve parmi eux ?

La page fourmillait d'images – des motifs celtiques complexes, des yeux scrutateurs derrière des lianes ou des plantes épineuses, des corps grotesques aux sourires maléfiques, des animaux irréels, presque insoutenables à contempler, des symboles dont ses yeux se détournaient aussitôt qu'ils se posaient dessus. Des dessins à la fois surprenants, tentants et repoussants, à l'exception d'une image qui lui mit les nerfs à vif dès qu'elle l'aperçut : des yeux d'un noir d'encre à l'intérieur d'entrelacs noir et gris, eux-mêmes cernés de deux ailes pareilles à des ombres qui se fondaient ensemble. Au centre, une étoile du chaos : huit flèches dirigées vers l'extérieur, quatre d'entre elles étant plus épaisses, comme les lignes d'une croix hérissée de pointes.

Voilà le mien.

Cette idée, le besoin qu'elle éprouvait, sa réaction : tout cela la submergea. L'estomac noué, elle détourna le regard, puis se força à observer les autres dessins. Elle examina les autres tatouages, mais son attention se reportait sans cesse sur cette image envoûtante. *C'est le mien.* Un court instant, par un effet d'optique, elle crut voir un des yeux cligner. Du bout du doigt, elle effleura la page recouverte d'un film plastifié lisse et s'imagina enveloppée dans ces ailes, à la fois dentelées et veloutées. Elle regarda Rabbit.

– Celui-ci. J'ai besoin de celui-ci.

Plusieurs expressions traversèrent simultanément le visage du jeune homme, donnant l'impression étrange qu'il ne savait pas s'il devait être surpris, content ou terrifié. Il reprit le livre et le referma.

– Pourquoi ne pas prendre quelques jours de réflexion...

– Non, dit-elle en posant la main sur son poignet. Je suis sûre de moi. Et je suis plus que prête et cette image... si elle avait été affichée dans la boutique, je l'aurais déjà sur la peau. S'il te plaît...

Elle frémit. L'idée que quelqu'un d'autre puisse avoir ce dessin lui déplaisait. C'était le *sien*. Elle en était convaincue.

– Ce tatouage est une pièce unique. Si tu le portes, personne d'autre ne pourra l'avoir. Mais... hésita-t-il en fixant le mur derrière Leslie, il te transformera, et tout sera changé.

– Tous les tatouages impliquent une transformation, répondit-elle d'une voix qu'elle espérait neutre, même si le ton hésitant de Rabbit la frustrait.

Il la faisait attendre depuis des semaines. Et son tatouage était là, devant elle, à portée de main.

Le tatoueur rangea le livre dans son tiroir tout en évitant le regard de la jeune fille.

– Ce que tu recherches... ces changements que tu espères... il faut que tu en sois absolument convaincue.

– Je le suis, répliqua-t-elle en rapprochant son visage du sien pour le forcer à la regarder.

– Elle a trouvé ? s'enquit Ani en passant la tête par la porte.

Rabbit l'ignora.

– Dis-moi ce que tu as éprouvé quand tu l'as choisi. D'autres t'ont-ils... tentée ?

– Non, seulement celui-ci. Et je le veux. Très vite. Maintenant.

Elle disait vrai. Elle avait l'impression d'assister à un banquet auquel elle n'aurait pas été invitée – comme un désir impérieux qu'il lui fallait immédiatement combler.

Après l'avoir longuement observée, Rabbit la serra un bref instant dans ses bras.

– Qu'il en soit ainsi.

Leslie se retourna vers Ani.

– Le motif me va à la perfection. C'est une étoile du chaos, avec des entrelacements, des yeux étonnants et des ailes qui ressemblent à des ombres.

Ani jeta un coup d'œil à son frère, qui acquiesça, puis elle laissa échapper un sifflement d'admiration.

– Tu es plus forte que je ne croyais. Attends que Tish l'apprenne. Tish ? l'appela-t-elle. Devine lequel Leslie a choisi...

– Sans déconner ?! hurla Tish.

Un cri si perçant que Rabbit ferma les yeux.

– Vous savez que vous êtes tous super-bizarres, même pour des gens qui vivent dans une boutique de tatouage ? leur dit Leslie en secouant la tête.

Rabbit se contenta de passer tendrement la main dans les cheveux de la jeune fille, comme il le faisait avec ses sœurs.

– J'ai besoin de deux jours pour me procurer l'encre qu'il me faut pour ce tatouage. Tu as encore le temps de changer d'avis.

– N'y compte pas, répliqua Leslie.

Elle éprouva l'envie inhabituelle de pousser le même cri que Tish. Bientôt, elle l'aurait. Le tatouage idéal.

– Maintenant, parlons du prix, ajouta-t-elle.

Niall vit Leslie quitter *L'Encre et l'Aiguille*. Quand elle marchait en ville, elle se redressait et avançait d'un pas ferme. Une démarche qui ne concordait pas avec les peurs tapies en elle, il le savait. Aujourd'hui, sa confiance en elle semblait pourtant presque réelle.

Il se détacha du mur de brique contre lequel il était resté appuyé pendant qu'elle se trouvait dans la boutique de tatouage et avança d'un pas. Alors qu'elle marquait un temps d'arrêt pour scruter les ombres de la rue, Niall toucha légèrement une mèche de cheveux retombée sur sa joue. La chevelure de la jeune fille, presque aussi brune que la sienne, n'était pas assez longue pour qu'elle puisse l'attacher vers l'arrière, ni assez courte pour qu'elle reste en place – ce qui suffisait à intriguer le fé.

Tout comme elle-même m'intrigue.

Ses doigts se contentèrent d'effleurer la joue de Leslie, si bien qu'elle ne réagit pas. Il se pencha plus près afin de humer l'odeur de sa peau. Avant d'aller travailler, elle dégageait une senteur de lavande, celle du shampooing qu'elle utilisait ces temps-ci.

– Qu'est-ce que tu fabriques dehors, de nouveau seule ? Tu sais pourtant que ça n'est pas prudent.

Elle ne répondit pas. Elle ne répondait jamais. Les êtres humains ne voyaient pas les fés, ne pouvaient pas non plus les entendre – en particulier les mortels qui devaient tout ignorer du Petit Peuple et de ses cours royales : la Reine de l'Été insistait sur ce point.

À l'origine, à la demande du roi, Niall s'était chargé de quelques tours de garde afin de veiller sur Leslie. Il pouvait marcher près d'elle et lui parler autrement que lorsqu'il était visible. La façon dont cette mortelle le regardait – comme un homme meilleur qu'il ne l'était, comme si son charme ne devait rien à sa position hiérarchique à la Cour de l'Été – le grisait ; beaucoup trop, à vrai dire.

Et même si sa reine ne le lui avait pas demandé, Niall aurait malgré tout voulu veiller sur Leslie. Mais Aislinn le lui avait ordonné. Celle-ci, contrairement à Leslie, avait vu la laideur du monde féerique lorsqu'elle était encore mortelle. Depuis qu'elle était Reine de l'Été, elle s'efforçait de trouver un équilibre avec la Reine de l'Hiver, une nouvelle venue, elle aussi. Cela ne lui laissait pas beaucoup de temps pour prendre en charge la sécurité de ses amis mortels. Une telle tâche n'était habituellement pas confiée à un conseiller royal, mais depuis des siècles, Niall était davantage un membre de la famille qu'un simple conseiller auprès du Roi de l'Été. Keenan lui avait laissé entendre qu'Aislinn se sentirait rassurée de savoir qu'un fé de confiance veillait sur ses amis les plus proches.

Au début, il ne s'agissait que de quelques tours de garde ; mais Niall faisait des heures supplémentaires de plus en plus souvent. Ce qui n'avait pas été le cas avec les autres mortelles : elles ne le fascinaient pas autant que Leslie. Celle-ci oscillait entre vulnérabilité et audace, férocité et frayeur. Autrefois, lorsqu'il collectionnait les mortelles et les traitait comme des jouets, elle lui aurait paru irrésistible. Mais à présent, il était plus fort.

Et meilleur.

Il écarta ces pensées et observa le déhanchement de Leslie, tandis qu'elle avançait dans les rues de Huntsdale avec un courage – *ou plutôt une inconscience* – qui allait à l'encontre de ce qu'il connaissait d'elle. Sans doute serait-elle déjà rentrée chez elle, si elle y avait été en sécurité. Ce qui n'était pas le cas. Il en avait été témoin la première fois qu'il s'était retrouvé devant chez elle, il avait entendu son ivrogne de père, son ignoble frère. De l'extérieur, la maison pouvait sembler charmante, mais c'était une illusion.

Comme tant d'autres choses dans sa vie.

Il jeta un coup d'œil à ses chaussures à talons plats, à ses mollets dénudés, à ses jambes élancées. Cette année, sans qu'on s'y attende, l'été avait débuté très tôt, après une interminable période d'un froid oppressant, ce qui incitait les mortels à découvrir davantage leur peau. Niall ne s'en plaignait pas ; il lui suffisait de regarder Leslie.

– Au moins, tu portes des chaussures convenables, ce soir. Je n'en ai pas cru mes yeux quand je t'ai vue partir au travail dans ces minuscules escarpins, l'autre jour. Ils étaient adorables, cela dit, et j'ai pris plaisir à contempler la courbe tes chevilles.

Elle se dirigea vers le restaurant, où elle afficherait bientôt son sourire artificiel et flirterait avec les clients. Niall l'accompagnerait jusqu'au seuil puis l'attendrait dehors en observant les gens aller et venir, afin de s'assurer que personne ne lui voulait de mal. C'était la routine.

Parfois, il s'autorisait à imaginer comment se passeraient les choses si elle savait qui il était vraiment – si elle le voyait sous son vrai jour. Ses yeux s'écarquilleraient-ils de frayeur devant l'étendue de ses cicatrices ? Le dégoût décomposerait-il son visage si elle apprenait les crimes monstrueux qu'il avait commis avant d'appartenir à la Cour de l'Été ? Lui demanderait-elle pourquoi il se rasait les cheveux ? Et lui-même, serait-il capable de répondre aux questions de cette mortelle ?

– Me fuirais-tu ? dit-il à voix basse, tout en s'en voulant de sentir son cœur s'emballer à l'idée de poursuivre une mortelle.

Leslie s'arrêta en entendant un groupe de jeunes gens la siffler depuis leur voiture. L'un d'eux était penché par la fenêtre, exhibant sa vulgarité, comme si cela faisait de lui un homme. Niall se doutait qu'elle ne pouvait entendre leur voix, tant les basses qui s'échappaient de l'habitacle étaient puissantes. Mais leur attitude suffisait à les rendre menaçants. Leslie se raidit.

La voiture s'éloigna à toute allure, les basses grondantes s'évanouirent. La tempête était passée.

– Ce sont juste des gamins, Leslie, murmura-t-il à son oreille. Reviens à toi. Qu'as-tu fait de ton pas alerte ?

Le soupir qu'elle poussa fut si léger qu'il l'aurait manqué s'il ne s'était tenu tout près d'elle. La tension quitta un peu ses épaules, mais les traits de son visage restèrent tirés. Jamais ils ne paraissaient se détendre. Son maquillage ne parvenait pas à camoufler ses cernes, pas plus que ses manches longues ne dissimulaient les traces violacées qu'avaient laissées les coups de son frère, quelques jours plus tôt.

Si seulement je pouvais intervenir...

Mais cela lui était impossible. Il ne pouvait entrer dans sa vie, dans sa maison. Cela lui était interdit. Il pouvait simplement lui offrir ses mots – des mots qu'elle ne pouvait entendre.

– Si j'en avais l'autorisation, j'empêcherais quiconque de t'ôter le sourire, dit-il pourtant.

D'un air absent, elle posa une main dans son dos et jeta un coup d'œil dans la direction de *L'Encre et l'Aiguille*. Elle sourit. Un sourire identique à celui qu'elle avait eu en quittant la boutique.

– Ah, je vois, tu t'es enfin décidée à décorer cette jolie peau. Qu'as-tu choisi ? Des fleurs ? Un soleil ? commenta-t-il en laissant son regard s'égarer le long du dos de la jeune fille.

Leslie s'immobilisa. Ils avaient atteint le restaurant. Ses épaules s'affaissèrent. Il aurait voulu la réconforter, mais comme tous les autres soirs, il ne pouvait lui faire qu'une seule promesse :

– Je t'attends ici.

Il regrettait qu'elle ne puisse lui répondre, lui dire qu'elle serait contente de le retrouver après le travail. Mais c'était impossible.

Et ça vaut mieux ainsi. Il le savait, même si cela ne l'enchantait guère. Il appartenait depuis si longtemps à la Cour de l'Été qu'il en avait presque oublié son autre existence, mais le fait de regarder Leslie... *de percevoir son âme, la passion qui émane d'elle...* Jadis, à l'époque où il avait été un fé solitaire, où il avait porté un autre nom, il n'aurait pas eu un instant d'hésitation.

– Je suis pourtant d'accord avec Aislinn. Je veux qu'on te protège, chuchota-t-il à son oreille, tandis que les doux cheveux de la jeune fille effleuraient son visage. Je te protégerai d'eux, mais *aussi* de moi.

3

Irial, silencieux, était debout dans la lumière de l'aube. À ses pieds, gisait une de ses fées, morte. Celle-ci, Guin, avait si longtemps porté un charme lui permettant de paraître mortelle qu'il subsistait sur elle des lambeaux de cet accoutrement – une partie de son visage était encore peinte avec du maquillage humain, l'autre était typiquement glorieuse. Elle était vêtue d'un pantalon de toile bleu – *un jean*, comme ses sœurs et elle le lui rappelaient sans cesse – et un corsage qui couvrait à peine sa poitrine. Ce bout de tissu était trempé de sang, du sang de *fée*, qui gouttait sur le trottoir sale.

– Pourquoi ? Pourquoi est-ce arrivé, *a ghrá*[1] ?

Irial se pencha pour écarter une mèche de cheveux ensanglantée du visage de la créature. Autour d'elle, des bouteilles, des mégots de cigarette et des aiguilles usagées. La présence de ces objets ne le choquait plus, car le quartier était plutôt chaud et s'enfonçait de plus en plus dans la violence ces dernières années, depuis que les mortels se disputaient des

1. *A ghrá* : « mon amour » en gaélique irlandais.

territoires. Ce qui l'offensait, c'était l'idée qu'une balle de mortel ait pu faucher l'un des siens. Un accident, sans doute, mais cela ne changeait rien. La fée s'était éteinte.

En face de lui, se tenait la banshee[1] grande et mince qui l'avait fait appeler.

– Qu'allons-nous faire ? demanda-t-elle.

Elle se tordait les mains, réprimant son instinct qui lui dictait de pousser des gémissements aigus. Elle ne résisterait pas bien longtemps, mais Irial ne pouvait pas lui répondre pour l'instant.

Il ramassa la douille de la balle et la fit tourner entre ses doigts. Le cuivre n'aurait pas dû blesser la fée, pas plus que le plomb qu'il avait retiré du cadavre quand il était arrivé sur les lieux. C'était pourtant ce qui s'était passé : une simple balle de mortel avait tué Guin.

– Irial ?

La banshee s'était mordu si fort la langue que des gouttes de sang perlaient entre ses lèvres et coulaient le long de son menton pointu.

– Des balles ordinaires, murmura-t-il, tout en continuant de tripoter les petits morceaux de métal.

Depuis que les mortels avaient commencé à concevoir ces armes, des décennies plus tôt, jamais il n'avait vu l'un des siens en mourir. Certains avaient été blessés, oui, mais ils s'étaient rétablis. Ils guérissaient toujours de la plupart des choses que pouvaient leur infliger les mortels – à l'exception des blessures graves que causaient l'acier ou le fer.

1. Esprit féminin dans la mythologie celtique, présage de mort et messagère de l'au-delà.

– Rentre et pleure sa mort. Quand les autres te rejoindront, dis-leur que cette zone est interdite, à présent.

Il prit le corps sanglant de Guin dans ses bras et s'éloigna, laissant derrière lui la banshee qui partit en courant et en lançant ses pleurs aigus. Ses cris convoqueraient ses fés de la Cour des Ténèbres, désormais vulnérables, et leur apprendraient la terrible nouvelle : un mortel avait tué une fée.

Quelques instants plus tard, quand le Gabriel du moment – le bras droit d'Irial – approcha, le Roi des Ténèbres avait déployé ses ailes, pareilles à un voile mortuaire, au-dessus de la rue. Ses larmes d'un noir d'encre gouttaient sur le corps de Guin, effaçant les dernières traces du charme encore accrochées à elle.

– J'ai attendu suffisamment longtemps pour faire face à la menace que représentent les forces grandissantes de la Cour de l'Été.

– Trop longtemps, répliqua Gabriel. Et si tu attends encore, la guerre se fera selon leurs propres termes, Iri.

Comme ses prédécesseurs, Gabriel – car il s'agissait d'un rang, non pas d'un prénom – était toujours franc. Un trait de caractère précieux.

– Je ne cherche pas à déclencher une guerre entre les cours féeriques. Seulement le chaos.

Irial s'arrêta devant la véranda d'une maison aux volets bien fermés, une des nombreuses demeures qu'il réservait à ses fés dans toutes les villes qu'ils considéraient comme leur chez-soi. Il observa la maison, où l'on apprêterait le corps de Guin pour le deuil du lendemain matin. Bientôt, Bananach apprendrait la mort de Guin ; la fée, assoiffée de guerre, se mettrait à organiser ses interminables machinations. Irial essaierait d'apaiser

Bananach, ce qui ne le réjouissait guère d'avance. Elle s'impatientait de plus en plus, avide de violence, de sang et de destruction.

– La guerre n'avantagerait pas notre cour, reprit Irial, se parlant à lui-même tout autant qu'à Gabriel. C'est le souci de Bananach et non le mien.

– Ni le nôtre, ni celui des Chiens, répondit Gabriel en tendant la main pour caresser la joue de la morte. Guin serait d'accord avec nous. Elle ne soutiendrait pas Bananach, même après ça.

Trois Fés des Ténèbres sortirent de la maison ; une brume fumante les enveloppait, donnant l'impression qu'elle suintait de leur peau. Sans un mot, ils portèrent le corps de Guin à l'intérieur. Sur le seuil, Irial vit qu'ils avaient déjà commencé à accrocher des miroirs noirs dans la maison et à en couvrir toutes les surfaces disponibles, dans l'espoir que quelques bribes de ténèbres aient pu survivre et qu'elles retrouvent leur chemin dans l'enveloppe vide de la fée, pour que l'on puisse au moins tenter de la guérir. Ce qui était impossible : elle était bel et bien morte.

Irial les voyait dans sa rue, ces abominables mortels remplis de tant de douce violence, et qu'il ne pouvait atteindre. *Cela va changer.*

– Retrouvez ceux qui ont commis ce crime. Qu'on les tue.

Dès que le Roi des Ténèbres eut proféré cet ordre, des inscriptions en volutes apparurent entre les oghams qui recouvraient l'avant-bras de Gabriel. Ce dernier transmettait toujours les injonctions d'Irial de cette façon, en les inscrivant sur sa peau, afin d'intimider ses sujets et de souligner qu'il s'agissait de la volonté royale.

– Et que des messagers aillent chercher quelques-uns des sujets de Keenan et de Donia pour la veillée mortuaire.

À l'idée de voir les fés maussades de la Cour de l'Hiver, Irial sourit.

– Amenez aussi des fés solitaires de Sorcha si vous parvenez à en trouver. Sa Haute Cour ne sert pas à grand-chose d'autre. Je ne donnerai pas mon aval en cas de guerre, mais je veux bien instiguer quelques combats.

À la tombée de la nuit, Irial prit place sur son estrade, d'où il voyait ses sujets pleurer la morte. Ils se contorsionnaient, marchaient de long en large et se lamentaient. Les glaistigs[1] aspergeaient le sol d'eau de rivière boueuse. Plusieurs banshees poussaient encore des cris. Les Chiens de Gabriel, revêtus de leur charme humain, leur peau décorée d'encre en mouvement et de chaînes d'argent, plaisantaient entre eux, mais des inquiétudes sous-jacentes planaient dans l'air. Jenny Dentverte et les siens regardaient fixement les autres avec des yeux accusateurs. Seuls les fés-chardons avaient l'air calmes, profitant de l'effroi des autres, se nourrissant de la panique qui imprégnait la salle. Tous savaient que des présages de bouleversements s'annonçaient. Le fait qu'une fée avait été tuée incitait inévitablement à recourir à des mesures extrêmes. En temps normal, il y avait toujours des factions, des murmures de rébellion, mais le *statu quo* était maintenu. Cette fois, la donne avait changé : l'un d'eux était mort.

– Restons à l'écart des rues, tant que nous ne connaissons pas l'ampleur de notre affaiblissement, lança Bananach.

1. Créatures mi-femmes, mi-boucs de la mythologie irlandaise.

Irial promenait son regard sur l'assemblée, évaluait les signes de désaccord, déterminait qui pencherait vers Bananach quand elle se mettrait à les rallier à sa cause.

– Que l'on tue la nouvelle reine, gronda l'un des Chiens. Et l'autre aussi. Ainsi que le Roi de l'Été, si nécessaire.

Ses compagnons acquiescèrent bruyamment. Les Ly Ergs se frottèrent les mains, rouge sang, avec un malin plaisir. Plusieurs partisans de Jenny Dentverte affichaient de grands sourires. Bananach demeurait silencieuse. Elle n'avait pas besoin de parler, tous connaissaient sa préférence. La violence était son unique passion. Elle pencha la tête, un mouvement qui la faisait ressembler à un oiseau, et se contenta d'observer. Irial lui sourit. Elle ouvrit et referma la bouche avec un claquement de mâchoire parfaitement audible, comme si elle avait voulu le mordre. Puis elle ne bougea plus. Tous deux savaient qu'elle n'approuvait pas les projets d'Irial et qu'elle allait le mettre à l'épreuve. Encore une fois. Si elle en avait eu l'occasion, elle l'aurait tué pour semer la discorde à la cour, mais les Fées des Ténèbres ne pouvaient tuer leurs régents.

Quand Gabriel leva une main pour ordonner le silence, les grondements se firent assourdissants. Puis tous se turent et le bras droit d'Irial leur décocha un sourire menaçant.

– Votre souverain va prendre la parole. Il vous *faudra* lui obéir.

Quand Gabriel prenait un ton rageur, personne n'objectait. Depuis qu'il avait sauvagement abattu l'un de ses frères, bien des années plus tôt, parce que ce dernier avait manqué de respect à Irial, rares étaient ceux qui défiaient son autorité. Si Gabriel avait eu la décence politique d'accepter la violence qui allait avec le poste, Irial aurait essayé de lui céder le trône. Cela faisait des siècles qu'Irial cherchait un successeur ; il n'avait trouvé qu'un fé digne de mener ses sujets, mais celui-ci avait rejeté son offre pour aller servir quelqu'un d'autre. Irial chassa cette pensée. Il était encore responsable de la Cour des Ténèbres et revenir sur ce qui aurait pu être ne lui était d'aucune aide.

– Nous ne sommes pas assez forts pour combattre une cour, encore moins pour nous attaquer à deux ou trois cours qui pourraient faire équipe. Parmi vous, qui peut vraiment affirmer que le roitelet et la nouvelle Reine de l'Hiver ne s'allieraient pas ? Croyez-vous que Sorcha ne prendrait pas parti pour l'un ou l'autre camp ? ajouta-t-il avant de marquer une pause et de sourire à Bananach. Surtout pour le camp ennemi. La guerre n'est pas la voie qu'il nous faut.

Il ne précisa pas qu'il n'avait pas envie d'une vraie guerre. Cela serait apparu comme une faiblesse, et un roi faible ne pouvait rester bien longtemps au pouvoir. Si quelqu'un avait été capable de diriger la Cour des Ténèbres sans la mener vers l'autodestruction, Irial aurait abdiqué, mais ce n'était pas pour rien que le Roi des Ténèbres était choisi parmi les fés solitaires. Le souverain prenait plaisir à rester dans l'ombre, mais il était conscient que toute ombre a besoin de lumière pour exister. La plupart de ses sujets avaient du mal à s'en souvenir – ou peut-être ne le savaient-ils pas. Et peut-être n'apprécieraient-ils pas qu'on le leur rappelle maintenant.

La Cour des Ténèbres avait besoin de s'alimenter des plus subtiles des émotions : la peur, la convoitise, la rage, l'envie, la gloutonnerie... entre autres. Sous le régime de Beira, la précédente Reine de l'Hiver – avant que Keenan, le Roi de l'Été, ne retrouve ses forces –, l'air lui-même suffisait à les nourrir. Beira était une reine malveillante, qui infligeait d'atroces souffrances à ses propres sujets ainsi qu'à ceux qui osaient ne pas s'agenouiller devant elle. Une époque pas forcément toujours plaisante, mais reposante, au moins.

– De plus petits conflits peuvent créer l'énergie dont nous avons besoin pour nous alimenter. Il y a quantité de fés que vous pouvez utiliser pour vous nourrir.

– Ainsi, il nous suffit de faire comme si rien ne s'était passé et de nous nourrir de n'importe quel fé que nous trouverons ? demanda l'un des partisans de Jenny, d'une voix qui aurait troublé le plus tranquille des Fés de l'Hiver. Selon moi, nous...

– Nous *obéirons* à notre roi, gronda Gabriel.

Bananach fit de nouveau claquer ses mâchoires, et ses doigts, dont les extrémités étaient munies de serres, pianotèrent sur la table.

– Le Roi des Ténèbres n'est donc pas désireux de combattre ? s'étonna-t-elle. Nous interdirait-il de nous défendre ? De reprendre des forces ? Il préfère attendre que nous soyons encore plus faibles ? Voilà un projet fort... *intéressant.*

Elle va vraiment nous créer des problèmes, cette fois, pensa Irial.

– Si nous combattons, ajouta une fée Dentverte, certains d'entre nous s'éteindront peut-être, mais les autres... Une guerre est souvent source d'amusement, Seigneur.

– Non, rétorqua Irial. Je m'oppose à une guerre. Je refuse que certains parmi vous puissent s'éteindre. Ça n'est pas une solution. Je trouverai un autre moyen de vous protéger.

Si seulement il avait pu leur expliquer. Il se tourna vers Chela, avec laquelle Gabriel s'unissait parfois.

– Chela ? Pourrais-tu t'en charger ? demanda-t-il en lui indiquant un groupe de fés installés autour d'une table, qui avaient souri et acquiescé aux paroles de la fée Dentverte.

Il ne pouvait tolérer aucun acte de désobéissance, surtout quand la rébellion fermentait dans les yeux de Bananach.

Irial alluma une cigarette. Chela traversa la salle d'un pas nonchalant. Les chiens entrelacés, pareils à des tatouages vivants, qui se mouvaient à toute allure sur ses biceps, claquaient des mâchoires. Il émanait d'elle un doux ronronnement qui tenait à la fois du grondement et d'un murmure de contentement. Elle s'approcha du groupe, attrapa la chaise d'un fé-chardon qui s'écroula sur le sol, et prit sa place parmi les fés qui grommelaient.

Plusieurs autres Chiens s'éparpillèrent dans la foule. Gabriel avait annoncé qu'ils soutiendraient la Cour des Ténèbres : ils devaient soit lui obéir, soit le tuer. S'il s'était allié à Bananach, une guerre féerique aurait été inévitable, mais depuis que Gabriel dirigeait les Chiens, il était resté aux côtés d'Irial.

– Une mortelle a choisi de se faire tatouer mon symbole, reprit le Roi des Ténèbres. D'ici quelques jours, elle sera liée à moi. À travers elle, je serai capable de puiser l'énergie de fés et de mortels. Je vous nourrirai jusqu'à ce qu'une autre option s'offre à nous.

Pendant un instant, personne ne réagit. Puis leurs voix s'élevèrent de concert, créant une belle cacophonie.

Jamais il n'avait eu à canaliser sa propre énergie pour la leur transmettre, car ils n'en avaient pas eu besoin. Mais un souverain était lié à tous ceux qui lui juraient loyauté. Sa puissance pouvait naturellement leur redonner des forces. Ce n'était qu'une mesure temporaire, mais cela leur permettrait de rester en vie, le temps de trouver une solution autre qu'une guerre.

Il expira une bouffée de sa cigarette et contempla la fumée se contorsionner dans les airs ; Beira lui manquait. Il haïssait Keenan, qui l'avait vaincue. Il se demanda comment inciter Donia, qui avait succédé à la Reine de l'Hiver, à devenir aussi impitoyable que Beira. L'alliance entre Keenan et Donia avait modifié l'équilibre entre les cours, à un point tel que la paix qui en avait résulté était nuisible à la Cour des Ténèbres. Pourtant, la guerre n'était pas une solution : ses sujets ne pouvaient s'alimenter uniquement de violence, tout comme la terreur ou la luxure ne pouvaient leur suffire. Tout était question d'équilibre, et dans une cour ou l'on s'alimentait des émotions les plus sombres, il était essentiel de trouver un juste milieu.

Une autre dispute qui avait éclaté au centre de la salle attira son attention. Les grondements de Gabriel firent vibrer les murs tandis qu'il enfonçait sa botte dans le visage d'un Ly Erg ; celui-ci s'écroula à terre en perdant tant de sang que l'incident laisserait une nouvelle tache sur le sol. À l'évidence, les Ly Ergs n'étaient pas aussi coopératifs que Gabriel l'aurait voulu. Ils aimaient trop l'idée de carnage et se rassemblaient pour soutenir Bananach chaque fois que celle-ci fomentait une révolte.

Avec un sourire féroce, Gabriel regarda le Ly Erg ramper jusqu'à sa table. Puis il se tourna vers Irial et le salua si bas que son visage toucha le sol – pour dissimuler son large sourire autant que pour lui faire part de son respect.

– Une fois que la mortelle t'appartiendra, dit-il alors à son souverain, nous t'accompagnerons afin de t'aider à semer terreur et chaos parmi les humains. Les Chiens se rangent à la volonté du Roi des Ténèbres et ne changeront pas de camp.

Gabriel ne jeta pas un regard à Bananach et aux fés aux yeux brillants de haine qui l'avaient déjà rejointe, mais son message était suffisamment limpide.

– Parfait, dit Irial en écrasant sa cigarette et en souriant à son compagnon le plus fiable.

Les Chiens possédaient la charmante capacité à inspirer la terreur à la fois aux mortels et au Petit Peuple.

– Nous pourrions soutirer un peu d'effroi à ces désobéissants... murmura Gabriel.

À ces mots, ses Chiens s'emparèrent de quelques fés qui avaient souri lorsqu'une rébellion avait été suggérée.

– La Cour des Ténèbres devrait montrer un peu plus de respect à son souverain, ajouta-t-il.

Les fés se relevèrent gauchement et se répandirent en saluts et en révérences. En revanche, Bananach ne bougea pas d'un pouce. Gabriel croisa son regard et lui sourit de nouveau. Il n'y aurait plus de discussions ni d'opposition directe à Irial ce soir-là. Gabriel se chargerait d'organiser les rangs des fés et de les menacer s'ils refusaient de souscrire aux mesures d'Irial. Ils seraient presque obéissants, par esprit de contradiction. Pour l'instant. Ensuite, Bananach intensifierait ses tentatives de révolte.

– Ce soir, nous nous régalerons, en mémoire de notre sœur décédée, annonça Irial.

Il fit un geste, et quelques Chiens firent entrer un groupe de fés terrifiés qui appartenaient aux Cours de l'Hiver et de l'Été – hormis à la Haute Cour, ce qui n'avait rien de surprenant : ceux-ci rompaient rarement leur isolement.

Irial enlaça une Fille de l'Été tremblante. Les plantes rampantes qui décoraient sa peau se flétrirent au contact du Roi des Ténèbres. Elle avait tant de terreur et de haine en elle qu'il envisagea un instant de la partager avec ses sujets, mais il était encore suffisamment égoïste pour la garder pour lui. Les filles de Keenan étaient toujours un vrai délice. Si Irial se montrait attentif, il pourrait tirer d'elles assez de désir et de peur pour tromper leur faim durant un jour ou deux. Quelquefois, il avait réussi à les rendre tellement dépendantes que, de leur plein gré, elles revenaient régulièrement dans ses bras – tout en le haïssant, car il les forçait à trahir leur roi. Cela lui procurait de grandes satisfactions.

Irial soutint le regard de la Fille de l'Été et s'adressa à sa cour :

– Tout est la faute de leurs souverains. S'ils n'avaient pas tué Beira, nous n'en serions pas là. Ne l'oubliez pas au moment de leur offrir l'hospitalité.

4

La boutique de tatouage était vide quand Leslie entra. Rien ne venait rompre le silence, ni voix ni musique.

– C'est moi ! lança-t-elle.

Elle se dirigea vers la pièce où Rabbit travaillait. Le pochoir du motif qu'elle avait choisi pour son tatouage attendait sur un plateau, près d'un rasoir jetable et d'autres objets divers.

– Je suis un peu en avance.

Rabbit la dévisagea un instant mais ne répondit rien.

– Tu as dit qu'on pouvait commencer ce soir. Faire les contours.

Elle s'approcha du dessin pour l'observer. Une crainte étrange la retint cependant d'y toucher, comme s'il allait s'évaporer une fois en contact avec sa main.

– Je vais fermer la boutique et je reviens, lui dit Rabbit.

Pendant ce temps, Leslie explora la minuscule pièce – essentiellement pour détourner son attention du dessin. Les murs étaient couverts de divers prospectus pour des spectacles ou des conventions de tatouage, la plupart décolorés, annonçant des événements passés depuis longtemps. Quelques photographies encadrées, toutes en noir et blanc, et des affiches de film grand format, mêlées aux prospectus. Comme le reste de la boutique, l'endroit était d'une propreté irréprochable et dégageait une légère odeur antiseptique.

Elle s'arrêta devant plusieurs des photos, sans reconnaître personne. S'y intercalaient des esquisses au crayon et à l'encre, exposées dans des cadres. Sur l'une d'elles, des voyous de l'époque d'Al Capone souriaient à l'artiste. Le dessin, aussi réaliste qu'une photographie, avait été réalisé avec une telle habileté qu'il ne semblait pas à sa place parmi les photos et les affiches. Quand Rabbit revint dans la pièce, Leslie était en train de tracer le contour, du bout des doigts, d'un homme à la beauté étonnante, assis au milieu des gangsters. Tous avaient un physique saisissant, mais c'était *lui*, celui qui était appuyé contre un vieil arbre tordu, qui lui semblait presque familier. Les autres étaient groupés autour de lui, tout près ou derrière, mais à l'évidence, c'était cet homme au centre qui les dominait.

– C'est qui ? demanda-t-elle au tatoueur.

– Des membres de ma famille, répondit-il.

Leslie ne pouvait détacher son attention de l'esquisse. Comme les autres, l'individu portait un costume sombre, mais sa posture arrogante et suffisante donnait l'impression qu'il était plus menaçant que ses compagnons. Un homme qui ne pouvait qu'inspirer la crainte.

Rabbit s'éclaircit la gorge.

– Allez, mets-toi là, qu'on puisse commencer.

Leslie réussit finalement à détourner le regard du dessin ; de toute façon, drôle d'idée d'avoir peur de quelqu'un qui devait maintenant avoir un âge canonique, s'il n'était pas mort depuis longtemps – ou bien d'éprouver du désir pour lui.

Elle tourna le dos à Rabbit et retira son chemisier. Rabbit coinça un bout de tissu sous les bretelles de son soutien-gorge, pour le protéger.

– C'est pas grave si tu fais quelques taches, tu sais, dit-elle.

Puis la jeune fille croisa les bras et s'efforça de ne plus bouger. Malgré sa terrible envie d'être enfin tatouée, elle ne se sentait pas à l'aise en soutien-gorge.

– On y va, t'es bien décidée ? voulut savoir le tatoueur.

– Oui, j'en suis sûre. Aucun regret de dernière minute. Je te jure, ça frise l'obsession. J'en ai même rêvé. Des yeux et des ailes, ajouta-t-elle en rougissant, contente que Rabbit ne puisse pas voir son visage.

– Logique, dit-il en passant quelque chose de froid sur sa peau.

Leslie sourit. Rien ne pouvait déconcerter Rabbit, pour qui même les choses les plus étranges étaient normales. Elle se sentit plus détendue.

– Ne bouge plus.

Il rasa le fin duvet qui couvrait l'endroit où se trouverait le tatouage puis l'essuya avec le même liquide froid. Il s'éloigna pour jeter le rasoir à la poubelle. Elle lança un coup d'œil par-dessus son épaule. Il marqua un temps d'arrêt et la dévisagea d'un air sérieux avant de revenir se placer derrière elle.

Il prit le pochoir.

– Où est Ani ? demanda-t-elle.

Rares étaient les fois où Ani, généralement suivie de Tish, n'était pas à la boutique quand Leslie s'y trouvait. Comme si elle avait été munie d'un radar qui lui permettait de retrouver la trace de quelqu'un, sans qu'il soit possible d'expliquer comment.

– Ani avait besoin de calme.

Il posa la main sur sa hanche pour qu'elle se tourne un peu. Puis il vaporisa un autre produit sur sa peau – au sommet de sa colonne vertébrale, entre les épaules, sur toute la largeur de son dos, en se concentrant sur l'endroit où les ailes, d'après les calculs de Leslie, se réuniraient. Tandis qu'il appliquait le pochoir sur sa peau, la jeune fille ferma les yeux. Même ce simple geste lui parut palpitant.

Il ôta le pochoir.

– Dis-moi s'il est bien positionné.

Elle se dirigea au plus vite vers le miroir accroché au mur ; là, à l'aide d'un miroir plus petit, elle contempla son reflet et vit son tatouage – le tatouage idéal, reproduit sur sa peau. Elle eut un sourire si large qu'elle en eut mal aux joues.

– Bon sang, oui. C'est parfait.

– Assieds-toi, lui dit-il en lui indiquant la chaise.

Elle prit place au bord du siège et observa Rabbit qui enfila méthodiquement des gants, ouvrit un emballage contenant un bâtonnet stérilisé ; il l'utilisa pour prendre un peu de pommade dans un pot et la déposa sur un plateau couvert d'un tissu propre. Il sortit ensuite plusieurs minuscules capsules qu'il déposa au même endroit, et dans lesquelles il versa de l'encre.

Je l'ai vu faire des dizaines de fois. C'est parfaitement banal. Pourtant, elle ne put détacher son regard du plateau.

Rabbit continua les préparatifs en silence, comme si Leslie n'avait pas été là. Il ouvrit un emballage et en tira un long fil de métal. On aurait pu croire qu'il ne s'agissait que d'une seule aiguille, mais vu les heures passées à écouter le tatoueur parler de son travail, elle savait qu'au bout du fil, il y avait plusieurs aiguilles. *MES aiguilles. Pour MON tatouage. Sur MA peau.* Rabbit les inséra dans la machine. Le léger frottement du métal en contact avec un autre métal fut suivi d'un déclic à peine audible. Leslie, qui avait retenu son souffle, expira profondément. Elle aurait voulu demander à Rabbit la permission de tenir la machine de tatouage et d'enrouler ses doigts autour des courbes presque primitives, des pièces anguleuses – mais elle savait qu'il refuserait. Alors, elle se contenta de le regarder régler le dispositif. Elle frissonna. L'appareil ressemblait à une petite machine à coudre rudimentaire, avec laquelle il allait broder son beau tatouage. Le processus avait quelque chose de primitif auquel Leslie était sensible, et lui donnait l'impression qu'ensuite, elle se métamorphoserait irrévocablement et que c'était exactement ce dont elle avait besoin.

– Tourne-toi de ce côté, lui dit Rabbit avant d'étaler de la pommade sur sa peau avec sa main gantée de latex. Prête ?

– Moui...

Elle prit son courage à deux mains, en se demandant brièvement si elle allait avoir mal, sans pourtant vraiment s'en soucier. Elle avait vu certaines personnes se plaindre, comme si la douleur était intolérable. D'autres paraissaient ne pas s'en formaliser. *Tout va bien se passer.* Le premier contact avec les aiguilles la surprit – une sensation de picotement, plus irritante que douloureuse. C'était loin d'être insupportable.

– Ça va ? s'enquit Rabbit, en écartant les aiguilles de sa peau.

– Moui... répéta-t-elle – la réponse la plus claire qu'elle pouvait offrir à cet instant.

Puis, après une pause si longue qu'elle fut sur le point de le supplier de reprendre, il plaça de nouveau les aiguilles sur sa peau. Tous deux restèrent silencieux tandis qu'il traçait les contours du tatouage. Les yeux fermés, Leslie se concentra sur le bourdonnement de la machine, qui s'arrêtait parfois un bref instant puis reprenait. Elle ne voyait rien, mais elle avait observé Rabbit tant de fois qu'elle savait que durant ces pauses, le tatoueur trempait l'extrémité de l'aiguille dans une des petites capsules d'encre, tel un érudit muni de sa plume.

Elle était assise devant lui, le dos tendu, comme si elle avait été une toile vivante. Une sensation merveilleuse. Le bourdonnement de la machine était le seul bruit. Plus qu'un bruit : une vibration qui semblait se glisser sous sa peau et s'enfoncer dans la moelle de ses os.

– Je pourrais rester là toujours, chuchota-t-elle, les yeux clos.

Un rire sombre résonna autour d'elle, comme venu de nulle part. Leslie ouvrit brusquement les paupières.

– Il y a quelqu'un d'autre ?

– Tu es fatiguée. Entre l'école et tes heures supplémentaires... si je ne me trompe pas ? T'as dû t'assoupir.

Il pencha légèrement la tête – de la même façon que ses sœurs ; comme un chien aux aguets.

– Tu veux dire que je me suis *endormie* assise là, pendant que tu me tatouais ? s'étonna-t-elle en se tournant vers lui, l'air soucieux.

– Possible, répondit-il avec un haussement d'épaules.

Il se retourna pour ouvrir une bouteille d'encre en verre marron, bien différente des autres : sur l'étiquette, quelques mots inscrits à la main, dans un langage que Leslie ne reconnut pas. Et quand il la déboucha, il lui sembla que des ombres minuscules en sortirent en se tortillant. *Bizarre*. Elle cligna des yeux, puis les garda rivés sur la bouteille.

– Je dois être vraiment crevée, marmonna-t-elle.

Il versa un peu de cette encre dans une des capsules, en prenant soin de tenir le goulot de la bouteille éloigné de la capsule de plastique ; puis il la referma et changea de gants.

La jeune fille reprit sa position initiale et referma les yeux.

– Je m'attendais à avoir mal, tu sais.

– Ça *fait* mal.

Il rapprocha la machine de son dos et la jeune fille se concentra de nouveau. Chaque fois qu'elle avait regardé Rabbit travailler, le bourdonnement de la machine lui avait paru réconfortant ; la vibration contre sa peau à elle lui semblait stimulante, mais ne lui apportait aucun réconfort. Ce qu'elle éprouvait était différent de ce qu'elle avait imaginé – et pourtant, ça n'était pas douloureux. Malgré tout, elle ne comprenait toujours pas comment elle avait pu s'endormir.

– Tu te sens bien ? demanda Rabbit en essuyant son dos.

– Oui, bien.

Elle se sentait molle et lasse, comme si son squelette avait perdu de sa solidité.

– Tu continues ? voulut-elle savoir.

– Pas ce soir.

– On pourrait le terminer ce soir, pourtant...

– Non. On va avoir besoin de deux séances.

Rabbit se tut et se remit à essuyer sa peau. Il fit glisser sa chaise vers l'arrière. Les roulettes crissèrent sur le sol – comme une grosse pierre roulant sur une grille métallique.

Bizarre.

Elle s'étira – et manqua de perdre connaissance.

Rabbit l'aida à rester droite.

– Attends une seconde avant de te lever.

– Le sang a dû me monter à la tête...

Elle cligna des yeux, s'efforça d'y voir plus clair, tout en résistant à l'envie d'observer les ombres impalpables qui semblaient rôder dans la pièce.

Mais Rabbit était là, il lui montrait son tatouage – *mon tatouage* – à l'aide de deux petits miroirs. Elle essaya de parler... ou peut-être venait-elle de dire quelque chose. Elle ne savait plus. Le temps lui paraissait distordu – ralentissant et accélérant, comme s'il obéissait à une horloge chaotique, lointaine, et se pliait à des rythmes imprévisibles. Rabbit recouvrait son tatouage d'une bande stérile. Simultanément, il l'entourait d'un bras, l'aidait à se mettre debout.

Elle fit un pas chancelant.

– Attention à mes ailes.

Elle trébucha. *Mes ailes ?*

Rabbit n'avait pas réagi. Avait-il seulement entendu ? Ou compris ? Avait-elle vraiment dit quelque chose ? Peut-être pas. Malgré tout, elle se les représentait – de larges ailes sombres, insondables, faites à la fois de plumes et de cuir ancien, douces et tannées, qui lui chatouillaient l'arrière des genoux, là où la peau est la plus sensible.

Aussi douces que dans mon souvenir.

– Rabbit ? Je me sens toute bizarre. Il y a un truc qui cloche. Je me sens vraiment mal.

– Une montée d'endorphine, Leslie, qui te fait planer. Rien d'autre. Tout ira bien. Ça n'a rien d'anormal, répondit-il sans croiser son regard.

Elle comprit qu'il lui mentait.

Elle aurait dû avoir peur, mais ce n'était pas le cas. Rabbit lui avait menti : il y avait donc quelque chose qui clochait, pour de bon. Elle en était persuadée. Elle savait qu'il ne lui disait pas la vérité – comme si on lui avait fait goûter du sucre en prétendant que c'était du sel.

Mais tout cela n'avait pas d'importance. Les aiguilles manquantes de l'horloge du chaos bougèrent de nouveau, et plus rien d'autre ne compta que cet instant : l'encre sur sa peau, la vibration qui traversait ses veines, le sifflement euphorique qui lui donnait confiance en elle – une sensation qu'elle n'avait plus éprouvée depuis bien longtemps.

5

Rabbit lui avait dit où la trouver, mais Irial n'avait pas encore approché la mortelle. Il ne comptait pas le faire avant qu'elle soit suffisamment forte pour être digne de cet effort. Soudain, il sentit leur premier lien, ténu, se mettre en place ; il perçut l'euphorie qu'elle éprouvait tandis que la machine de Rabbit dansait sur sa peau, et il sut qu'il lui fallait la voir. C'était plus fort que lui, cela le taraudait – lui, mais aussi les Fés des Ténèbres, qui tous dépendaient d'Irial. Ils la protégeraient, se battraient pour être à son côté.

Et il était bon d'encourager un tel élan – près d'elle, ils pourraient railler et tourmenter les mortels, obtenir d'eux effroi et angoisse, désir et fureur, des mets délicieux qui assouviraient leur appétit une fois que l'échange d'encre serait achevé. Où que la fille aille, ses fés suivraient. Les mortels seraient servis en festin au souverain et à sa cour – pour l'instant, il n'en avait tiré que de légères bribes, mais cela déjà le revigorait. *Des ombres dans son sillage. Pour moi. Pour eux.* Il prit une profonde inspiration, aspirant une bouffée de ce lien encore précaire que Rabbit forgeait par le biais de sa machine de tatouage.

Irial se fit rationnel : s'il devait être lié à elle, il était logique qu'il aille se rendre compte de son état. Bientôt, il serait responsable de cette fille, qui pourrait, dans bien des situations, devenir un fardeau, une faiblesse. Pourtant, en dépit de toutes ces raisons, il savait que ce n'était pas le bon sens qui le menait, mais le désir. Et le Roi des Ténèbres ne voyait pas pourquoi il aurait dû brider ses appétits ; aussi, assisté de Gabriel, était-il en route pour sa ville, en quête de sa présence, une fois de plus : depuis des années il cherchait à assouvir ses besoins. Il s'enfonça dans son siège, qui s'inclina complètement, tout en savourant le frisson que la conduite en apparence imprudente de Gabriel lui faisait éprouver.

Irial posa sa botte contre la portière et Gabriel grogna.

– La peinture a été refaite récemment, Iri, allez, ôte ton pied de là.

– Relax.

Le Chien remua ses cheveux hirsutes.

– Je ne pose pas mes bottes sur ton lit ou sur tous ces petits canapés qui pullulent chez toi. Enlève-moi ça. Je n'ai pas envie que tu bousilles ma voiture.

Comme tous les autres coursiers des Chiens, celui de Gabriel s'était transformé en véhicule de mortel – une métamorphose si réussie qu'on aurait eu du mal à se rappeler qu'il s'agissait en réalité d'une bête terrifiante. Peut-être était-ce une extension de la volonté de Gabriel ; ou bien seulement une lubie du coursier. Ces créatures imitaient si bien les véhicules des mortels qu'on oubliait sans peine qu'ils étaient des êtres vivants – mais la métamorphose ne fonctionnait que pour les Chiens. Les autres passagers ne savaient que trop bien qui ils étaient vraiment : les coursiers se déplaçaient à une vitesse telle qu'ils projetaient dans les airs les fés ou les humains qui se mettaient en travers de leur passage.

Gabriel fit tourner sa Mustang dans le petit parking qui jouxtait *Le Verlaine*, le restaurant où travaillait la mortelle. Irial baissa son pied et le talon de sa botte raya la vitre – il ne se faisait vraiment pas à l'idée que le coursier de son conseiller était aussi un être vivant.

– On change de code vestimentaire, Gabriel, dit le Roi des Ténèbres, tout en modifiant son apparence.

Si un mortel avait pu l'observer à cet instant, il aurait vu son jean et son tee-shirt céder la place à un pantalon bien repassé et à une chemise rayée. Cependant, il garda ses bottes éraflées. Ce n'était pas le charme qu'il portait d'ordinaire quand il souhaitait se rendre visible aux yeux des humains, mais il ne voulait pas que la mortelle puisse le reconnaître plus tard. Il avait seulement envie de l'épier, et il préférait qu'elle ne se souvienne pas de cette rencontre.

« Se composer un visage à la rencontre des visages rencontrés[1] »... mais non mon véritable visage, pas même le masque que je revêts pour les mortels. Des strates d'illusion...

Irial se rembrunit, ignorant d'où venait cette étrange mélancolie qui l'envahissait, et fit signe à Gabriel de revêtir un charme relativement inoffensif.

– Fais-toi beau.

La transformation de son conseiller fut plus subtile que celle d'Irial : il garda son jean noir et sa chemise sans col,

1. Extrait d'un poème de T.S. Eliot, *La Chanson d'amour de J. Alfred Prufrock* (*The Love Song of J. Alfred Prufrock*, 1917).

mais dissimula ses tatouages sous des manches longues. Sa chevelure indisciplinée était à présent parfaitement peignée, tout comme l'étaient son bouc et ses favoris. Ce n'était pas son charme habituel, à lui non plus. Le visage de Gabriel paraissait plus doux, dépourvu des ombres et des creux qu'il laissait d'ordinaire visibles aux yeux des mortels. Évidemment, ce charme ne pouvait raccourcir sa taille intimidante, mais sa nouvelle allure lui donnait une apparence presque banale.

Alors qu'ils sortaient de la voiture, Gabriel retroussa les lèvres et adressa un sourire sarcastique à quelques gardes de la Cour de l'Été qui se trouvaient là – certainement pour veiller sur la mortelle, une amie de la nouvelle Reine de l'Été. Les soldats, qui le virent sous son vrai jour, eurent un mouvement de recul. Si le Chien se mettait à les provoquer, nul doute qu'il leur infligerait des blessures graves. Tout en poussant la porte du restaurant, Irial le rappela à l'ordre :

– Ce n'est pas le moment, Gabriel.

Celui-ci lança un regard avide aux fés qui s'attardaient dans la rue puis entra.

– Après le dîner, lui dit le Roi des Ténèbres à voix basse, tu pourras rendre visite à ces gardes. Pour l'heure, semons la terreur juste autour de la fille... Elle est là pour ça, d'accord ? Autant profiter de sa présence, pour voir si le lien que j'ai établi avec elle se maintient.

Gabriel sourit, se réjouissant à l'avance des petits ennuis qu'il allait attirer aux gardes de la Cour de l'Été. Leur présence indiquait que ni les Fés de l'Hiver ni ceux de l'Été ne comptaient faire de mal à la fille – aucun fé solitaire n'aurait été assez stupide pour s'en prendre à une mortelle si bien protégée. Bien entendu, cela signifiait aussi qu'Irial aurait le plaisir d'enlever la jeune fille avant qu'ils puissent s'en rendre compte.

– Vous êtes deux ? s'enquit l'hôtesse d'accueil avec un sourire guilleret et plutôt insipide.

Irial jeta coup d'œil rapide sur le plan de salle posé devant l'hôtesse afin de savoir de quelles tables sa mortelle était chargée, puis en indiqua une qui se trouvait dans un coin tamisé, idéal pour les soupers romantiques ou les rendez-vous secrets.

– On prendra celle-ci, au fond, près du ficus.

L'hôtesse les conduisit à leur table, puis Irial attendit qu'elle – *Leslie* – s'approche d'eux, les hanches ondulant légèrement, une expression amicale et chaleureuse sur le visage. Une telle allure lui aurait plu s'il avait été le mortel qu'il prétendait être. Mais vu les circonstances, ce furent les ombres qui dansaient autour d'elle et les fins tentacules qui s'échappaient en serpentant de sa peau à la sienne – seulement visibles aux Fés des Ténèbres – qui lui coupèrent le souffle.

– Bonsoir, je m'appelle Leslie, et c'est moi qui vous servirai ce soir, dit-elle en posant une panière de pain frais sur la table.

Elle se lança dans l'énumération des plats du jour et autres détails insignifiants. Il n'écoutait pas vraiment. Elle avait des lèvres trop fines à son goût, à peine assombries par un rouge à lèvres rose de petite fille. *Ça ne convient pas du tout à ma mortelle.* Mais la noirceur qui s'accrochait de façon si poignante à sa peau était parfaitement appropriée à sa Cour des Ténèbres. Il l'examina et lut ses émotions – chose facile maintenant qu'elle était liée à lui, même si le lien était ténu. Quand il l'avait rencontrée la première fois, il avait compris qu'elle était souillée ; à présent, elle était infestée d'ombres. Quelqu'un lui avait fait du mal, beaucoup de mal, depuis la première fois qu'il l'avait vue.

On avait touché à ce qui lui appartenait ! Dans son esprit, la colère et la raison rivalisaient. Car c'était ce qu'elle avait subi qui faisait qu'elle pouvait devenir sienne. S'ils ne l'avaient pas blessée, elle lui serait restée inaccessible. Si elle n'avait pas résisté aux ténèbres avec tant de succès, elle n'aurait pas été assez forte pour supporter ce qu'il était sur le point de lui infliger. On lui avait fait du tort, mais rien d'irréparable. Elle était fragmentée et puissante – la combinaison idéale pour Irial.

Malgré tout, il les aurait très volontiers punis de mort pour ce qu'ils avaient fait.

Elle se taisait, à présent, ayant à l'évidence terminé d'énumérer sa liste de plats et ses recommandations, et le dévisageait avec insistance, attendant qu'il passe commande. Elle avait lancé un bref regard à Gabriel mais ses yeux étaient rivés sur Irial. Ce qui lui plaisait plus qu'il ne s'y était attendu. Il appréciait la faim qui se dégageait d'elle.

– Leslie, pouvez-vous me rendre un service ?

– Oui monsieur ?

Elle sourit de nouveau, non sans hésitation. Sa peur grandit, ce dont Irial s'aperçut à la vue d'un imperceptible mouvement des ombres qui entouraient la mortelle – son cœur s'emballa.

– J'ai du mal à me décider, répondit-il tout en lançant un regard furieux à Gabriel, dont le rire étouffé se transforma en toux sonore. Pourriez-vous commander à ma place ?

Les sourcils froncés, elle regarda en direction de l'hôtesse d'accueil, qui les observait attentivement.

– Vous devez être un habitué... Excusez-moi, mais je ne me souviens pas...

– Non, je ne viens jamais ici.

Incapable de résister, il effleura son poignet, violant ainsi l'étiquette qui régissait les relations entre fés et mortels. Elle lui appartenait. Ce n'était pas encore officiel, mais quelle importance ? Il lui sourit et, pendant une fraction de seconde, abandonna son charme humain pour lui montrer son vrai visage – comme pour la tester, en quête de son effroi ou de son désir.

– Contentez-vous de commander ce que, selon vous, nous pourrions aimer, ajouta-t-il. Surprenez-moi. J'aime les surprises.

Son masque de serveuse tomba un instant ; son cœur tressaillit. C'est alors qu'il *ressentit* le bref accès de panique qu'elle éprouva. Il ne pouvait pas encore goûter à sa peur, pareille à une odeur âcre s'échappant d'une cuisine, de légères bouffées qui taquinent l'odorat sans qu'on puisse les savourer – pas encore, pas totalement, mais ce serait pour bientôt.

Il ouvrit l'étui à cigarettes de laque noire qui avait ces temps-ci ses faveurs et en tira une cigarette, tout en l'observant, tandis qu'elle tâchait de comprendre ce qu'il voulait.

– Pouvez-vous faire cela, Leslie ? Vous occuper de moi ?

Elle hocha lentement la tête.

– Êtes-vous allergique à quoi que ce soit ou bien...

– Non, aucune allergie à votre menu. Ni moi ni mon compagnon.

Tout en tapotant sa cigarette sur la table pour tasser le tabac, il fixa Leslie jusqu'à ce qu'elle détourne le regard.

Elle posa les yeux sur Gabriel.

– Je commande aussi pour vous ?

Le conseiller se contenta d'un haussement d'épaules, tandis qu'Irial répondait :

– Oui, pour tous les deux.

– Vous êtes sûr ? reprit-elle en le dévisageant attentivement.

Irial se douta qu'elle éprouvait déjà en partie les modifications qui bientôt la submergeraient. Quand la panique s'était emparée d'elle puis s'était évanouie, ses pupilles s'étaient légèrement dilatées. Plus tard, quand elle repenserait à lui, elle se dirait qu'il n'était qu'un client un peu excentrique, rien d'autre. Cela prendrait du temps avant que son esprit accepte les mutations de son corps ainsi que leur ampleur. Les mortels avaient nombre de défenses mentales leur permettant d'admettre ce qui allait à l'encontre de leurs idées préconçues et de leur logique. Parfois, ces mécanismes de défense étaient fort utiles à Irial.

Il prit son temps pour allumer sa cigarette afin de la mettre encore plus mal à l'aise. Puis il se saisit de la main de la jeune fille et déposa un baiser sur ses phalanges – un comportement encore une fois parfaitement inapproprié à la situation.

– Vous allez m'apporter exactement ce dont j'ai envie, j'en suis certain.

La terreur de la mortelle jaillit de nouveau, une émotion à laquelle s'entremêlaient, sans aucun doute possible, une flamme de désir et une pointe de colère. Malgré tout, elle continua de sourire.

– Dans ce cas, je vais passer la commande, répliqua-t-elle en reculant d'un pas et en dégageant sa main de son emprise.

Il tira sur sa cigarette en l'observant s'éloigner. Le sombre lien vaporeux et sinueux qui les unissait s'étira à travers la salle, semblable à un chemin qu'il aurait pu suivre.

Bientôt.

Arrivée sur le seuil de la cuisine, elle se retourna pour le regarder, et il goûta presque à la terreur qui bouillonnait en elle.

Il se passa la langue sur les lèvres.

Très bientôt.

6

Leslie se faufila dans la cuisine, s'appuya contre le mur et s'efforça de ne pas s'effondrer. Ses mains tremblaient. Il fallait que quelqu'un d'autre se charge de cet étrange client. Tout en lui effrayait la jeune fille : l'attention qu'il lui portait, son regard trop intense, ses mots.

– Ça va, *ma belle*[1] ? lui demanda Étienne, le chef pâtissier.

Un homme au tempérament sec et nerveux, capable de se mettre en colère à la moindre contrariété, mais qui pouvait se montrer d'une gentillesse tout aussi inattendue. Ce soir-là, ou du moins à ce moment précis, il semblait d'humeur aimable.

– Oui, bien sûr, dit-elle en affichant un sourire pourtant peu convaincant.

– Tu te sens mal ? Tu as faim ? Un étourdissement ? suggéra Étienne.

– Non, je vais bien. Juste un client exigeant, bizarre... Il m'a touché la main. Il veut... Tu sauras peut-être me dire quoi choisir pour lui...

1. En français dans le texte original.

Elle s'interrompit, soudain en colère contre elle-même, sans qu'elle puisse se l'expliquer – pourquoi demander à quelqu'un d'autre de commander pour lui ? *Absurde*. Ça ne fonctionnerait pas. Elle redressa les épaules et récita à toute allure la liste de ses plats préférés, sans omettre la marquise au chocolat.

– Ce n'est pas au menu de ce soir, objecta l'un des cuisiniers.

Mais Étienne fit un clin d'œil à la jeune fille.

– Pour Leslie, oui. J'ai ma réserve de desserts en cas d'urgence.

Elle fut soulagée, inexplicablement, d'apprendre que ce décadent dessert au rhum et au chocolat était encore disponible. Bien sûr, le client ne le lui avait pas demandé – il n'avait rien demandé ; mais la marquise lui ferait peut-être plaisir.

– Tu es le meilleur.

– Oui, je sais, répondit Étienne d'un ton faussement indifférent, sans pourtant se départir de son sourire. Tu devrais le rappeler à Robert. Régulièrement. Il a de la chance si je reste ici, il a tendance à l'oublier.

Leslie se mit à rire. Le charme irrésistible du chef la détendait. Robert, le propriétaire du restaurant, aurait fait n'importe quoi pour plaire à Étienne – ce n'était un secret pour personne. Ce que le chef faisait semblant de ne pas remarquer.

– La commande de la table six est prête, lança un des cuisiniers.

Leslie reprit alors le travail et afficha de nouveau son sourire de serveuse, tandis qu'elle allait chercher les plats bien chauds.

Au fil de la soirée, Leslie se surprit en train d'observer les deux étranges clients, si souvent qu'elle avait du mal à se concentrer sur les autres tables.

Si ça continue comme ça, ça va être dur pour les pourboires.

Les clients qui cherchaient le contact physique n'étaient pourtant pas rares. Parce qu'elle était serveuse, il y avait toujours des types qui s'imaginaient qu'un peu de charme et un bon pourboire pouvaient lui faire de l'effet. Elle souriait et flirtait parfois avec les convives masculins ; avec les plus âgés, elle souriait aussi et les écoutait un peu plus longtemps lui parler ; avec les familles et les enfants, elle souriait de même et leur prêtait davantage d'attention. C'était ainsi que les choses se déroulaient au *Verlaine*. Robert aimait que son personnel se montre agréable avec les clients. Bien entendu, cela s'arrêtait une fois le service terminé. Elle n'acceptait jamais de rendez-vous avec les hommes qui venaient au restaurant ; et en aucun cas elle ne leur aurait donné son numéro de téléphone.

Je ferais bien une exception pour lui, malgré tout.

Il avait l'air bien dans sa peau, mais donnait aussi l'impression de pouvoir se débrouiller dans les quartiers mal famés de la ville. Et il était séduisant – charme qui n'émanait pas de son visage, mais de sa manière de bouger. Il lui faisait penser à Niall. *Il doit certainement être tout aussi inaccessible.*

C'était peut-être sa façon de l'observer qui lui rappelait l'oncle de Keenan – regards attentifs et sourires langoureux. Quand un type se comportait ainsi avec elle dans une boîte de nuit, elle s'attendait à ce qu'il la drague pour de bon. Mais Niall n'avait jamais rien tenté, malgré les signes d'encouragement qu'elle lui avait donnés. Et peut-être que ce client n'irait pas plus loin lui non plus.

– Leslie ?

Le client ne l'avait pas appelée à haute voix, et pourtant, elle l'avait entendu. Elle se retourna. Il lui fit signe d'approcher.

Elle termina de noter une autre commande auprès d'un habitué qui venait une fois par semaine, en se retenant de traverser la salle en courant. Puis elle navigua entre les tables sans le quitter des yeux, contournant les autres serveurs, s'arrêtant pour laisser passer un couple qui partait du restaurant.

– Vous avez besoin de quelque chose ?

Sa voix lui parut trop douce, trop essoufflée. Une pointe d'embarras la submergea, puis disparut aussi vite qu'elle avait surgi.

– Est-ce que... commença-t-il, avant de s'interrompre pour sourire à quelqu'un qui se trouvait derrière Leslie – comme s'il était sur le point d'éclater de rire d'un instant à l'autre.

Elle fit volte-face. Un groupe de gens qu'elle ne reconnut pas formait un petit cercle autour d'Aislinn, qui lui fit un signe de la main. Ses amis n'étaient pas les bienvenus sur son lieu de travail. Aislinn le savait, pourtant. Mais elle se dirigeait déjà vers Leslie. Celle-ci se retourna vers son client.

– Je suis vraiment navrée. Vous m'accordez une minute ?

– Aucun problème, ma belle, répondit l'homme. Je ne suis pas près de partir.

Il prit une autre cigarette, en se livrant au même rituel que la première fois – il referma son étui d'un petit mouvement sec, tapota sa cigarette sur la nappe et ouvrit son briquet d'une chiquenaude, sans jamais quitter Leslie du regard.

Celle-ci se tourna de nouveau vers Aislinn.

– Qu'est-ce que tu fais là, Ash ? Tu ne peux pas...

– L'hôtesse d'accueil est d'accord pour que tu t'occupes de nous, expliqua son amie en désignant les gens qui l'accompagnaient. Normalement, tu n'es pas chargée de notre table, mais je voulais que ce soit toi qui me serves.

– Impossible, répliqua Leslie, j'ai déjà trop de clients.

– Une autre serveuse pourrait s'occuper de tes tables et...

– Et je vais perdre mes pourboires, ajouta-t-elle en secouant la tête.

Elle ne voulait pas avouer à Aislinn à quel point elle avait besoin de cet argent ; elle ne pouvait pas non plus lui expliquer que son estomac se serrait à l'idée de devoir s'éloigner de l'irrésistible client qui se trouvait tout près d'elle.

– Désolée, Ash, je ne peux pas.

Au même instant, l'hôtesse s'approcha d'elles.

– Pourrais-tu t'occuper de ce groupe ainsi que de tes tables ? Ou tu préfères que quelqu'un d'autre se charge de tes autres clients ?

La colère monta en elle, aussi fugace que vibrante. Elle eut du mal à conserver son sourire.

– Je peux m'occuper de mes tables et du groupe.

Aislinn lança un coup d'œil hostile aux deux clients qui se trouvaient derrière Leslie, puis rejoignit ses amis. L'hôtesse s'éloigna à son tour. Leslie, furieuse, se retourna vers *lui*.

Il tira longuement sur sa cigarette puis expira la fumée.

– Eh bien, elle semble très possessive. Ce regard noir qu'elle m'a décoché voulait-il dire que je ne devrais pas m'intéresser de trop près à son amie ?

– Je suis désolée de cet incident, répondit Leslie, le visage crispé.

– Vous êtes ensemble, toutes les deux ?

– Non. Je veux dire... ajouta-t-elle en rougissant, je ne suis pas...

– Vous avez quelqu'un ? Vous sortez avec un de ses amis, peut-être ? lui demanda-t-il d'une voix aussi savoureuse que l'un des desserts d'Étienne, chaude et décadente, destinée à être dégustée.

Spontanément, elle pensa à Niall, l'homme de ses fantasmes. Puis écarta cette idée.

– Non. Je n'ai personne.

– Je devrais peut-être revenir un soir où il y a moins de monde ?

Du bout du doigt, il effleura l'intérieur du poignet de Leslie – c'était la troisième fois qu'il la touchait.

– Pourquoi pas ?

Elle éprouva soudain le besoin de s'échapper en courant – il était toujours aussi attirant, mais il la dévisageait avec une intensité telle qu'il en paraissait menaçant.

Il sortit une poignée de billets de sa poche.

– Voilà pour le repas.

Puis il se leva et s'approcha si près de Leslie qu'un désir de fuite instinctif s'empara d'elle. Elle se sentit tout à coup nauséeuse. Il fourra l'argent dans sa main.

– Je viendrai vous revoir un autre soir.

Elle recula d'un pas.

– Mais vous n'avez pas fini.

Il s'approcha de nouveau d'elle, si près qu'il aurait pu être sur le point de l'embrasser ou de danser avec elle.

– Je ne suis pas partageur.

– Mais...

– Ne vous inquiétez pas, ma belle. Je reviendrai quand votre amie ne sera pas là pour me lancer des regards hargneux.

Elle jeta un coup d'œil aux billets qu'elle avait à la main puis leva les yeux vers lui. *Oh, bon sang.* Leslie émergea de sa confusion et revint à elle, prenant conscience de l'énorme somme d'argent qu'il lui avait donnée. Elle tenta aussitôt d'en rendre une partie.

– Attendez, vous vous êtes trompé…

– Pas du tout.

– Mais…

Il se pencha vers elle et lui murmura à l'oreille :

– Tu mérites que je vide mes coffres pour toi.

Un bref instant, elle crut sentir quelque chose de doux l'envelopper. *Des ailes.*

Puis il recula.

– Allez servir votre amie. Je reviendrai vous voir quand elle ne sera pas là pour nous épier.

Sur ce, il quitta le restaurant. Elle resta immobile au milieu de la salle, avec dans les mains plus d'argent qu'elle n'en avait jamais vu de sa vie.

7

Quand Niall arriva au *Verlaine*, Irial était déjà parti. Deux des gardes postés à l'extérieur du restaurant avaient subi des morsures au bras et saignaient abondamment. Non sans embarras, il regrettait de ne pas avoir été appelé plus tôt sur les lieux, mais il rejeta cette pensée avant de devoir y revenir. Quand Irial s'en prenait aux fés de la Cour de l'Été, c'était Niall que l'on convoquait. Le Roi des Ténèbres répugnait à frapper le conseiller de Keenan. En revanche, Gabriel n'avait aucun scrupule à attaquer Niall ; apparemment, la proximité d'Irial le rendait plus violent encore.

– Ce Gabriel, l'informa l'un des hommes-sorbiers en frissonnant, il est arrivé sans prévenir et s'est jeté sur nous.

– Pourquoi ? s'étonna Niall en regardant autour de lui en quête d'un indice, d'un motif qui aurait pu inciter Gabriel à se comporter ainsi.

Niall avait peut-être choisi d'éviter autant que possible le bras droit d'Irial, mais il n'avait pas oublié ce qu'il avait appris quand il vivait à la Cour des Ténèbres : Gabriel n'agissait jamais sans bonne raison, même si ce n'était pas toujours évident pour les gens de la Cour de l'Été. Voilà pourquoi, entre autres, il était au fond un atout pour la Cour de l'Été : lui seul était capable de comprendre les mauvais penchants des autres cours.

– La mortelle a parlé avec Gabriel et le Roi des Ténèbres, lui dit une femme-sorbier en pansant son bras sanglant avec un bandage en soie d'araignée.

Elle tenait la bande serrée entre ses dents tout en l'enroulant autour de son biceps. Niall aurait pu lui apporter son aide, mais il savait qu'elle s'était entraînée auprès des glaistigs ; cela faisait d'elle une excellente combattante mais signifiait aussi qu'elle rejetterait d'emblée toute manifestation de pitié.

Niall détourna les yeux. Il aperçut Leslie derrière la vitre du restaurant, en train de sourire à la Reine de l'Été, tout en remplissant un verre d'eau. Une tâche parfaitement banale, qui n'avait rien de captivant ; et pourtant, il eut soudain la bouche sèche. Il voulait aller vers elle, il avait envie de... choses qu'il n'aurait pas dû rêver pouvoir faire avec une mortelle. Sans réfléchir, il traversa la rue, s'approcha de cette fenêtre et plaça ses mains sur la vitre froide – un mince obstacle qu'il aurait pu briser d'une simple pression, avant de sentir les bords de la vitre traverser sa peau et de se précipiter vers elle, puis de plonger son corps dans le sien. *Ainsi, elle me verrait pour de bon, je pourrais lui laisser voir...*

– Niall ? Tu veux qu'on rentre là-dedans ?

C'était la femme-sorbier : elle se tenait près de lui et regardait par la fenêtre.

– Non, répondit Niall en détournant le regard de Leslie.

Il s'obligea à penser à des choses moins tentantes. Cela faisait pourtant des mois qu'il veillait sur elle, et il n'avait aucune raison d'entretenir soudain des idées aussi irrationnelles. Écœuré par sa propre faiblesse, Niall secoua la tête.

– Vous pouvez rentrer, reprit-il. Aislinn est entourée de nombreux gardes. Quant à la mortelle, je m'en charge.

Sans un mot, la femme-sorbier et ses compagnons s'éloignèrent, et Niall alla se poster à l'entrée du restaurant où, tant de fois déjà, il avait attendu Leslie. Il s'appuya contre le mur de brique, dont il sentit les aspérités familières contre son dos, et observa les visages des mortels et des fés qui passaient dans la rue. Il se força à repenser à ce qu'il était, à ce qu'il avait commis avant de comprendre qui était vraiment Irial et à quel point il était malfaisant. *Autant de bonnes raisons pour ne pas toucher à Leslie. Jamais.*

La première fois que Niall avait circulé parmi les mortelles, il les avait trouvés captivantes. Elles étaient emplies de passion et de désespoir, faisant de leur mieux pour obtenir un peu de bonheur dans leurs existences beaucoup trop limitées dans le temps, et la plupart n'hésitaient pas à relever leurs jupes en échange de quelques mots gentils de sa part. Leur bon vouloir étourdissant et leurs caresses de mortelles n'auraient pas dû lui manquer. Il savait à quoi s'en tenir. Cependant, parfois, s'il était sincère avec lui-même, il devait reconnaître qu'elles lui manquaient vraiment.

Agrippée au bras de Niall, la fille pleurait. Le fé à la chevelure sombre s'approcha. La fille s'était dénudée quand elle était entrée dans le bois, et sa peau était couverte d'innombrables égratignures.

– C'est une petite chose bien affectueuse, fit observer le fé.

Niall tenta de nouveau de se débarrasser d'elle.

– Elle a bu, je crois. Elle n'était pas si… agressive la semaine dernière, dit Niall en attrapant la main de la fille, qui essayait de déboutonner son pantalon.

– Je vois ça, dit en riant le fé aux cheveux sombres. De vraies bêtes, n'est-ce pas ?

– Les mortelles ? dit Niall en se rapprochant de lui, tout en évitant les mains agiles de la fille. Au début, elles cachent plutôt bien leur nature animale… et puis elles changent.

L'autre fé éclata de rire et attrapa brusquement la fille.

– Peut-être es-tu irrésistible, c'est tout.

Maintenant que la fille était maîtrisée, Niall rajusta ses vêtements. Immobile dans les bras de l'autre fé, elle les regarda tour à tour, comme indifférente.

Le fé aux cheveux sombres dévisagea Niall avec un curieux sourire.

– Je m'appelle Irial. On pourrait peut-être emmener cette chose ailleurs… suggéra-t-il en jetant un coup d'œil au sentier qui menait à la ville des mortels. Dans un lieu plus intime.

L'expression lascive qui s'afficha alors sur le visage d'Irial était la plus séduisante que Niall ait jamais vue. Ses émotions étaient tellement confuses qu'un bref instant, la terreur s'empara de lui. Puis Irial se passa la langue sur les lèvres et rit de nouveau.

– Allez, viens, Niall. Je crois que tu as besoin d'un peu de compagnie.

Plus tard, il s'était demandé comment Irial avait su son nom, et pourquoi cela ne l'avait pas étonné. À l'époque, Niall n'avait qu'une pensée, se trouver constamment près d'Irial, tant il avait chaque jour l'impression de participer à un festin, prenant conscience qu'il n'avait jamais rien goûté d'aussi savoureux de sa vie. Une intensité nouvelle, inouïe. Et il adorait ça.

Les six années qui suivirent, Irial resta très souvent près de Niall, parfois durant des mois. Quand Irial était à ses côtés, Niall se livrait à toutes les débauches imaginables, couchant avec plus de mortelles qu'il n'avait cru possible. Mais cela ne suffisait jamais. Peu importait le nombre de jours que Niall pouvait passer ainsi à se perdre dans un tourbillon de chairs dociles, il n'était jamais rassasié bien longtemps. Il y eut d'autres périodes tout aussi vertigineuses : ils se retrouvaient tous deux, à se repaître de mets exotiques, à se soûler de vins étrangers, à visiter de nouveaux pays, à écouter des chants merveilleux et à parler de tout. Le summum de la perfection – pendant un temps. *Si seulement je ne m'étais pas rendu dans son* bruig[1], *si seulement je n'avais pas vu les mortelles qu'il gardait dans son domaine...* Quand il avait compris quel imbécile il avait été, Niall n'avait pas su qui il haïssait le plus, d'Irial ou de lui.

– Cela fait trop longtemps, Gancanagh[2].

La voix de Gabriel, interrompant ces souvenirs désagréables, fut presque la bienvenue. Le Chien se tenait au bord du trottoir, assez près de la circulation pour que des véhicules imprudents l'effleurent, mais suffisamment loin pour être en relative sécurité. Ignorant le flot des voitures, il regarda autour de lui.

– Les sorbiers sont partis ?

– Oui.

Niall jeta un coup d'œil à l'avant-bras du Fé des Ténèbres, pour vérifier si des ordres venant d'Irial y étaient inscrits, en

1. Terme celtique associé à la mythologie féerique, désignant une habitation commune.

2. Fé mâle de la mythologie irlandaise, connu pour séduire les mortelles.

espérant presque que ceux-ci l'autoriseraient à attaquer Gabriel.

Ce dernier s'en aperçut. Avec un sourire malfaisant, il présenta ses bras à Niall afin que celui-ci puisse en voir l'intérieur.

– Pas de message pour toi. Un de ces jours, j'aurai l'occasion de rétablir la symétrie des balafres sur ton joli visage, mais pas ce soir.

– C'est toujours ce que tu dis, mais jamais il ne t'en donne la permission, répliqua Niall en haussant les épaules.

Était-ce parce qu'il était insensible à la terreur qu'engendrait la présence des Chiens ou parce qu'il avait quitté Irial que Gabriel aimait à la première occasion lui rappeler d'anciennes souffrances ? Généralement, Niall le laissait faire. Ce soir-là, cependant, il ne se sentait pas disposé à supporter la critique. Il demanda donc :

– Crois-tu qu'Irial me préfère à toi, Gabriel ?

Pendant quelques secondes, durant lesquelles les battements de cœur de Niall s'accélérèrent, le Chien se contenta de le fixer.

– Tu es bien le seul à ne pas connaître la réponse à cette question, finit-il par lui dire.

Et avant que Niall puisse répliquer, Gabriel lui donna un violent coup de poing dans le visage et s'éloigna. Niall cligna des yeux pour refouler la douleur inattendue et vit son agresseur descendre la rue d'un pas nonchalant puis calmement refermer ses doigts autour du cou de deux Fés des Ténèbres qui rôdaient apparemment dans les parages. Le Chien souleva de terre les deux Ly Ergs et les étrangla. Une fois qu'ils eurent perdu connaissance, Gabriel les jeta par-dessus ses épaules et partit à si vive allure que de petits démons de poussière tourbillonnants prirent vie dans son sillage.

Cette violence n'était pas inhabituelle, mais l'absence d'ordres inscrits sur la peau du Chien suffisait à éveiller la méfiance de Niall. Inévitablement, la paix relative qui suivait la mort de Beira provoquait des remous dans les autres cours. La façon dont Irial gérait la situation ne concernait pas vraiment Niall, tant que la Cour de l'Été, à laquelle il appartenait, restait protégée ; mais le conseiller de Keenan eut une brève poussée d'inquiétude pour le Roi des Ténèbres, un pincement au cœur qu'il ne se serait jamais avoué à haute voix.

Quand Leslie sortit du restaurant, elle fut agréablement surprise de découvrir qu'Aislinn l'attendait, assise sur le trottoir. Par le passé, elles se retrouvaient parfois après le travail, mais tout avait changé depuis l'hiver.

– Où sont... les autres ? s'enquit Leslie d'une voix hésitante, ne sachant comment désigner ceux qui accompagnaient d'ordinaire Aislinn.

– Seth est sorti, il est au *Crow's Nest.* Keenan est occupé ailleurs. Et je ne sais pas où sont Carla et Rianne.

Aislinn se releva et essuya ses mains sur son jean, comme si le bref contact avec le sol les avait salies – la jeune fille avait beau se trouver à l'aise dans des lieux crasseux où la plupart des gens se sentaient mal, elle tenait à garder un aspect soigné.

Elle jeta un coup d'œil à quelques types qui se trouvaient sur le trottoir d'en face et que Leslie ne connaissait pas. Dès qu'elle détourna le regard, l'un d'eux décocha un grand sourire à Leslie et passa sa langue sur ses lèvres. Sans réfléchir, celle-ci lui fit un doigt d'honneur – et se raidit soudain en prenant conscience de son geste. Elle aurait mieux fait de s'abstenir : une fille était plus en sécurité si elle se montrait méfiante et évitait toute provocation. Elle n'était pourtant pas du genre à agir ainsi ou à parler plus haut que les autres – du moins, plus maintenant.

Près d'elle, Aislinn avait terminé son examen de la rue. Sa méfiance était si évidente que Leslie se demandait souvent ce qu'elle avait pu faire ou découvrir pour se montrer aussi prudente.

– On va se promener vers la fontaine ? proposa Aislinn.

Leslie attendit que son amie passe la première, lui emboîta le pas puis regarda en arrière pour vérifier que l'homme à qui elle avait fait un doigt d'honneur n'avait pas décidé de traverser la rue. Il lui fit un signe de la main mais ne les suivit pas.

– Tu connaissais ce type ? Celui que tu servais quand je suis arrivée au restaurant ?

Aislinn glissa les mains dans les poches de son blouson en cuir trop grand. Elle avait un joli manteau, mais quand il n'était pas auprès d'elle, elle aimait bien emprunter le vieux blouson de Seth.

– Non, je ne l'avais jamais rencontré avant.

Leslie eut un frisson de désir en repensant à cet homme étrange, et décida de ne pas dire à Aislinn qu'il comptait revenir la voir.

– Il avait l'air de prendre les choses au sérieux, dit Aislinn.

Les deux jeunes filles s'arrêtèrent au croisement mal éclairé d'Edgehill et attendirent pour traverser. Les feux d'un bus surgirent de l'ombre et illuminèrent des formes qui, un bref instant, ressemblèrent à une femme aux cheveux de plume et à des créatures musclées et rougeoyantes. L'imagination de Leslie était beaucoup trop fertile, ces derniers temps. Un peu plus tôt dans la soirée, elle avait eu l'impression de voir à travers les yeux de quelqu'un d'autre et d'apercevoir des choses qui se trouvaient ailleurs.

Le bus passa devant Aislinn et Leslie, recrachant une bouffée de gaz d'échappement au-dessus d'elles, et elles traversèrent la rue pour rejoindre le parc, un peu mieux éclairé. De l'autre côté de la fontaine, sur un banc, quatre hommes et deux filles que Leslie n'avait jamais vus firent un petit signe de tête à son amie. Celle-ci leva la main pour leur rendre leur salut mais ne se dirigea pas vers eux.

– Est-ce qu'il a demandé à te revoir, ou bien...

– Pourquoi ces questions, Ash ? s'enquit Leslie en s'asseyant sur un banc vide, avant d'enlever ses chaussures.

Elle avait beau faire des étirements et beaucoup de marche, elle avait toujours les pieds et les chevilles douloureux, à force de servir au *Verlaine*. Tandis qu'elle se massait les jambes, elle jeta un coup d'œil à Aislinn.

– Tu le connais ?

– Tu es mon amie. Je m'inquiète, c'est tout... il n'avait pas l'air fiable, tu sais... Je n'ai pas envie que ce genre de type rôde autour de quelqu'un que j'aime, ajouta Aislinn en se tournant sur le banc pour s'asseoir en tailleur. Je veux que tu sois heureuse, Leslie.

– Ah ouais ? Moi aussi, et je compte bien l'être, répondit la jeune fille avec un grand sourire.

Elle se sentait tout à coup calme, malgré le tourbillon d'émotions qui fourmillaient en elle ce soir-là.

– Et donc, ce type…

– Il était juste de passage en ville. Il m'a fait du baratin, voulait qu'on soit aux petits soins pendant qu'il commandait son repas, et il est déjà sûrement reparti, dit Leslie en se relevant pour s'étirer et se balancer d'avant en arrière sur la pointe des pieds. Tout roule, Ash. Tu n'as pas à t'en faire, d'ac' ?

Aislinn sourit.

– Parfait. On marche ou on reste assises ? On vient juste d'arriver…

– Excuse, répondit Leslie.

Elle était sur le point de se rasseoir quand elle leva les yeux vers le ciel obscur qui avalait la lune. Une merveilleuse impulsion monta en elle.

– Marcher ? Danser ? Peu importe, ajouta-t-elle.

C'était comme si les mois de terreur et d'inquiétude se volatilisaient peu à peu. Elle passa la main dans son dos pour toucher son tatouage. Il n'y avait que les contours pour l'instant, mais elle se sentait déjà mieux. Croire en quelque chose – et concrétiser cette croyance en lui donnant une forme symbolique – lui procurait vraiment l'impression d'être plus forte. *Des symboles d'une conviction.* Elle redevenait elle-même.

– Viens, dit-elle en s'emparant des mains d'Aislinn pour l'obliger à se lever.

Elle recula de plusieurs pas puis fit volte-face. Elle se sentait bien, libre.

– Tu es restée assise toute la soirée pendant que je travaillais. Tu n'as pas d'excuse pour t'incruster sur ce banc. Allons-y.

Aislinn se mit à rire, exactement comme elle le faisait quand elles étaient encore de vraies amies.

– On va en boîte, j'imagine ?

– Et on y reste jusqu'à ce que tu ne tiennes plus sur tes jambes, répliqua Leslie en passant son bras sous celui d'Aislinn. Appelle Rianne et Carla.

C'était bon d'être de nouveau soi-même.

Mieux, encore.

8

Leslie avançait dans le couloir du lycée, ses chaussures à la main, en prenant garde de ne pas balancer les bras pour éviter de frapper par inadvertance l'un des casiers métalliques avec les talons des chaussures. Cela faisait déjà trois jours qu'elle avait les contours de son tatouage, mais la jeune fille ne cessait de penser à l'énergie vertigineuse qu'il lui procurait. Elle avait eu d'étranges accès de joie et de panique, des émotions qui paraissaient peu appropriées à la situation mais qui pourtant ne l'affaiblissaient pas. Elle avait l'impression de subir les sautes d'humeur de quelqu'un d'autre. *Bizarre, mais agréable.* Et puis, elle se sentait plus forte, plus sereine, plus puissante. Elle était certaine que c'était une illusion due sans doute à son accès de confiance, mais elle aimait ça.

Elle se surprenait à rêvasser au client rencontré au *Verlaine*. Quand elle songeait à lui, son nom lui apparaissait presque clairement, alors qu'il ne le lui avait pas dit. *Comment pourrais-je le connaître... ?* Elle repoussa cette pensée et s'empressa d'ouvrir la porte de la pièce où étaient stockées les fournitures.

Rianne, impatiente, lui fit signe d'entrer.

– Dépêche-toi, Leslie.

Elle referma doucement la porte derrière son amie.

Du regard, Leslie chercha où s'asseoir et finit par s'installer sur une pile de tapis de gymnastique.

– Où sont Ash et Carla ?

– J'en sais rien, répondit Rianne en haussant les épaules. Occupées à jouer les bonnes élèves ?

Naturellement, Leslie aurait dû suivre leur exemple, mais quand elle était arrivée ce matin, Rianne l'avait croisée dans le couloir et lui avait murmuré : « La pièce aux fournitures. » Malgré ses bizarreries, Rianne était une bonne copine, et Leslie avait donc séché la première heure de cours.

– Qu'est-ce qui se passe ?

– Ma mère a trouvé ma réserve de came. Je ne savais pas qu'elle rentrait à la maison et...

Les yeux trop maquillés de la jeune fille se remplirent de larmes.

– Elle était très en colère ?

– Folle de rage. Il va falloir que je retourne voir ce psychologue. Et puis... je suis désolée, ajouta Rianne en détournant le regard.

– Pour quoi ?

– Elle pense que ça vient de Ren. Que c'est lui qui m'a fourni la came. Et donc, je ne peux pas... il vaudrait mieux que tu ne m'appelles plus et que tu ne viennes plus chez moi pendant quelque temps. Elle me l'a demandé. Et alors... je n'ai pas su quoi répondre. J'ai eu un trou, expliqua-t-elle en attrapant la main de Leslie. Je vais lui dire. Seulement... elle est vraiment...

– Laisse tomber.

Leslie était consciente de la dureté de son ton, mais ce que Rianne venait de lui dire ne la surprenait guère. Rianne avait toujours craint la confrontation.

– Ce n'est pas lui qui te l'a fournie, dis-moi ? Il vaut mieux éviter Ren, tu le sais.

– Oui, je sais, répondit Rianne en rougissant.

– C'est une ordure.

– Leslie !

– Je le pense vraiment. Ta mère peut penser ce qu'elle veut de moi, ça m'est égal. Simplement, évite Ren et sa bande.

L'idée que son amie puisse être sous l'influence de Ren la rendait malade.

– T'es pas fâchée ? demanda Rianne d'une voix tremblante.

– Non.

Cette réponse surprit Leslie elle-même, mais la jeune fille disait vrai. Il aurait été logique qu'elle en veuille à Rianne, mais en réalité, elle se sentait presque sereine. Elle n'éprouvait qu'un vague frémissement de rage, comme si elle était à présent incapable de se mettre vraiment en colère. Depuis trois jours, toutes ses émotions s'envolaient avant même de prendre de l'intensité. Sans savoir pourquoi, elle songea qu'elles s'émousseraient complètement une fois son tatouage terminé – une pensée irrationnelle. Ou bien était-ce qu'elle brûlait d'éprouver de nouveau cette sensation d'extase au contact des aiguilles sur sa peau ? Elle écarta cette idée et se concentra sur son amie.

– Tu n'y es pour rien, Rianne.

– Si.

– D'accord, c'est *ta* faute, mais je ne suis pas fâchée contre toi, répliqua-t-elle en la serrant brièvement dans ses bras. En revanche, je le serai si tu t'avises de t'approcher de Ren, ajouta-t-elle en la fixant d'un œil sévère. Depuis quelque temps, il traîne avec de vraies loques.

– Mais toi, alors, comment fais-tu ?

Leslie ignora la question et se releva. Elle avait soudain besoin d'air, de se trouver ailleurs. Elle eut un sourire qu'elle espérait convaincant.

– Il faut que j'y aille.

– D'accord. On se retrouve en fin de matinée.

– Non, je vais me balader.

Rianne marqua un temps d'arrêt.

– T'es vraiment folle.

– Mais non. Seulement...

Leslie hésita, ne sachant comment définir les émotions troubles qui la happaient – si tant est qu'elle avait envie de les expliquer.

– J'ai besoin de marcher. D'être ailleurs. Je... je ne sais pas trop.

– Tu veux de la compagnie ? On pourrait sécher les cours ensemble, proposa Rianne avec un sourire un peu forcé. Si je vais chercher Ash et Clara, on peut te retrouver à...

– Pas aujourd'hui.

Elle avait une envie urgente de courir, de vagabonder. De s'échapper.

Les yeux de Rianne se remplirent à nouveau de larmes.

Leslie soupira.

– Ça n'a rien à voir avec toi, mon chou. Il faut que je prenne l'air, c'est tout. Je travaille trop ces temps, je crois.

– Tu as besoin de parler ? Je suis là, tu sais, ajouta Rianne en essuyant les traces de mascara qu'elle avait sous les yeux – ce qui ne fit qu'empirer les choses.

– Ne bouge pas, lui dit Leslie en effaçant les traces noires avec le bord de sa manche. J'ai besoin de m'aérer l'esprit. Et puis, je pense à Ren... je m'inquiète.

– Pour lui ? Je pourrais lui parler si tu veux ? Peut-être que ton père...

– Non, je ne plaisante pas : Ren a vraiment changé. Évite-le, répéta Leslie en s'obligeant à sourire pour adoucir ses paroles. On se voit plus tard, ou demain, d'accord ?

Rianne acquiesça sans grand enthousiasme.

Une fois sortie du lycée, Leslie se demanda où elle pourrait bien aller, jusqu'au moment où elle se retrouva au guichet de la gare.

– Je voudrais un billet pour Pittsburgh.

L'employé marmonna quelques mots inintelligibles quand elle lui tendit son argent. *L'argent en réserve. L'argent des factures.* D'ordinaire, elle hésitait à faire des frais pour un court voyage et quelques heures de visite dans un musée, mais en cet instant précis, elle avait besoin de se retrouver dans un bel endroit et de voir des choses qui lui donneraient l'impression que tout était de nouveau à sa place dans le monde.

Derrière elle, quelques types se mirent à s'impatienter. Autour d'eux, d'autres gens se bousculaient un peu.

– Il faut laisser la place aux autres clients, mademoiselle, lui dit l'employé en lui donnant son billet.

Elle acquiesça et s'éloigna de la foule bruyante. L'espace d'un instant, elle crut sentir une vague d'ombres la submerger

– ou plutôt, la *traverser*. Elle trébucha. *Ce n'est que de la frayeur.* Elle essaya de se persuader qu'elle avait seulement eu peur, alors qu'elle n'avait rien éprouvé de la sorte.

Le trajet en train jusqu'à Pittsburgh et la promenade à travers la ville passèrent comme dans un rêve. Des phénomènes étranges attirèrent son attention. Chose embarrassante, plusieurs couples (dont certains semblaient ne pas se connaître avant d'embarquer) se comportèrent de manière très intime dans le train. Un très beau garçon aux bras couverts de tatouages laissa tomber une poignée de feuilles ou de petits morceaux de papier en passant devant elle – mais, durant un instant, Leslie crut qu'il s'agissait de peaux mortes tatouées tourbillonnant dans la brise. Une vision surréaliste. Ces visions l'intriguèrent, mais seulement brièvement, car son esprit refusa de s'y appesantir. Elle avait l'impression qu'il ne fallait pas remettre en question l'étrangeté de ce qu'elle voyait et ressentait. Quand elle essayait d'y réfléchir, une force en elle l'obligeait à penser à autre chose. *À n'importe quoi d'autre.*

Puis elle entra dans le Carnegie Museum of Art et elle se sentit bien. Tout ce qui lui avait paru étrange s'évanouit. Le reste du monde disparut tandis qu'elle errait sans but entre les colonnes, avançait sur le sol lisse des salles et montait puis descendait les escaliers. *Respire à fond.*

Finalement, son besoin de courir la déserta complètement et elle ralentit le pas. Elle laissa son regard se promener sur plusieurs tableaux, jusqu'à ce qu'il s'arrête soudain sur l'un d'eux. Elle resta un moment immobile devant la peinture. *Van Gogh. J'aime Van Gogh.*

Une femme d'un certain âge traversa la salle. Ses talons claquaient sur le sol et son pas était régulier, décidé, sans hâte cependant. Plusieurs étudiants en art étaient assis, leurs carnets de croquis ouverts devant eux, loin de tout, happés par la beauté des toiles qui les entouraient. Pour Leslie, un musée était semblable à une église, comme s'il y avait eu quelque chose de sacré dans l'air lui-même. Ce jour-là, c'était ce dont elle avait besoin.

Campée devant le tableau, elle contemplait l'étendue de champs verdoyants, limpides et sans clôtures. Le mot « paix » lui vint à l'esprit – cette peinture était comme un peu de paix figée dans l'espace.

– Apaisant, pas vrai ?

Elle fit volte-face, surprise qu'on ait pu s'approcher d'elle sans qu'elle s'en aperçoive. D'habitude, elle se tenait toujours sur ses gardes. Niall était près d'elle, les yeux sur le tableau. Sa chemise sortait de son jean flottant et ses manches étaient retroussées, ce qui donna à la jeune fille un aperçu de ses avant-bras bronzés.

– Qu'est-ce que tu fais ici ?

– Je visite le musée avec toi, non ? Je ne vais pas m'en plaindre, mais tu ne devrais pas plutôt être en cours, avec Aislinn ?

Il jeta un coup d'œil derrière lui. Leslie se tourna et vit une fille au corps souple, à la peau décorée de lianes, qui les dévisageait ouvertement. Faisait-elle partie d'une exposition qui avait lieu dans le musée ? Quand soudain Leslie se rendit compte qu'elle avait été trompée par un jeu d'ombre et de lumière : la peau de la fille était parfaitement vierge de toute décoration.

– J'avais besoin d'air. D'art. D'espace, dit-elle à Niall.

– Est-ce que j'empiète sur cet espace ? demanda-t-il en reculant d'un pas. Je voulais juste te saluer, étant donné qu'on a rarement l'occasion de discuter... Même si on ne devrait pas. Tu peux y aller, si tu veux. Ou je peux partir si tu as des choses à faire...

– Tu continues la visite avec moi ? l'interrompit-elle.

Elle ne détourna pas les yeux, bien que Niall ait soudain l'air ravi. Trop, peut-être. Plutôt que d'éprouver de la nervosité, elle se sentait étonnamment intrépide.

Il lui fit signe de passer la première, une attitude plus galante que d'habitude, selon elle. Il n'était pas vraiment guindé, mais paraissait tendu tandis qu'il contemplait les toiles.

C'est alors qu'il la fixa du regard. Il ne dit mot, mais il y avait quelque chose d'étrange dans la façon qu'il avait de garder ses distances. Il leva la main droite puis la baissa, comme s'il ne savait qu'en faire. Son poing gauche était crispé. Son bras pendait le long de son corps.

Elle lui saisit le poignet.

– Ça me fait plaisir que tu sois seul, pour une fois, et pas avec Keenan.

Il ne répondit rien. Et se contenta de détourner le regard.

Il est terrifié.

Inexplicablement, elle pensa au client du *Verlaine* et l'imagina presque qui soupirait, tandis qu'elle avalait la peur de Niall.

Avaler la peur ? Quelle drôle d'idée.

Elle essaya de reprendre ses esprits et de réfléchir à ce qu'elle pourrait dire à Niall – n'importe quoi ferait l'affaire – pour ainsi éviter de penser à la légère excitation qu'elle éprouvait au contact de cette peur. Pourtant, elle resta près de lui et laissa le silence grandir et prendre une telle place que la situation en devenait embarrassante. Leslie avait l'impression que les autres visiteurs les fixaient mais chaque fois qu'elle les regardait, sa vue se brouillait, comme si un filtre voilait ses yeux et déformait ce qu'elle voyait. Elle se tourna de nouveau vers la toile de Van Gogh et cette fois, ne vit plus qu'une masse confuse de couleurs et de formes.

– Te demandes-tu parfois si ce que tu regardes est identique à ce que les autres voient ?

Niall se raidit un peu plus.

– Il m'arrive de croire que je ne vois pas les mêmes choses que les autres, reprit-elle. C'est pas si terrible, en fin de compte, non ? Ça permet de voir le monde différemment, pas vrai ?

– Peut-être, se contenta-t-il de répondre.

Il paraissait toujours aussi crispé et elle eut envie de tendre de nouveau la main vers lui – sans savoir vraiment si elle voulait l'effrayer ou l'apaiser.

– L'art est engendré par une vision créative, dit-il alors en désignant les tableaux qui les entouraient, qui offre au reste du monde un nouvel angle de vue. C'est là que réside la beauté artistique.

– Ou bien une sorte de folie.

Elle voulait raconter qu'elle ne voyait plus les choses comme elle l'aurait dû, qu'elle éprouvait des sentiments singuliers. Elle voulait qu'on la rassure, que quelqu'un lui dise qu'elle n'était pas en train de devenir folle. Mais se confier à un inconnu était loin d'être facile – elle en avait conscience, en dépit du caractère faussé de ses perceptions.

La jeune fille croisa les bras et s'éloigna de quelques pas, en prenant soin d'ignorer les gens qui les regardaient, elle et

Niall. Ce dernier la suivit, en affichant une mine douloureuse. Depuis quelques jours, il lui semblait que les gens se comportaient bizarrement – ou bien s'était-elle mise à prêter de nouveau attention au monde environnant ? Peut-être sortait-elle enfin de la dépression contre laquelle elle avait lutté. Elle aurait souhaité s'en persuader, mais savait bien pourtant qu'elle se mentait à elle-même : l'équilibre du monde était ébranlé, et elle n'était pas certaine de vouloir en connaître les raisons.

9

Avec une prudence qui semblait déplacée dans le musée, Niall observait les fés qui les regardaient. Des Filles de l'Été à la peau ornée de feuilles et de fleurs portaient des charmes pour ressembler à des mortelles. Une des sœurs Scrimshaw se déplaçait dans la salle et, invisible aux humains, scrutait l'intérieur de leur bouche quand ils parlaient. Un autre fé, dont le corps n'était qu'une fumée vaporeuse, flotta près d'eux. Il saisissait des bouffées d'air et les portait à sa bouche, goûtant à l'haleine des mortels et se nourrissant des effluves de café ou de bonbon qu'ils exhalaient. Aucune de ces créatures n'empiétait sur le territoire des autres. Le musée était un endroit où les fés avaient de bonnes manières, quelle que soit la cour à laquelle ils appartenaient, indépendamment des conflits personnels. Un lieu neutre, où l'on était en sécurité.

Et Niall profitait de ce sentiment de sécurité pour enfreindre les règles de sa cour. Il était apparu à Leslie et lui avait parlé alors qu'il se trouvait seul avec elle. Il était incapable d'expliquer pourquoi – hormis l'envie irrésistible d'être près d'elle, plus intense encore que ce qu'il avait éprouvé au *Verlaine*. Il avait désobéi à sa reine – non pas à un ordre direct, mais au souhait évident de celle-ci. Si Keenan n'intercédait pas auprès d'Aislinn, ses actes seraient sévèrement jugés.

Je peux expliquer pourquoi... que... Non. Rien de ce qu'il pourrait dire pour se justifier ne serait sincère. Il avait vu Leslie, l'avait suivie alors qu'elle errait dans la ville, à l'aveuglette, avant de se révéler à elle – en ôtant son charme dans cette salle de musée, où des mortels auraient pu le voir, où nombre de fés l'avaient *vu* faire.

Pourquoi maintenant ?

Le désir impérieux d'être près d'elle, de se révéler à elle, avait été comparable à un ordre qu'il ne pouvait qu'exécuter – non qu'il veuille y résister, il fallait l'admettre. Jusqu'à ce jour, il avait réussi à ne pas l'approcher, mais cela ne diminuait en rien le nombre embarrassant de témoins qui l'avaient vu agir. Il aurait dû s'excuser, faire demi-tour avant de franchir une limite qui déclencherait la colère de sa reine. Mais il n'en fit rien et finit par demander à Leslie :

– Tu as vu l'exposition temporaire ?

– Pas encore.

Elle gardait ses distances, à présent, après son trop long silence.

– Il y a un tableau des préraphaélites que je veux voir. Tu aimerais te joindre à moi ?

Il ne manquait jamais l'occasion d'aller voir des tableaux préraphaélites. La Reine de la Haute Cour, Sorcha, avait toujours démesurément apprécié ces peintres et avait posé pour un certain nombre de leurs toiles. Burnes-Jones lui avait presque rendu justice dans *The Golden Stairs*. Il songea à en parler à

Leslie, puis se ravisa. Il était visible. Il n'aurait jamais dû lui adresser la parole.

Il s'écarta d'elle.

– Cela ne t'intéresse probablement pas. Je peux…

– Non. Je ne connais pas grand-chose aux préraphaélites. Je me promène et je regarde les tableaux, rien d'autre. C'est pas… je n'ai pas vraiment de connaissances en histoire de l'art – sauf ce que je trouve… émouvant, ajouta-t-elle en rougissant.

– C'est justement ce qui compte, non ? Si je me souviens d'eux, c'est en partie parce que leur art m'émeut. On y va ? dit-il en plaçant gentiment une main dans le dos de la jeune fille, s'autorisant à la toucher.

– Bien sûr, dit-elle en se mettant en marche, hors de portée de ses mains. Qui sont ces préraphaélites ?

Cette question-là, il était capable d'y répondre.

– Des artistes qui décidèrent de ne pas suivre les règles de leur académie des beaux-arts, afin de créer un art différent, avec leurs propres critères.

– Des rebelles ?

Elle se mit à rire, soudain détendue et libre, sans raison apparente. Les belles peintures et les splendides piliers sculptés lui paraissaient moins extraordinaires, de ce fait.

– Des rebelles qui ont changé le monde car ils avaient foi en eux.

Il guida Leslie et tous deux passèrent devant un groupe de Filles de l'Été qu'elle ne pouvait voir – celles-ci chuchotaient entre elles et désignaient Niall en faisant la moue.

– Croire en quelque chose est une attitude positive. Si tu crois pouvoir…

Il s'interrompit, alors que des fés se rassemblaient autour d'eux.

Keenan sera mécontent.

Pas de mortelles, Niall. Tu devrais le savoir.

À moins que Keenan n'approuve cette fille...

C'est l'amie de la reine...

Niall ! Laisse-la tranquille.

Cette dernière remarque fut lancée sur un ton indigné, presque maternel.

– Niall ?

Leslie avait les yeux rivés sur lui.

– Quoi ?

– Tu t'es brusquement arrêté de parler... J'aime bien ta voix. Tu veux bien continuer ? Parle-moi de ces artistes...

Elle ne s'était jamais montrée aussi directe – ni durant les mois où il avait veillé sur elle, ni quelques instants plus tôt.

– D'accord. Ils n'ont pas suivi les règles. Ils ont créé les leurs.

Il refusait de poser les yeux sur les fés qui les observaient et qui renouvelaient inlassablement leurs avertissements de leurs voix furieuses et craintives ; et même s'il savait qu'il aurait dû réagir différemment, cela le stimulait.

– Parfois, les règles ont besoin d'être contestées.

– Ou transgressées ?

La respiration de Leslie était hachée. Son sourire dangereux.

– Parfois, oui, acquiesça-t-il.

Elle n'aurait pu comprendre ce qu'une transgression de ces règles aurait entraîné pour lui et pour elle, mais les enfreignait-il vraiment ? Non, il se contentait de les bousculer. Il offrit son bras à la jeune fille pour se rendre dans la salle suivante. Sa main trembla quand elle la plaça au creux de son bras.

Mon roi m'a demandé de veiller sur elle. Il me sait capable de le faire. Je saurai me montrer prudent, rester dans les limites de la règle. Tout va bien se passer.

La plupart du temps, c'était à Niall que Keenan demandait de surveiller Leslie. Malgré le risque qu'il prenait ainsi d'exposer une mortelle aux étreintes de son conseiller, le Roi de l'Été lui faisait confiance. Ils n'avaient pas souvent discuté de ce qui pouvait arriver aux mortelles – folie, égarement – après un contact prolongé avec Niall. Ils n'avaient pas parlé des innombrables jeunes filles qu'il avait détruites sous l'influence du Roi des Ténèbres. Keenan lui avait seulement dit : « Je compte sur toi pour faire ce qu'il faut. »

Niall avait eu l'intention de préserver Leslie de son affection corrompue. *Et j'y parviendrai.* Mais toute sa détermination s'était dissipée quand il l'avait vue, adorable et solitaire. Il décida que dès le lendemain, il veillerait de nouveau sur elle en se rendant invisible.

Je suis capable de marcher près d'elle, de lui parler et d'être entendu. Juste cette fois.

Il garderait ses distances. Quel mal y avait-il à cela ? Il ne lui dirait pas qui il était, ni qu'il était souvent près d'elle sans qu'elle s'en aperçoive. Il était capable de marcher près d'elle tout en résistant à l'envie de l'embrasser.

– Tu veux qu'on mange un sandwich vite fait avant d'aller voir l'expo ? demanda-t-elle.

– Un sandwich... d'accord.

Je ne transgresse aucune règle. Manger avec elle n'est pas dangereux. Il n'allait pas lui offrir de la nourriture de fé. Ce seraient des aliments de mortels, préparés par des mains humaines. Inoffensifs.

Sa main serra son bras plus fort.

– Je suis vraiment contente de t'avoir rencontré aujourd'hui, murmura-t-elle.

– Moi aussi.

Malgré tout, il retira son bras. Il pouvait être un ami pour elle, sans doute, mais rien de plus – cela lui était interdit. *Elle* lui était interdite.

Ce qui la rend d'autant plus tentante.

Après deux heures qui passèrent trop vite, Niall prit congé de Leslie, embarrassé mais heureux de voir arriver le garde suivant plus tôt que prévu. Rester près d'elle lui était douloureux – merveilleux et douloureux à la fois tant ces moments lui semblaient vides, lui rappelant qu'elle ne pouvait être sienne.

Alors qu'il quittait le musée, il aperçut plusieurs fés gravement blessés, rendus insensibles à leurs souffrances grâce aux drogues qu'ils avaient dû trouver dans les maisons d'Irial. Rien d'étonnant à cela, si près des repaires que le Roi des Ténèbres préférait ces temps, mais les fés n'étaient pas les seuls dont les peaux contusionnées chatoyaient. Des mortels – beaucoup trop, pensa Niall – arboraient eux aussi des meurtrissures de couleur affreuse. Contrairement à Niall, les mortels ne pouvaient savoir que des créatures munies de griffes, plutôt que de doigts, les leur avaient infligées.

Que se passe-t-il ?

Il croisa des Fés de l'Hiver aux regards gênés. Des fés solitaires se regroupaient en le voyant arriver. Même les kelpies[1],

---

1. Créatures métamorphes des mythologies celtiques, qui vivent généralement dans les rivières ou les lacs.

d'ordinaire implacables, l'observaient d'un air méfiant. Autrefois, il aurait mérité cet excès de suspicion, mais il n'appartenait plus à la Cour des Ténèbres. Il avait choisi de devenir un autre, d'expier ses crimes.

Toutefois, la vue des mortels blessés et l'angoisse apparente des fés incitèrent son esprit à se pencher de nouveau sur des souvenirs qu'il aurait préféré oublier.

L'œil vitreux, muet d'admiration, d'une minuscule jeune fille rousse qui se laisse aller dans ses bras, épuisée après avoir passé trop de temps entre ses mains ; le rire délicieux d'Irial tandis qu'une table s'effondre sous les pieds des danseuses grimpées dessus ; la joie de Gabriel alors qu'il sème la terreur parmi les habitants d'une autre ville, pendant qu'Irial leur sert de nouveau à boire ; des vins étranges et des herbes inconnues dans leurs assiettes ; des danses hallucinatoires ; les protestations des mortelles que l'on a arrachées de son étreinte...

Et dire qu'il s'était délecté de tout cela.

Quand Niall arriva à Huntsdale et se rendit au loft où vivait la Cour de l'Été, il était si déprimé qu'il ne put se joindre aux festivités. Il resta devant la large fenêtre du salon, les yeux rivés sur le cercle herbeux qui brunissait dans le parc, sur le trottoir d'en face. Tous célébraient le renouveau de la Cour de l'Été, se réjouissant de l'entente, certes encore incertaine, qui avait été conclue avec la Cour de l'Hiver. L'été avait débuté plus tôt cette année – un cadeau de Donia, la nouvelle Reine de l'Hiver, une offrande de paix ou un témoignage d'affection, peut-être. Peu importait. Cela aurait dû l'apaiser.

Il soupira. Il fallait qu'il parle à Keenan de cet été précoce. *Pense à tes devoirs. À tes responsabilités.* Il avait passé une vie entière à expier ses crimes. Les idées aberrantes qui l'obsédaient ces derniers jours allaient s'estomper.

Il posa le front sur l'une des hautes vitres. Dans le parc, les fés dansaient. Et comme toujours, les Filles de l'Été tournoyaient parmi eux, traversant la foule à toute allure à la manière de derviches tourneurs, leurs jupes et leurs lianes graciles volant derrière elles. Les gardes qui étaient en service veillaient sur elles et les protégeaient, tandis que ceux qui étaient de repos dansaient avec elles et les divertissaient.

On dirait que la paix est enfin venue.

C'était ce pour quoi Niall avait lutté des siècles durant, le but qu'il avait poursuivi ; mais à présent, il restait seul dans le loft, en spectateur silencieux. Il se sentait loin, déconnecté de sa cour, de son roi, des Filles de l'Été. De tous, sauf de cette mortelle. S'il avait pu faire danser Leslie, si elle avait été entre ses bras, il se serait rendu aux festivités.

Mais le Roi de l'Été avait été très précis sur les termes de la loyauté de Niall. « Pas de mortelles, Niall. C'est le prix à payer pour appartenir à ma cour. » Ce n'était pas si terrible. Les mortelles restaient attirantes, mais partagé entre ses souvenirs et sa fidélité à son roi, il avait appris à résister. Il n'avait pas manqué de partenaires – pour danser lors des fêtes ou dans son lit – et cela lui avait suffi.

Jusqu'à l'arrivée de Leslie.

10

Le week-end était en vue et Leslie était encore plus fatiguée que d'habitude. Elle avait fait des heures supplémentaires afin de pouvoir payer les courses, tout en gardant assez d'argent pour son tatouage. Elle avait mis de côté le pourboire astronomique du client du *Verlaine*, sans trop savoir ce qu'elle allait en faire. Si ce n'était qu'un pourboire, cela l'aiderait à s'installer plus tard et à acheter quelques meubles bon marché. *C'est bien pour ça que ça ne peut pas être un pourboire. C'est trop. Il veut forcément quelque chose en échange.* Pour l'instant, elle continuerait à faire comme avant – à travailler pour se faire de l'argent et à payer ce qu'elle pouvait. Ce qui signifiait être fauchée. Elle savait que Rabbit accepterait d'être rémunéré en plusieurs fois, mais il faudrait le lui demander, et cette idée ne lui plaisait pas trop.

Mieux vaut être épuisée que se vendre, cependant.

Mais la fatigue lui faisait baisser la garde. Son agressivité refit surface un soir après les cours, alors qu'Aislinn et elle attendaient que Rianne termine son rendez-vous avec le psychologue scolaire. Apparemment, les consultations privées ne suffisaient pas : la mère de Rianne avait averti le lycée de sa découverte, et sœur Isabel avait demandé à Rianne de la suivre après la sonnerie qui signalait la fin des cours.

Les bras croisés, Aislinn surveillait la rue, la main posée sur l'épais bracelet doré qui entourait son biceps. Leslie l'avait aperçu quand elles s'étaient changées pour le cours de gym. À présent, le bijou était caché sous son chemisier. *Comment fait-elle pour se payer toutes ces babioles ?* Aislinn n'était pas une idiote et elle ne se vendait pas pour de l'argent, Leslie le savait. Mais depuis quelque temps, il semblait que la fortune de Keenan se trouvait entre les mains d'Aislinn.

Sans réfléchir, Leslie lui demanda :

– Bon, tu attends ton gigolo en titre ou son remplaçant ?

– Quoi ? s'étonna Aislinn en la dévisageant.

– C'est au tour de Seth ou de Keenan de venir te chercher ?

– Ce n'est pas ce que tu crois.

Un bref instant, Leslie eut l'impression de voir l'air trembler autour de son amie, comme si de la chaleur montait du sol.

Elle se frotta les yeux puis s'approcha d'Aislinn.

– J'aimerais mieux penser ça plutôt que de savoir que tu laisses Keenan faire ce qu'il veut de toi parce qu'il a de l'argent, dit-elle en serrant le bras de son amie à la hauteur de son bracelet. Les gens s'en rendent compte. Ils en parlent. Je sais que Seth ne m'aime pas, mais c'est un type bien. Ne fous pas tout en l'air à cause du blondinet et de son fric, d'accord ?

– Bon sang, Leslie, pourquoi dois-tu toujours tout ramener au sexe ? Ce n'est pas parce que tu as cédé si facilement que...

Aislinn s'interrompit, l'air gêné, et se mordit la lèvre.

– Excuse-moi, reprit-elle. Ce n'est pas ce que je voulais dire...

– Qu'est-ce que tu voulais dire ?

Leslie et Aislinn étaient devenues amies quasiment dès l'instant où elles avaient fait connaissance. Pour autant, Leslie ne racontait pas tout à Aislinn – plus maintenant. Elles avaient été proches, malgré tout ; mais Leslie avait désormais besoin de barrières autour d'elle. Depuis des mois, elle aurait dû parler à l'autre jeune fille de ce qui s'était passé. Mais comment aborder le sujet ? *Hé, Ash, tu as le polycopié du cours de littérature ? Au fait, je me suis fait violer et je n'arrête pas de faire d'horribles cauchemars.* Elle voulait tenir bon, faire des projets, partir, repartir à zéro – et quand elle se vit en train de lui raconter le viol, elle eut la sensation d'être déchirée en pièces. Elle se sentit oppressée, eut soudain mal au ventre ; des larmes brûlantes lui montèrent aux yeux. *Non. Je ne peux pas encore en parler. Je ne suis pas prête.*

– Excuse-moi, répéta Aislinn en serrant son bras, d'une main dont la chaleur était presque désagréable.

– Tout va bien, répondit Leslie en s'obligeant à sourire.

Pourvu que toutes ces émotions s'estompent, pensa-t-elle. L'idée de plonger dans la torpeur lui était de plus en plus séduisante.

– Tu partages quelque chose de beau avec Seth, c'est tout ce que je voulais te dire. Ne laisse pas Keenan gâcher ça.

– Seth comprend pourquoi je passe du temps avec Keenan, répondit Aislinn.

Celle-ci se mordit de nouveau la lèvre tout en scrutant la rue.

– En tout cas, ce n'est pas ce que tu crois, poursuivit-elle. Keenan est juste un ami. Un ami qui compte beaucoup. Rien d'autre.

Leslie acquiesça. Pourtant, elle regrettait de ne plus pouvoir parler de choses importantes avec Aislinn et de voir qu'elle ne partageait plus que des demi-vérités avec ses plus proches amies. *Est-ce qu'elle me considérerait avec pitié ?* L'idée qu'Aislinn puisse la regarder ainsi était affreuse. *J'ai survécu. Je survis encore.* Aussi resta-t-elle près d'Aislinn pour qu'elles puissent attendre Rianne ensemble, et elle aborda un sujet qui leur permettrait de ne pas avoir à se mentir.

– Je ne t'ai pas dit ? J'ai finalement décidé de me faire tatouer. J'ai déjà les contours. Une séance de plus, demain, et il sera terminé.

Aislinn eut l'air à la fois soulagé et déçu.

– Tu as choisi quel motif ?

Leslie le lui décrit. Elle n'avait aucun mal à se rappeler le dessin : elle voyait les yeux de son étoile du chaos la fixer. Plus elle pensait à son tatouage, plus elle se sentait détendue.

Lorsque Seth arriva, pareil à une publicité ambulante cherchant à prouver à quel point les piercings au visage étaient tendance, les deux amies discutaient tranquillement de tatouages. Le jeune homme passa son bras autour des épaules d'Aislinn et dévisagea Leslie d'un air interrogateur.

– Tu as un tatouage ? Fais voir.

– Il n'est pas encore terminé.

Leslie pouvait à peine réprimer le frisson de plaisir qui l'envahissait à la perspective de la séance du lendemain, mais à son grand étonnement, l'idée de le montrer à qui que ce soit ne lui plaisait pas du tout.

– Tu pourras le voir d'ici quelques jours.

– Rabbit a dû être content. Tu avais une peau vierge, pas vrai ?

Seth, un sourire lointain aux lèvres, se mit en route à grandes et souples enjambées – l'allure à laquelle il semblait toujours tout faire.

– En effet. Il m'a tatoué le contour la semaine dernière.

Leslie accéléra le pas pour rester à la hauteur de Seth et d'Aislinn – celle-ci marchait à présent au rythme du jeune homme, et comme lui, paraissait perdue dans ses pensées. Tous deux synchronisaient naturellement leurs mouvements, signe qu'ils allaient parfaitement ensemble. Voilà comment on est censé se sentir : détendu, à l'aise. Leslie avait envie de croire qu'un jour, elle vivrait ainsi elle aussi.

Aislinn, qui tenait Seth par la main, les guidait entre les gens qui passaient dans la rue. Le jeune homme parla un peu des tatouages de ses amis et des boutiques de Pittsburgh, où il arrivait à Rabbit d'être convié à des concerts comme invité-vedette. Ce fut l'une des conversations les plus agréables que Leslie ait jamais eues avec Seth. Jusqu'alors, il s'était toujours montré sec avec elle. Elle ne lui avait pas demandé pourquoi, mais elle se doutait que cela avait un rapport avec Ren. Seth ne supportait pas vraiment les dealers. *Coupable par association.* Elle ne pouvait pas réellement lui en vouloir – Aislinn était trop douce pour risquer de se retrouver à la merci de gens comme Ren. Si Seth pensait que Leslie pouvait, contre son gré, mettre Aislinn en danger, il avait de bonnes raisons de ne pas approuver leur amitié. Elle chassa cette idée et profita de ces instants de légèreté en compagnie de Seth et d'Aislinn.

Deux pâtés de rue plus loin, Keenan et Niall sortirent d'une allée d'immeuble. *Comment savaient-ils qu'Aislinn allait passer devant eux à cet instant précis ?* se demanda Leslie. Mais au vu du silence embarrassé qui suivit l'apparition de Keenan, elle évita de poser la question à haute voix.

Seth se raidit quand Keenan tendit la main vers Aislinn et lui dit :

– Il faut qu'on y aille. Tout de suite.

Niall se tenait de côté et surveillait la rue. Hormis un bref salut adressé à Seth, Keenan se comportait comme s'il se trouvait seul avec Aislinn. Il ne regardait qu'elle, d'une façon qui rappelait la manière dont Seth la regardait : comme si la jeune fille était la personne la plus étonnante du monde.

– Aislinn ?

Keenan eut un geste de la main dont l'élégance parut curieuse à Leslie, comme s'il lui faisait signe de se mettre à marcher devant lui. Cette dernière, silencieuse, ne bougea pas. Puis Seth l'embrassa brièvement et lui dit :

– Vas-y. On se voit ce soir.

– Mais... commença Aislinn en regardant tour à tour Leslie et Niall d'un air soucieux.

– Nous avons un invité qui est arrivé en ville. Il faut qu'on le retrouve... dit Keenan en repoussant ses cheveux qui lui tombaient sur le visage – toute élégance s'était dissipée de ses mouvements, aussi vite qu'elle avait surgi. On aurait dû y aller depuis des heures, Aislinn, mais tu étais en cours.

La jeune fille se mordit la lèvre et regarda ses compagnons.

– Mais Niall... et Leslie... et... Je ne peux pas les laisser comme ça, Keenan... Ce serait... injuste.

– Tu peux rester avec Niall et Leslie, je pense ? demanda Keenan à Seth.

– J'y comptais bien. Je me charge de tout, Ash. Accompagne Monsieur Soleil...

Seth s'interrompit et décocha à Keenan un grand sourire amical qui semblait peu approprié à la situation.

– Je te verrai plus tard, ne t'inquiète pas, ajouta-t-il en ramenant une mèche de cheveux d'Aislinn derrière son oreille et en laissant sa main reposer sur la joue de la jeune fille. Il ne m'arrivera rien. Et tout ira bien pour Leslie. Allez, va.

Seth recula d'un pas. Keenan lui fit un petit signe de tête et prit la main d'Aislinn dans la sienne.

Leslie ne comprenait pas ce qui se passait entre eux trois mais la situation était décidément trop bizarre pour qu'elle veuille en savoir davantage. Et puis, le fait que Niall continue à scrupuleusement surveiller la rue commençait à l'énerver – il faisait comme si elle n'était pas là. Les quelques moments d'amitié partagés avec Seth et Aislinn ne signifiaient pas qu'elle avait envie d'être mêlée à leurs histoires, quelles qu'elles soient.

– Je te laisse moi aussi, Ash. On se voit demain au lycée...

Aislinn attrapa le poignet de son amie.

– Tu pourrais rester un peu avec Seth, s'il te plaît ?

– Pour quoi faire ? s'étonna Leslie en regardant tour à tour le jeune homme et Aislinn. Il est un peu vieux pour avoir besoin d'une baby-sitter.

Au même instant, Niall se tourna vers elle – un mouvement qui attira son attention sur sa balafre. Leslie se figea, entre attraction et répulsion.

– Tu peux certainement te joindre à nous un moment ? lui dit Niall.

Leslie lança un regard explicite à Aislinn – celle-ci lui avait souvent fait comprendre qu'il valait mieux éviter Niall. Mais son amie se contenta de regarder Keenan. Ce dernier sourit d'un air approbateur. *Est-ce à cause de lui qu'Ash voulait me tenir éloignée de Niall ?* Leslie frissonna soudain de peur. Keenan était peut-être l'ami d'Aislinn, mais sa seule présence la mettait mal à l'aise – aujourd'hui plus qu'à l'ordinaire.

– S'il te plaît, Leslie ? Rends-moi ce service ! ajouta Aislinn.

Elle est terrifiée.

– Pas de souci, répondit Leslie tandis qu'un immense vertige la submergeait, comme si on essayait d'étirer et de malmener son cœur en tous sens.

Une sensation si violente que la jeune fille ne parvenait plus à bouger – elle chancelait, au point de se dire qu'elle allait être malade si elle essayait de faire un seul geste. Elle se mit à se remémorer tout ce qu'elle avait pu boire, manger ou ce qui avait pu toucher ses lèvres ce jour-là. *Rien d'inhabituel.* Immobile, concentrée sur sa respiration, elle attendit que passe le malaise.

Les autres ne bougeaient pas non plus. Pourtant, ils semblaient ne pas avoir remarqué ce qui lui arrivait.

– C'est bon, finit par dire Seth. Vas-y, Ash.

Aislinn et Keenan montèrent dans une longue Thunderbird argentée garée le long du trottoir, qui s'éloigna rapidement, laissant Leslie entre Seth et Niall. Ce dernier s'appuya contre le mur sans regarder ses compagnons, se contentant d'attendre... *quelque chose.*

La jeune fille se dandinait d'un pied sur l'autre, les yeux rivés sur un groupe de skateurs de l'autre côté de la rue. Ils profitaient de cette ruelle où il y avait peu de circulation pour exécuter des tailslides sur le bord du trottoir – ils auraient pu aller s'entraîner ailleurs, mais ils se satisfaisaient de l'endroit où ils se trouvaient. Ce sentiment de plénitude lui faisait envie. Parfois, Leslie avait l'impression que c'était ce qu'elle recherchait – lors de fêtes chez des amis, dans la boutique de Rabbit. Elle avait seulement besoin que le bon moment se présente à elle.

Seth s'éloigna et Niall s'écarta du mur, en dévisageant Leslie avec avidité. Quelque chose avait changé, s'était libéré. Il s'avança lentement – une prudence destinée à ne pas l'effrayer, elle en était certaine.

– Niall ? l'appela Seth, qui s'était arrêté. On va au *Crow's Nest* ?

– Je préfère aller au club, répliqua Niall sans un regard pour le jeune homme.

Il ne quittait pas Leslie des yeux et la dévisageait d'un air pensif, comme s'il l'examinait. Elle aimait cela, beaucoup trop.

– Il faut que je file, dit-elle.

Elle n'attendit pas qu'on lui réponde et se contenta de partir en sens inverse.

Mais Niall la rejoignit et se plaça devant elle avant qu'elle puisse faire trois pas.

– S'il te plaît ? J'aimerais vraiment que tu nous accompagnes.

– Pourquoi ?

– J'aime être près de toi.

Une assurance nouvelle l'envahit – une sensation fugace qu'elle éprouvait par instants, depuis sa première séance de tatouage.

– Tu viens avec moi ? ajouta-t-il.

Elle n'avait plus envie de le quitter. Elle était lasse de fuir chaque fois qu'elle était en proie à la peur. Cette fille craintive n'était pas celle qu'elle avait été, ni celle qu'elle voulait être. Elle oublia ses frayeurs – sans pour autant être capable de répondre à Niall. Il soutint son regard tout en penchant son visage vers le sien. Cependant, il ne l'embrassa pas – il se contenta de s'approcher, suffisamment près pour un baiser... et lui demanda :

– Tu m'autoriseras à te prendre dans mes bras... pour danser, Leslie ?

Elle frissonna, son assurance s'entrelaçant soudain avec un ardent désir d'apaisement – un apaisement qu'elle parvenait presque à goûter, qu'elle fut tout à coup certaine d'éprouver si elle se glissait dans les bras de Niall.

– Oui, acquiesça-t-elle.

11

Niall aurait dû se montrer plus raisonnable. Il savait qu'il ne devait pas se laisser tenter ainsi. Il avait pour mission de veiller sur les amis mortels de la reine pendant qu'elle et Keenan étaient en quête du Roi des Ténèbres. Il était facile de protéger Seth : le jeune homme était presque comme un frère. Dans le cas de Leslie, le rôle de Niall s'avérait plus difficile – pourtant, il savait qu'il n'avait pas le droit de séduire une mortelle qui se trouvait sous sa protection, pas même en imagination.

Tu es de garde, c'est ton travail, comme tous les autres jours. Pense à la cour. Pense à ton vœu de loyauté.

Mais il avait du mal à penser à la Cour de l'Été – ou à la Cour des Ténèbres, vu les circonstances. Niall avait été le confident de chacun des deux rois et à présent, on le reléguait au rôle de garde du corps des mortels de la Reine de l'Été. Tout avait changé quand Keenan avait trouvé Aislinn, celle qui était censée devenir sa reine. Niall s'était réjoui pour son roi, son ami, mais soudain, il y eut comme un vide dans sa vie. Après avoir conseillé Keenan pendant des siècles, Niall n'avait plus d'objectif précis. Il avait besoin qu'on le dirige. Sans ça, il s'éloignait de... la lumière solaire de son roi. Cela l'effrayait, tout comme ces bribes de souvenirs qui revenaient trop souvent à la surface, et lui rappelaient qui il avait été avant d'être accueilli à la Cour de l'Été.

Se retrouver à proximité de Leslie était devenu une récompense – et un châtiment. Le besoin irrésistible d'être près d'elle depuis la semaine passée compliquait une situation déjà instable. Il la fixait de nouveau et Seth s'en aperçut.

– Tu penses vraiment que c'est une bonne idée ? lui demanda le jeune homme en jetant à Leslie un regard qui en disait long.

Niall resta impassible. Seth ne le connaissait que trop bien.

– Non, je ne crois pas.

De son côté, Leslie semblait ailleurs, perdue dans ses pensées, et Niall aurait aimé qu'elle lui en fasse part. Il n'avait personne avec qui partager ses sentiments ou ses émotions. Depuis qu'il fréquentait Aislinn et Seth, il avait compris (et admis) à quel point il aspirait à une telle relation. Même Aislinn et Keenan étaient unis par un lien extraordinaire, tandis que Niall se sentait de plus en plus coupé de tous. Ce ne serait plus le cas s'il s'autorisait à baisser la garde, embrassait Leslie et l'attirait à lui. Elle serait à lui, désireuse de presser son corps contre le sien et de le suivre n'importe où.

C'était ce qui le tentait avec les mortelles, mais aussi ce qui posait problème. Les caresses de certains fés – des Gancanaghs en particulier, ce qu'il était, ce qu'Irial jadis avait été – créaient une dépendance chez les mortelles. La nature d'Irial s'était modifiée depuis longtemps, avant même que Niall apparaisse – il avait changé en devenant Roi des Ténèbres ; il était désormais capable de contrôler l'impact de ses caresses. Niall ne pouvait recourir à un tel pouvoir. Il n'avait pas oublié les mortelles qui s'étaient flétries puis étaient mortes, faute de recevoir ses étreintes. Pendant des siècles, ces souvenirs avaient suffi à maîtriser ses pulsions.

Jusqu'à l'arrivée de Leslie.

Tandis qu'ils marchaient, Niall était à peine capable de la regarder. Si Seth n'avait pas été là… L'esprit traversé d'images, il sentit les battements de son cœur s'accélérer à l'idée de prendre Leslie dans ses bras. Comme souvent, il n'était pas mécontent de la présence apaisante de Seth à ses côtés, qui l'empêchait de se laisser aller. *Mais aujourd'hui…* Niall s'écarta légèrement de Leslie, avec l'espoir, sans doute irrationnel, que cette distance l'aiderait à ne pas perdre le contrôle.

Maintenant que la Cour de l'Été était plus puissante – *de plus en plus chaque jour* – Keenan avait suggéré à Niall de se mettre en couple, mais il ne serait pas autorisé à avoir une mortelle pour compagne, il s'en doutait, surtout une jeune fille qui était sous la protection d'Aislinn. Son roi ne lui permettrait pas de désobéir à leur reine.

Peut-être que si ?

Niall n'avait nullement l'intention de trahir la confiance de ses souverains, du moins pas volontairement. Ils lui avaient demandé de veiller sur la mortelle et il y parviendrait. Il était capable de résister à la tentation.

Malgré tout, il gardait les poings serrés. Cela faisait des siècles qu'il n'avait pas éprouvé le désir irrépressible de sentir sa peau en contact avec celle d'une mortelle. Il la dévisagea, en quête d'indices : *pourquoi elle ? Pourquoi maintenant ?*

Leslie s'aperçut que Niall la fixait de nouveau.

– Ça me fiche un peu la trouille, tu sais ?

Il parut amusé. Il sourit légèrement et un coin de sa balafre se plissa.

– T'ai-je offensée ?

– Non, mais c'est bizarre que tu me regardes ainsi. Si tu as quelque chose à me dire, vas-y.

– Je parlerais volontiers si je savais quoi te dire, répondit Niall en posant la main dans le dos de la jeune fille pour la pousser gentiment vers l'avant. Allez, viens. Si nous voulons nous détendre, le club est un endroit beaucoup plus sûr qu'ici, ajouta-t-il en indiquant la rue déserte, où tu es si vulnérable.

Seth s'éclaircit la gorge et regarda Niall d'un air désapprobateur.

– Le club n'est plus qu'à deux pas, dit-il à Leslie.

La jeune fille avança un peu plus vite et essaya de s'éloigner de la main de Niall, qui ne l'avait pas ôtée de son dos. Mais cela n'eut aucun effet : Niall marchait à la même allure qu'elle.

Quand ils tournèrent le coin de la rue et qu'elle vit le bâtiment sombre se dresser devant eux, Leslie sentit une légère panique monter en elle. Il n'y avait aucune pancarte, aucune affiche, ni personne qui traînait à l'extérieur de l'édifice – et tout semblait indiquer que l'endroit était abandonné. *Je devrais flipper.* Et pourtant, sans comprendre pourquoi, elle se sentait presque calme.

Devant l'entrée du bâtiment, elle aperçut soudain un type musclé, dont une moitié de visage était couverte d'un tatouage au motif compliqué – des spirales et des courbes qui disparaissaient sous une chevelure aussi noire que l'encre. L'autre côté de son visage était vierge, à l'exception d'un petit piercing noir en forme de défense dans sa lèvre supérieure – un bijou identique, mais blanc, perçait l'autre extrémité de sa lèvre, du côté du tatouage.

– Ça ne dérange pas Keenan qu'elle soit là ? demanda le portier en désignant Leslie.

Celle-ci se rendit compte qu'elle le dévisageait toujours fixement – en partie parce qu'elle n'arrivait pas à comprendre comment elle avait pu ne pas remarquer plus vite un type pareil.

– C'est une amie d'Aislinn, et nous avons un indésirable en ville. La rei... (Niall s'interrompit et un sourire désabusé apparut sur ses lèvres.) Aislinn est partie avec Keenan.

– Mais est-ce que ça ne dérange pas Aislinn et Keenan ? demanda de nouveau le tatoué.

Niall serra son avant-bras.

– Elle est mon invitée, et le club doit être presque vide, pas vrai ?

Le portier secoua la tête ; cependant, il ouvrit la porte et fit signe de venir à un individu petit et costaud, arborant les dreadlocks les plus stupéfiantes que Leslie ait jamais vues – épaisses et parfaitement coiffées, elles formaient comme une crinière autour de son visage. L'espace d'un instant, la jeune fille crut qu'il s'agissait d'une *véritable* crinière.

– On a une nouvelle invitée, dit le portier.

La porte se referma avec un bruit sourd derrière Dreadlocks, qui s'approcha de Leslie et huma l'air.

Les lèvres de Niall s'étirèrent bizarrement, comme s'il était sur le point de grogner.

– C'est *mon* invitée.

– La tienne ? s'étonna Dreadlocks, dont la voix était basse et rauque, comme s'il vivait de cigarettes et d'alcool.

Le ton possessif de Niall déplut à Leslie, qui s'apprêtait à protester, quand Seth posa la main sur son poignet. Elle leva les yeux vers le jeune homme et le vit faire non de la tête.

– Je suis fier de... commença Dreadlocks.

Mais Seth se racla la gorge et le portier rouvrit la porte en faisant signe à Dreadlocks de rentrer.

– Va les prévenir, lui dit-il. T'as deux minutes.

Dans un silence embarrassé, Leslie, Seth et Niall attendirent devant l'entrée en compagnie du portier, jusqu'au moment où Leslie trouva cette tension insupportable.

– Si c'est une mauvaise idée, je peux...

Mais la porte venait de se rouvrir et Seth pénétra dans le bâtiment sombre.

– Allez, viens, dit Niall en entrant à son tour.

Elle fit quelques pas avant de s'immobiliser, ne sachant que dire ou faire. Les quelques personnes qui se trouvaient là portaient toutes des costumes étranges et sophistiqués. Une femme passa devant elle, les bras couverts de plantes rampantes qui paraissaient en pleine floraison.

Comme la fille croisée au musée.

Elle aperçut un couple qui portait des perruques faites de plumes. D'autres avaient le visage peint en bleu et des dents aux formes insolites – non pas des canines de vampires comme celles qui se vendent pour Halloween, mais des incisives dentelées, pareilles à celles d'un requin.

Niall était près d'elle, la main de nouveau posée dans son dos. Sous les étranges lumières bleutées du club, ses yeux ressemblaient à des miroirs et sa balafre n'était plus qu'une entaille noire sur sa joue.

– C'est grave si on ne porte pas de déguisements ? lui chuchota Leslie.

Il se mit à rire.

– Non, pas du tout. Ils s'habillent ainsi tous les jours.

– Tous les jours ? C'est un de ces groupes qui aiment organiser des jeux de rôle, peut-être ?

– Quelque chose dans ce genre.

Seth s'installa sur une chaise à haut dossier. Comme le reste du mobilier, elle était en bois vernis. Dans ce club aux lumières tamisées, rien ne paraissait être fait d'autres matériaux que le bois, la pierre ou le verre.

Contrastant avec son apparence extérieure rudimentaire, l'intérieur du club était loin d'être délabré. Les sols étincelaient, comme du marbre bien astiqué. Un long bar courait sur tout un pan de mur de la salle – il n'était ni en bois ni en métal, mais semblait trop épais pour être en verre. Lorsque les lumières pivotantes l'éclairèrent, Leslie entrevit des rayures colorées, violettes et vertes chatoyer à l'intérieur. Elle étouffa un cri de surprise.

– De l'obsidienne, lui dit à l'oreille une voix râpeuse. Ça calme les habitués.

Une serveuse vêtue d'un costume moulant, aux bras et aux jambes couvertes d'écailles argentées et scintillantes se tenait près d'elle. Elle tourna autour de la jeune fille et renifla ses cheveux.

Leslie recula d'un pas.

Bien que ni Niall ni Seth n'aient rien commandé, la serveuse leur tendit des boissons – un vin aux reflets dorés au premier, une bière au second.

– Ils ne contrôlent pas l'âge des clients, ici ? s'étonna la jeune fille, qui promena son regard autour d'elle.

Les gens déguisés avaient tous un verre à la main, alors que certains paraissaient plus jeunes qu'elle. Dreadlocks se tenait parmi un groupe de quatre autres types dont les dreadlocks étaient d'un brun clair. Ils partageaient un pichet rempli d'un vin de la même couleur que celui de Niall.

Un pichet de vin ?

– Tu vois maintenant pourquoi j'aime venir ici. Seth ne peut pas se détendre ainsi au *Crow's Nest*, et dans les autres boîtes, ils n'ont pas ma boisson préférée, ajouta Niall en levant son verre pour boire une gorgée de vin.

– Bienvenue à la Forteresse, Leslie, dit Seth en se balançant sur sa chaise et en indiquant la piste de danse, où évoluaient quelques personnes qui avaient l'air presque normales. C'est l'endroit le plus bizarre que tu verras jamais... avec un peu de chance.

Au même instant, le volume de la musique augmenta et Niall avala une autre gorgée.

– Tu pourrais te détendre encore davantage, Seth. Certaines des filles...

– Va danser, Niall. Si on n'a pas de nouvelles d'Aislinn d'ici deux heures, on embauchera Leslie.

Niall se leva, posa son verre encore à moitié plein sur la table et désigna la piste.

– Viens danser.

À ces mots, Leslie éprouva à la fois le besoin frémissant de refuser et un élan d'impatience – l'envie de rejoindre le petit groupe de gens costumés qui dansaient presque comme des maniaques. La musique, les mouvements, sa voix – tout l'appelait, l'attirait comme si elle avait été une marionnette munie de trop de fils. Elle se disait qu'elle trouverait du plaisir au milieu de ces corps mouvants qui oscillaient sur la piste. Une vague de rires et de désirs flottait au-dessus des danseurs, dans laquelle elle voulait plonger.

Afin de gagner un peu de temps pour apaiser sa nervosité, elle s'empara soudain du verre de Niall. Mais quand elle le porta à ses lèvres, elle s'aperçut qu'il était vide. Elle le fixa des yeux et fit tourner le pied, fragile, entre ses doigts.

– Nous ne buvons pas cela sous l'emprise de la colère ou de la peur, lui dit Niall en posant sa main sur celle qui tenait le verre.

Elle n'éprouvait pourtant aucune de ces deux émotions – seulement un ardent désir. Mais il était hors de question qu'elle le lui avoue. Elle ne le pouvait pas.

La serveuse apparut derrière eux, comme surgie de nulle part. En silence, elle plaça une lourde bouteille au-dessus du verre que Niall et Leslie tenaient. De si près, le vin semblait aussi épais que du miel. Tandis que le verre se remplissait, des spirales iridescentes chatoyèrent dans le breuvage si tentant, dont émanaient des effluves capiteux et sucrés tels que Leslie n'en avait jamais senti.

Niall leva le verre à ses lèvres, sa main toujours placée sur celle de la jeune fille.

– Voudrais-tu partager mon verre ? Par amitié ? Pour fêter cela ?

Il but une gorgée de vin tout en la fixant.

– Non, elle ne veut pas, répliqua Seth en faisant glisser son verre vers la jeune fille. Si elle a soif, elle boira dans mon verre. Ou je la servirai.

– À elle de choisir, Seth, répondit Niall en baissant son verre.

Le breuvage, les danses, Niall – trop de tentations s'offraient à Leslie. Elle voulait tout à la fois. Malgré le comportement insolite de Niall, elle avait envie de basculer dans le plaisir. Les peurs qui l'avaient laissée pieds et poings liés après le viol s'éloignaient depuis quelque temps. *J'ai bien fait de me faire tatouer. Ça m'a libérée.* Elle se passa la langue sur les lèvres.

– Pourquoi pas ? répondit-elle.

Niall leva le verre de sorte que les lèvres de Leslie se retrouvèrent contre le bord – si près que son rouge à lèvres y laissa une trace. Mais il ne versa pas le vin étrange dans sa bouche.

– En effet, dit-il. Pourquoi pas ?

Seth poussa un soupir.

– Réfléchis une minute, Niall. Tu veux vraiment en subir les conséquences ?

– Pour l'instant, ce que je désire plus que tout, c'est...

Niall retira le verre des lèvres de la jeune fille et fit tourner sa main de sorte que ses lèvres à lui se retrouvèrent contre la trace de rouge à lèvres.

– Tu mérites plus de respect que cela, Leslie, ajouta-t-il. Pas vrai ?

Il vida son verre d'une traite, le reposa sur la table, sans pourtant lâcher la main de la jeune fille.

Leslie voulait fuir. Niall retenait toujours sa main mais l'attention qu'il lui portait avait perdu de son intensité. Son assurance vacilla. Aislinn avait peut-être raison de vouloir la tenir à l'écart de la famille de Keenan : Niall était tour à tour fascinant et bizarre. Elle passa de nouveau sa langue sur ses lèvres soudain sèches. Elle se sentait reniée, rejetée et furieuse. Elle repoussa brusquement sa main.

– Tu sais quoi ? Je ne comprends pas bien ton petit jeu, mais il ne m'intéresse pas.

– Tu as raison, répondit Niall en baissant les yeux. Je n'avais pas l'intention de... je ne veux pas... Excuse-moi. Je ne suis plus tout à fait moi-même ces derniers temps.

– Comme tu voudras, dit-elle en reculant.

Mais Niall prit ses mains dans les siennes avec douceur, lui laissant le choix de les retirer si elle le voulait.

– Danse avec moi. Et si ça ne te rassure toujours pas, on te ramènera chez toi. Tous les deux, Seth et moi.

Leslie se tourna vers Seth. Il était là, dans ce club dont jamais elle n'aurait deviné l'existence, entouré de gens aux costumes étranges et aux attitudes qui ne l'étaient pas moins, et pourtant, il gardait son calme. *Ce qui n'est pas mon cas.*

Seth tira sur le piercing qui ornait sa lèvre et le fit rouler dans sa bouche, comme il en avait l'habitude quand il réfléchissait. Plus il fit un geste en direction de la piste.

– Tu peux danser, pas de souci. Seulement, ne bois rien de ce qu'il te propose – ni ce que d'autres pourront t'offrir, d'accord ?

– Pourquoi ? s'obligea-t-elle à demander, alors qu'elle détestait en savoir trop.

Aucun des deux hommes ne lui répondit. Elle songea à insister, mais la musique la happait, l'invitait à se laisser aller, à oublier ses doutes. Les lumières bleutées situées dans tous les coins du club tournoyaient sur le sol, et elle avait envie de tournoyer avec elles.

– Danse avec moi, s'il te plaît.

Il y avait sur le visage de Niall une expression de besoin, de désir et de propositions muettes.

Leslie n'avait en tête ni question ni réponse qui aurait pu justifier un refus de sa part.

– Oui.

Alors Niall la fit tourbillonner dans ses bras et l'entraîna sur la piste.

12

Au bout de quelques chansons, Leslie se félicita des longues heures passées à servir les clients du *Verlaine* : elle avait mal aux pieds, mais moins que si elle n'avait pas eu l'habitude de rester debout au restaurant. C'était la première fois qu'elle rencontrait quelqu'un qui dansait comme Niall. Il lui montra des figures qui la firent rire et lui apprit des pas étranges qui demandaient plus de concentration qu'elle n'aurait cru nécessaire.

Tout du long, il se comporta avec elle de manière curieusement attentive. Ses mains ne s'égarèrent jamais et, comme au musée, il se montra presque distant quand il la tenait dans ses bras. Mais ses quelques remarques enjôleuses en attestaient : le regard suppliant qu'il lui avait jeté en l'invitant à danser n'était pas un effet de l'imagination de Leslie. Niall finit par s'arrêter.

– Il faut que j'aille voir Seth, avant de...

Il enfouit son visage dans le cou de la jeune fille, et son souffle était si chaud contre sa gorge que c'en était presque douloureux.

– ... avant de céder au désir déraisonnable de *vraiment* poser les mains sur toi.

– Je n'ai pas envie d'arrêter de danser...

Elle s'amusait et se sentait libre.

– Dans ce cas, continue. Ils danseront avec toi jusqu'à ce que je revienne, ajouta-t-il en faisant un signe de tête aux types aux dreadlocks qui se trémoussaient non loin.

Leslie tendit la main et Dreadlocks l'attira à lui avant de lui faire traverser la salle en tournoyant. Elle éclata de rire. Puis celui-ci la passa à un autre, qui la fit tourner jusqu'au suivant. Ils se ressemblaient tous. Il n'y avait aucune pause dans leurs mouvements. Et Leslie eut l'impression que la terre s'était mise à tourner à une autre allure. C'était extraordinaire. Quand la deuxième chanson s'acheva, la jeune fille se demanda si ces types étaient aussi nombreux que ça ou bien si elle dansait toujours avec les deux ou trois mêmes. Elle ne savait pas vraiment s'ils étaient tous identiques ou si, à force de tournoyer ainsi, elle avait des hallucinations. Mais soudain, elle s'immobilisa en trébuchant. La musique continuait, mais son danseur l'avait lâchée.

Les types aux dreadlocks s'étaient arrêtés eux aussi et elle se rendit compte qu'ils étaient cinq en tout. *Des quintuplés.*

Un inconnu traversa la salle. Il se dirigeait vers elle, se déplaçant avec une grâce langoureuse, sur un rythme qui n'avait rien à voir avec la musique qu'elle entendait. Ses yeux étaient cerclés d'ombres noires. En fait, il était entouré d'ombres, comme si les lumières bleutées se détournaient de lui sans le toucher. Une chaîne d'argent scintillait sur sa chemise. Une lame de rasoir y était accrochée. Il agita la main d'un air dédaigneux pour congédier les types aux dreadlocks.

– Ouste.

Elle se rendit compte qu'elle le fixait et cligna des yeux.

– Je te connais. On s'est croisés dans la boutique de Rabbit...

Elle glissa sa main vers son tatouage encore inachevé. Soudain, il se mit à vibrer sous sa peau. Pareil à un battement de tambour.

Il lui sourit, comme s'il entendait lui aussi ce battement illusoire.

Deux des quintuplés retroussèrent leurs babines et les autres se mirent à feuler.

Des... feulements ?

– Irial, c'est ça ? C'est ton nom. Chez Rabbit...

Il passa derrière elle, glissa ses mains autour de sa taille et l'attira contre son torse. Elle ne savait pas pourquoi elle dansait avec lui, pourquoi elle s'était remise à danser. Elle voulait quitter la piste, retrouver Niall, Seth, partir d'ici, mais elle ne parvenait pas à s'éloigner de la musique.

Ou de lui.

Dans son esprit, d'étranges images surgirent – des requins qui nageaient vers elle, des voitures qui dérapaient devant elle, des crocs qui s'enfonçaient dans sa chair, des ailes obscures qui s'enroulaient autour d'elle, comme une caresse. Instinctivement, elle savait qu'elle aurait dû s'écarter de lui, mais elle n'en fit rien. Elle en était incapable. C'était exactement ce qu'elle avait ressenti la première fois qu'elle l'avait vu – l'impression qu'elle serait prête à le suivre partout où il irait. Un sentiment qui lui déplaisait.

Irial la fit tourner et elle se retrouva contre lui. Il la tenait fermement, tout en adaptant ses mouvements aux siens. Elle aurait voulu ne pas aimer cela mais... Pour la première fois depuis des mois, la peur tremblante et omniprésente qu'elle avait éprouvée s'était apaisée, comme si elle n'avait jamais existé. Cet apaisement suffisait à lui donner envie de rester près d'Irial. Elle se sentait bien, elle-même, comme si les élans de laideur contre lesquels elle luttait constamment s'étaient évanouis dès l'instant où il l'avait prise dans ses bras. Ses mains étaient sur sa peau, sous la couture de son chemisier. Elle ne le connaissait pas, mais elle n'aurait, sous aucun prétexte, voulu qu'il s'arrête. *Ou qu'il commence.*

Il eut un petit rire et passa ses mains sur les hanches de la jeune fille, et ses doigts se firent soudain fermes sur sa peau douloureuse.

– Mon adorable Fille des Ombres. Presque à moi...

– Je ne sais pas pour qui tu me prends, mais je crois que tu fais erreur.

Elle s'écarta de lui, ce qui lui demanda un effort exorbitant. Elle se sentait comme un animal acculé. Elle le repoussa sans ménagement.

– Et je ne suis pas à *toi*.

– Si, dit-il en capturant ses mains dans les siennes tandis qu'elle le repoussait toujours. Et je saurai m'occuper de toi.

Elle eut l'impression que la salle vacillait, près de basculer, et elle eut envie de s'enfuir en courant. Elle secoua la tête avec difficulté.

– Non, ce n'est pas vrai. Lâche-moi.

Soudain, Niall fut près d'elle.

– Arrête, dit-il.

Irial colla ses lèvres contre celles de Leslie et la força à ouvrir la bouche.

Elle ne l'aimait pas, mais pour rien au monde elle ne se

serait écartée. Sa colère céda la place à un instinct farouche et à un double désir – le refus d'appartenir à qui que ce soit, et l'envie de le posséder, lui. Irial recula d'un pas et la dévisagea comme s'ils se trouvaient seuls.

– Bientôt, Leslie.

Les yeux rivés sur lui, elle ne savait pas si elle voulait de nouveau le repousser ou l'attirer à elle. *Ce n'est pas moi. Je ne suis pas... quoi donc ?* Elle n'arrivait pas à mettre un mot sur cette sensation.

Niall les observait. Derrière lui, elle aperçut les quintuplés et une foule de gens qu'elle n'avait pas remarqués avant. *D'où sortent-ils ?* Le club lui avait paru presque vide. À présent, il était bondé. Et personne n'avait l'air très sympathique.

Niall essaya de la faire passer derrière lui.

– Éloigne-toi de lui, murmura-t-il.

Mais Irial glissa de nouveau ses mains autour de la taille de Leslie. Ses pouces passèrent sous son chemisier pour lui caresser la peau. À ce simple contact, les yeux de la jeune fille se voilèrent de plaisir – ce n'était plus de la colère ni de l'effroi, mais du *désir*.

– Tu ne pensais quand même pas qu'elle était à toi ? demanda Irial à Niall. C'est comme au bon vieux temps, tu sais. Tu les trouves, je les prends.

Leslie essaya de se ressaisir, de se souvenir de ce qu'elle avait à faire. Elle aurait dû être effrayée. Furieuse. Elle n'aurait pas dû être en train de regarder la bouche d'Irial. Elle essaya de se dégager de son étreinte et trébucha.

Niall se hérissa. Leslie vit même ses yeux lancer des éclairs, elle en aurait juré. Il se rapprocha d'Irial, les poings crispés, comme prêt à le frapper. Il n'en fit rien. Il se contenta d'assener :

– Laisse-la tranquille. Tu es...

– Reste à ta place, mon garçon. Tu n'as aucune autorité sur moi ou sur les miens. Tu as été très clair là-dessus.

Irial serra Leslie plus fort contre lui, si bien qu'elle se retrouva dans la même position que lorsqu'elle dansait avec lui : dans ses bras et incapable, ou plutôt nullement désireuse, de les quitter – ce qui, en soi, était effrayant. Son visage était en feu, mais l'espace de plusieurs battements de cœur, elle ne parvint pas à bouger.

– Non, se força-t-elle à prononcer. Lâche-moi.

– Laisse-la tranquille, répéta Niall en s'avançant davantage.

Ses yeux lancèrent des éclairs – *je n'ai donc pas rêvé.*

– C'est une amie de notre cour. Elle est l'amie d'Aislinn et la mienne, ajouta Niall en s'approchant si près d'Irial qu'il le touchait presque.

Une cour ?

– Elle serait donc à ta famille ? s'étonna Irial en obligeant Leslie à lui faire face, pour la contempler comme si des secrets étaient inscrits sur sa peau. Ta famille ne l'a pas reconnue comme telle.

Reconnue ? De quoi parle-t-il ? Elle regarda tour à tour Irial, Niall et tous ces inconnus qui l'entouraient. *Je n'appartiens pas à ce monde.*

– Lâche-moi, répéta-t-elle.

Sa voix était presque imperceptible, mais au moins, elle avait réussi à s'exprimer.

Il s'écarta d'elle, si rapidement qu'elle dut s'agripper à son bras pour ne pas tomber. Elle se sentit humiliée.

– Qu'on la fasse sortir d'ici, ordonna Niall.

Seth émergea de la foule, prit la main de la jeune fille – un geste amical auquel il ne l'avait pas habituée – et la tira vers lui, hors de portée d'Irial.

– À bientôt, ma douce, répéta Irial en se penchant pour la saluer.

Leslie frémit. Si elle n'avait pas été aussi chancelante, elle se serait enfuie du club à toutes jambes. Elle se contenta de marcher aux côtés de Seth, d'un pas incertain.

13

Leslie et Seth remontèrent plusieurs pâtés de maisons avant qu'elle se sente capable de le regarder. Il avait choisi de ne pas être ami avec elle, mais la jeune fille lui faisait confiance – plus qu'à la plupart des autres garçons – et son opinion comptait encore beaucoup pour elle.

Ils avaient presque atteint le *Comix Connexion*, une boutique spécialisée en bande dessinée, quand elle ouvrit enfin la bouche.

– Je suis désolée.

Elle leva les yeux vers lui mais les détourna aussitôt à la vue de son expression furieuse. Il ferma légèrement les poings. Seth était incapable de lui faire du mal, ce n'était pas son genre, pourtant, elle eut un mouvement de recul quand il lui attrapa le poignet.

– Désolée pour quoi ? demanda-t-il, les sourcils relevés.

Elle s'immobilisa.

– Pour avoir fait une scène, pour m'être comportée comme une traînée devant Niall et toi, pour...

– Arrête, l'interrompit Seth. Ça n'était pas ta faute. Irial est un sale type. Contente-toi de... le fuir s'il cherche à te revoir, d'accord ? Si tu peux, évite-le, mais sans panique.

Elle acquiesça et Seth relâcha son poignet. Comme à la Forteresse, Leslie était certaine qu'il ne lui avait pas tout dit, qu'il lui cachait des choses. *Ils font tous partie d'un gang ou quoi ?* Elle n'avait jamais entendu parler de gangs à Huntsdale, mais peut-être se trompait-elle. En tout cas, Seth ne paraissait pas vouloir lui en dire davantage, et elle ne savait pas comment aborder le sujet.

– Où tu vas ? préféra-t-elle demander.

– Chez moi. Et toi aussi.

– Tous les deux ? s'étonna-t-elle.

– Tu as un autre endroit où tu seras en sécurité avant d'aller au travail ?

Il avait parlé d'un ton gentil, mais elle était certaine qu'il ne s'agissait pas d'une vraie question.

– Non, répondit-elle en évitant son regard appuyé.

Il n'ajouta rien, mais elle avait vu qu'il comprenait. Et à cet instant, elle fut convaincue que Seth et Aislinn étaient au courant de ce qui se passait chez elle. Ils savaient qu'elle leur avait menti, à eux et à tous les autres.

Elle prit une profonde inspiration.

– Ren est probablement à la maison, en fait... c'est donc pas vraiment le lieu le plus sûr qui soit.

Seth hocha la tête.

– Si besoin, tu seras toujours la bienvenue chez moi.

Elle rit, pour faire croire qu'elle essayait de prendre cela à la légère.

– C'est pas...

Il leva un sourcil.

Elle soupira et décida d'arrêter de mentir.

– C'est noté, dit-elle.

– T'as envie d'en parler ?

– Non. Pas aujourd'hui. Plus tard, peut-être, ajouta-t-elle en ravalant ses larmes. Ash est au courant, pas vrai ?

– Des raclées que te met Ren ou de ce qui s'est passé avec son dealer ?

– Oui, avoua-t-elle tout en se sentant nauséeuse. De tout ça.

– Elle est au courant. Elle sait ce que c'est, elle a vécu des trucs affreux... pas la même chose, pas comme...

Il s'interrompit. Il n'essaya pas de la serrer dans ses bras ou de faire un geste amical, ce que la plupart des gens auraient tenté – *tant mieux*, se dit-elle. *Sinon, je vais m'effondrer.*

– Très bien, répondit la jeune fille en croisant les bras, avec l'impression que son univers se délitait, quelque part en elle, et qu'elle ne pouvait rien y changer.

Depuis quand sont-ils au courant ?

– Elle sera rapidement informée ce qui s'est passé avec Irial. Tu pourras lui en parler.

– Parce que tu crois qu'elle me parle, elle ? répliqua Leslie en soutenant le regard du jeune homme.

– Ça me regarde pas, vos histoires, mais... Toutes les deux, reprit-il après un instant d'hésitation, vous iriez mieux si vous pouviez être franches l'une envers l'autre et tout vous dire.

La panique monta en elle – une boule noire qui lui serrait la gorge. *Comme quand leurs mains sur moi... Non. Je ne veux plus y penser.* Ces derniers temps, ces souvenirs affreux lui avaient paru si lointains. Elle ne voulait plus les voir refaire surface. Elle aspirait à ne plus rien éprouver. Elle accéléra le pas et se mit presque à courir, ses pieds martelant le trottoir fermement avec un bruit sourd.

Si seulement je pouvais échapper à ces souvenirs... c'était impossible, mais mieux valait que son cœur batte si vite parce qu'elle courait et non à cause des terreurs dissimulées au fond de sa mémoire.

Seth courait lui aussi, non pas derrière ou devant elle, mais près d'elle, accordant ses pas aux siens. Il n'essaya pas de l'arrêter, ne l'obligea pas à lui parler. Il se contenta de filer à toute allure en restant à ses côtés, comme si courir dans les rues était tout ce qu'il y avait de plus normal.

Ils étaient arrivés près de l'ancienne voie de chemin de fer où Seth vivait quand elle consentit enfin à s'arrêter. Essoufflée, elle regarda l'un des bâtiments noircis par le feu qui se trouvaient sur le trottoir d'en face. Debout sur la pelouse qui n'aurait pas dû pousser là, sur ce terrain vague, elle rassembla son courage avant d'entamer la conversation qu'elle ne voulait pas avoir.

– Comment est-ce... que... Qu'est-ce que tu sais, au juste ?

– J'ai entendu dire que Ren t'avait joué un sale tour pour se sortir du pétrin.

Elle laissa les souvenirs resurgir. *Je n'ai pas sombré. Je n'ai pas craqué.*

Seth, immobile, la regarda sans ciller.

Elle ne bougeait pas elle non plus. Il lui arrivait de hurler quand les cauchemars l'assaillaient, mais jamais consciemment, jamais quand elle était réveillée.

Elle redressa la tête et s'obligea à garder un ton calme.

– J'ai survécu.

– Oui, répondit Seth en agitant son trousseau pour trouver

la clé de sa porte d'entrée. Mais si on avait su à quel point les choses allaient mal avant que Ren te... (Il s'interrompit, l'air peiné.) On ne savait pas. On était tellement pris... par d'autres choses, et...

Leslie lui tourna le dos, incapable de lui répondre. Elle entendit le grincement de la porte qui s'ouvrait. Il attendait qu'elle entre.

Elle s'éclaircit la voix, mais elle était au bord des larmes.

– Je te rejoins, laisse-moi une minute.

Elle lui lança un bref coup d'œil, mais Seth regardait ailleurs.

– Je te rejoins, t'inquiète.

Elle entendit la porte se refermer doucement.

Elle s'assit par terre devant le train de Seth et balaya des yeux les fresques murales qui le décoraient, passant par toute la gamme des styles, du dessin d'animation à l'abstraction – l'effet était vertigineux, désordonné, tandis qu'elle essayait de suivre les courbes des peintures et de se concentrer sur les couleurs et sur la création du jeune homme. Tout, plutôt que les souvenirs qu'elle ne parvenait toujours pas à affronter.

J'ai survécu. Pour de bon. Je survis encore. Et cela n'arrivera plus jamais.

Cela la blessait, malgré tout, de savoir que ses amis, des gens qu'elle respectait, étaient au courant de ce qu'*ils* lui avaient fait subir. Il aurait été logique qu'elle n'en soit pas gênée, mais elle l'était malgré tout.

Ça fait mal. Pourtant, elle ne voulait pas se laisser aller à cette souffrance. Elle se releva et passa la main sur une des sculptures métalliques qui poussaient comme des plantes autour du train. Elle serra le morceau de ferraille, jusqu'à ce que les rebords pointus s'enfoncent dans sa paume, jusqu'à ce que le sang se mette à couler entre ses doigts et à goutter sur le sol, jusqu'à ce que la douleur l'oblige à penser à l'instant présent et plus au passé – aux souffrances anciennes qui lui faisaient chercher refuge dans les larmes.

Concentre-toi sur cette sensation, sur cet endroit. Elle retira sa main et contempla la coupure profonde au centre de sa paume, ainsi que les plus petites plaies aux doigts. *Pense au présent.*

Car à cet instant, elle était en sécurité. Davantage que le reste du temps.

Elle ouvrit la porte et entra, le poing fermé afin que le sang ne coule pas sur le plancher. Seth était assis à l'avant du train, dans un de ses drôles de fauteuils ergonomiques. Son boa constrictor était lové sur ses genoux, une partie de son corps traînant sur le sol, comme un pan de couverture.

– Je reviens, lui dit-elle en passant devant lui pour se rendre dans le second wagon – où se trouvaient sa salle de bains et sa chambre minuscule – croyant qu'il n'avait pas vu l'état de sa main.

– Il y a des pansements dans la boîte bleue, par terre, si t'en as besoin, lança-t-il alors. Tu devrais aussi y trouver un produit antibiotique.

– D'accord.

Elle se rinça la main sous l'eau froide et l'essuya avec du papier toilette – elle ne voulait pas tacher les serviettes de Seth. Elle se fit un pansement puis ressortit.

– Tu te sens mieux ? lui demanda-t-il, en jouant de nouveau avec son piercing à la lèvre.

Aislinn lui avait expliqué que cette manie lui servait à gagner du temps – la jeune fille n'avait pas pour habitude de dévoiler grand-chose, mais tout semblait la fasciner quand il s'agissait de Seth. Leslie eut un petit sourire en pensant à eux. Seth et Aislinn partageaient quelque chose de spécial, de vrai. Ça ne devait pas être facile à trouver, mais c'était malgré tout possible.

– Un peu, répondit-elle en s'asseyant sur le vieux canapé défoncé. Je devrais aller... nettoyer ta sculpture.

– Plus tard. Tu devrais faire une petite sieste, conseilla-t-il en indiquant la couverture qu'il avait posée au bord du canapé. Ici ou dans ma chambre... là où tu te sens le mieux. Il y a un verrou à la porte.

– Pourquoi es-tu si gentil avec moi ? demanda-t-elle – elle avait besoin de savoir.

– T'es l'amie d'Ash. Et mon amie, maintenant.

Il ressemblait à un sage un peu fou, assis dans son curieux fauteuil, un boa sur les genoux et une pile de vieux livres posée près de lui. C'était en partie une illusion, que ces détails irréels amplifiaient, mais pas seulement. La façon dont il la dévisageait, la façon dont il ne cessait de surveiller la porte d'entrée. Il n'était pas dupe : il savait quelle sorte d'individus dangereux les attendait au-dehors.

Elle essaya d'adopter un ton plus léger.

– On est donc amis ? Depuis quand ?

Seth garda pourtant son sérieux. Il la fixa un instant en caressant la tête du boa, qui s'était mis à ramper vers son épaule.

– Quand j'ai compris que tu n'étais pas une paumée comme Ren, mais sa victime. T'es quelqu'un de bien, Leslie. Et tu mérites qu'on t'aide.

En aucun cas elle ne pouvait prendre cela à la légère. Elle détourna les yeux.

Pendant quelques minutes, ils n'échangèrent plus un mot.

Elle finit par prendre la couverture et par se lever.

– T'es sûr que ça ne te dérange pas, si je dors un peu dans ta chambre ?

– Verrouille la porte. Ça ne va pas me vexer, et au moins, tu dormiras mieux.

Elle acquiesça et sortit du wagon. Arrivée dans le couloir, elle marqua une pause et se tourna vers lui.

– Merci.

– Repose-toi. Plus tard, il faudra que tu discutes avec Ash. Il y a d'autres trucs... C'est à elle de t'en parler, d'accord ? dit-il en soupirant.

– D'accord.

Leslie avait du mal à imaginer ce qui pouvait être plus horrible encore que ce qu'elle avait vécu, mais le ton de Seth la rendit nerveuse.

– Plus tard, mais pas ce soir, ajouta-t-elle.

– Bientôt, insista le jeune homme.

– Oui, bientôt. C'est promis.

Elle referma la porte de la chambre et la verrouilla – sachant qu'elle se sentirait plus en sécurité, même si elle s'en voulait de le faire.

Elle s'étendit sur le lit de Seth et s'enroula dans la couverture qu'il lui avait donnée. Allongée là, dans la pièce obscure, elle essaya de repenser à Niall, à ses gestes attentionnés quand ils avaient dansé ensemble, à son rire si doux contre sa gorge.

Cependant, lorsqu'elle s'endormit, ce ne fut pas à Niall qu'elle rêva, mais à Irial. Et ça n'était pas un rêve. Mais un cauchemar, qui aurait pu rivaliser avec les pires visions qu'elle avait déjà eues : les yeux d'Irial la fixaient derrière les visages des hommes qui l'avaient agressée.

Ce fut sa voix qui résonna dans son esprit tandis qu'elle s'efforçait de se réveiller, en vain.

« Bientôt, *a ghrá* », murmura-t-il à travers la bouche de ses violeurs. « Bientôt, nous serons ensemble. »

14

Puisque le Roi de l'Été le cherchait ailleurs, Irial s'était rendu à la Forteresse, l'endroit où se trouvaient probablement les chéris de la cour. *Mieux vaut faire attendre Keenan un peu plus longtemps.* Plus les souverains de l'Été s'inquiéteraient, plus ils seraient émotifs – et le Roi des Ténèbres ne disait jamais non à un bon repas. Entre-temps, cela l'avait amusé d'observer Niall montrer les dents pour protéger Leslie, une possessivité rare à la Cour de l'Été.

Il était logique que le Gancanagh soit déjà attiré par la jeune fille. Le lien qui l'unissait chaque jour davantage à Irial suffisait à la rendre tentante à tous les sujets de la Cour des Ténèbres. Même si Niall avait quitté la cour des décennies plus tôt, il y était toujours rattaché. C'était la cour à laquelle il appartenait de droit, qu'il le veuille ou non.

Tout comme Leslie. Elle ne le savait sans doute pas, ne s'en était pas rendu compte, mais quelque chose en elle avait reconnu en Irial le partenaire idéal. Elle l'avait choisi. Et pour lui, même ses cavalcades en compagnie des Chiens de Gabriel n'étaient pas aussi gratifiantes que le fait de savoir que la petite mortelle serait bientôt sienne, qu'il pourrait se servir d'elle comme d'un intermédiaire, afin de canaliser les émotions des humains. Il avait déjà eu un avant-goût remarquable et titillant de ce qu'il serait bientôt capable de puiser en elle. Les sujets de la Cour des Ténèbres s'étaient nourris exclusivement des émotions de fés pendant si longtemps qu'ils ne savaient plus tirer parti des mortels – jusqu'à ce que Rabbit se mette à faire les échanges d'encre. Tant de choses s'arrangeraient quand il aurait terminé. *Et peut-être sera-t-elle suffisamment forte pour le supporter.* À présent, il devait patienter et trouver de quoi s'occuper en attendant qu'elle soit vraiment sienne.

N'ayant rien d'autre à faire, Irial décida de titiller Niall.

– Tu ne devrais pas avoir quelqu'un pour te superviser, mon garçon ?

– Je pourrais te poser la même question.

Le visage et le ton de Niall étaient dédaigneux, mais ses émotions variaient en permanence. Au fil des années, le Gancanagh n'avait cessé de se préoccuper du bien-être d'Irial – même si Niall ne l'aurait jamais avoué. Et récemment, quelque chose avait accentué le souci qu'il se faisait pour lui. Irial se dit qu'il demanderait à Gabriel d'enquêter là-dessus.

– Un roi qui a un peu de bon sens ne sort pas sans ses gardes, ajouta Niall.

Et maintenant, une pointe de peur se greffait sur son inquiétude.

– Un roi faible, tu veux dire. Un Roi des Ténèbres n'a pas besoin d'être dorloté, répliqua-t-il.

Puis il se détourna, en quête d'une autre distraction – il

était trop facile de provoquer Niall, et Irial avait trop d'affection pour lui. Au mieux, goûter aux émotions de Niall était une gâterie aigre-douce.

Une des serveuses, une spectre aux yeux illuminés de croissants de lune, s'arrêta non loin de lui. *Une parente de Far Dorcha.* D'ordinaire, les Fées de la Mort ne fréquentaient pas la Cour de l'Été, trop joyeuse pour elles. *Voilà une charmante distraction.* Il lui fit signe d'approcher.

– Ma belle ?

Elle jeta un coup d'œil aux fés-lionceaux et aux hommes-sorbiers regroupés autour de Niall, dont le visage était rouge de colère. Non parce qu'elle était anxieuse, mais seulement pour repérer leur position dans la salle. Les spectres savaient se défendre dans presque n'importe quelle situation de conflit : personne ne peut échapper à l'étreinte de la mort – surtout si la mort en a décidé ainsi.

– Oui, Irial ?

La voix de la spectre plana dans l'air, aussi rafraîchissante qu'une gorgée de lune, aussi pâteuse que de la terre de cimetière sur sa langue.

– Pourrais-tu me rapporter un thé bien chaud, avec juste un baiser de miel ? demanda-t-il en joignant deux doigts.

Après l'avoir salué bien bas, la fée s'éloigna en flottant et se dirigea vers le bar.

Elle serait adorable à la maison. Peut-être sera-t-elle désireuse d'errer jusque-là ?

Avant de suivre la serveuse, Irial décocha un sourire paresseux au petit groupe qui le dévisageait avec colère. Aucun d'entre eux ne s'interposa. Ce qui était parfaitement normal. Il était roi, même s'il n'était pas le leur. Ils ne pouvaient l'attaquer ou lui faire obstacle, quel que soit le nombre de petites natures qu'il offensait.

La petite spectre posa son thé sur le bar en obsidienne. Il prit un tabouret et s'assit en tournant le dos aux gardes de la Cour de l'Été, puis s'intéressa à la serveuse.

– Ma douce, que fais-tu avec ces gens ?

– Je suis chez moi, ici, répondit-elle en effleurant son poignet de ses doigts d'une humidité de tombe.

Contrairement aux autres fés, la spectre était immunisée contre lui – il n'avait provoqué aucune frayeur en elle. Mais elle canaliserait l'effroi des autres ; elle était d'une beauté malsaine que tous craignaient – ou parfois désiraient ardemment.

– Par choix ou par obligation ? demanda-t-il, incapable de résister au plaisir de la harceler – elle pourrait être un atout à la Cour des Ténèbres.

Elle se mit à rire, et il eut la sensation d'être assailli par des asticots qui lui couraient dans les veines.

– Prudence, souffla-t-elle d'une voix qui ressemblait à un éclat de lune. Certains connaissent très bien les *habitudes* de ta cour.

Il se raidit un instant, en la dévisageant par-dessus l'arc-en-ciel de couleurs qui scintillait à l'intérieur du bar en obsidienne. Entre les traînées violettes que renvoyait la pierre et les lumières bleutées du bar, elle paraissait plus terrifiante que nombre de ses fés – quand ils étaient dans leurs bons jours. Et ses allusions ajoutaient à cette peur qu'elle lui transmettait. Durant les siècles passés, marqués par la cruauté de Beira, il n'avait pas été difficile de dissimuler les appétits singuliers de la Cour des Ténèbres. Violence, débauche, terreur, luxure, rage – tous ces mets délicieux étaient amplement disponibles, flottant dans l'air même qu'ils respiraient. À présent, la paix nouvelle mettait cet équilibre en péril. Quand il partait chasser, il lui fallait être de plus en plus prudent.

La spectre se pencha et posa ses lèvres contre l'oreille d'Irial. Des visions de serpents se lovèrent sur sa peau quand elle lui chuchota :

– Nous sommes sérieux, nous gardons les secrets, Irial. Nous ne sommes pas aussi étourdis que les fés joyeux. Ou aussi bavards, ajouta-t-elle en s'écartant soudain de lui, emportant avec elle les serpents ondulant sur sa peau, et en lui offrant un sourire des plus perturbants.

– En effet. Je m'en souviendrai, ma chère.

Il ne regarda pas derrière lui, mais il savait que tout le monde les observait, et que personne ne demanderait à la spectre ce qu'elle lui avait dit. Apprendre les secrets d'une Fée de la Mort était trop risqué, et le prix à payer trop élevé.

– Je t'ai fait mon offre, se contenta-t-il de dire, si l'envie te prenait de changer d'endroit.

– Je suis bien, ici. Vaque à tes occupations avant l'arrivée du roi. J'ai à faire.

Elle s'éloigna pour essuyer le bar avec un chiffon qui ressemblait à un morceau de linceul.

Elle serait vraiment parfaite dans ma cour.

Le regard qu'elle lui lança était pourtant clair : elle trouvait sa proposition amusante mais peu convaincante. Les parentes de Far Dorcha n'étaient pas organisées en cour, mais elles n'en avaient pas besoin. Les Fées de la Mort déambulaient librement d'une cour à l'autre, loin des querelles et des folies royales, et semblaient se rire de tous. Si Irial la distrayait suffisamment, sans doute daignerait-elle visiter sa demeure un de ces jours. Le fait qu'elle ait choisi de fréquenter la cour de Keenan en disait long sur le jeune roitelet.

Cependant, cela ne changeait rien à ce que le Roi des Ténèbres était venu chercher dans cet endroit – de quoi se nourrir. Il s'attarda au bar, à taquiner les autres serveuses, à inciter les garçons-lionceaux et les hommes-sorbiers à lui lancer des regards haineux. Les serveuses le dévisagèrent bientôt d'yeux aux paupières lourdes ; les gardes se firent tendus et furieux. Les tentations obscures qui émanaient d'eux, de la violence combinée à du désir, n'étaient pas encore suffisantes pour faire un vrai repas, mais au moins, son appétit s'émoussa.

Il soupira. La précédente Reine de l'Hiver lui manquait – un sentiment déplaisant. Non pas *elle*, mais plutôt la nourriture qu'elle leur avait procurée durant des décennies. Le prix en avait été douloureux, même selon les critères de la Cour des Ténèbres – mais il n'avait pas pris de vrai repas depuis la mort de Beira. L'échange d'encre avec Leslie arrivait à point nommé.

Je pourrais peut-être également me payer un petit morceau de chaos avec la Cour de l'Été.

Sur cette note joyeuse, il se leva et salua la spectre d'un signe de tête. Celle-ci, le visage de nouveau vide d'expression, lui fit une révérence.

Irial se tourna vers Niall et les gardes.

– Dis à ton roitelet que je le verrai demain.

Niall acquiesça – lié par son vœu de loyauté, il serait obligé de transmettre ce message à son roi : la loi lui imposait de tolérer la présence d'un autre souverain, tant que celui-ci ne menaçait pas le sien.

Le Roi des Ténèbres repoussa son tabouret et s'approcha du conseiller de Keenan. Il lui fit un clin d'œil et murmura :

– Je crois que je vais partir à la recherche de cette charmante mortelle qui est venue danser ici ce soir. Mignonne, pas vrai ?

Les émotions de Niall jaillirent – jalousie, instinct de possession et désir mêlés. Celui-ci eut beau rester impassible, Irial put y goûter. *On dirait de la cannelle*. Il avait toujours trouvé Niall divertissant.

Tout en riant, le Roi des Ténèbres quitta le club d'un pas nonchalant, presque content que la soirée ait pris un tour aussi inattendu.

15

Niall était certain que le Roi des Ténèbres chercherait à revoir Leslie – ne serait-ce que pour provoquer Keenan. *Ou moi.* Irial n'essaierait peut-être pas de s'en prendre ouvertement à Niall – il lui en voulait d'avoir rejeté sa proposition d'être son successeur, une insulte qui n'avait toujours pas été pardonnée. Leslie était doublement vulnérable : Aislinn était son amie, et Niall était... Qu'était-elle au juste pour lui ? Non, pas sa maîtresse, son amie, sans doute. Oui, il pouvait remplir ce rôle. Il pouvait apprécier sa compagnie, rester près d'elle. Il avait la possibilité d'avoir tout ce qu'il voulait – à l'exception d'une seule chose. *Mais tout ce qui compte, c'est qu'elle soit hors de danger...* Niall pouvait seulement espérer que la jeune fille ne croiserait plus jamais la route d'Irial. *L'espoir ne suffit pas.*

Un brouhaha à l'entrée du club annonça l'arrivée d'Aislinn et de Keenan.

– Où est Seth ?

Keenan n'avait pas attendu d'avoir traversé la salle pour poser cette question, de la première importance pour la cour.

– Il va bien ?

Aislinn n'était pas près de Keenan. Les garçons-lionceaux l'avaient interceptée au passage, afin que le roi puisse parler à Niall le premier. Une ruse grossière, mais qui permettait à Keenan de gagner un peu de temps.

– Je lui ai dit de partir avec Leslie. Sous bonne garde, mais...

Niall s'interrompit à l'approche de la Reine de l'Été, le visage rouge, l'air visiblement irrité.

– Ma reine, la salua-t-il.

Elle l'ignora. Elle avait les yeux braqués sur le roi.

– C'est vraiment pas malin, Keenan.

Celui-ci soupira.

– Je... Si Seth était en péril, je voulais...

– L'est-il ? demanda Aislinn à Niall.

– Heureusement, Seth n'a pas attiré l'attention du Roi des Ténèbres, répondit Niall d'un air impassible. Contrairement à Leslie.

– Leslie ? s'étonna Aislinn, soudain blême. C'est la troisième fois qu'il la rencontre, mais je ne pensais pas que... il n'avait prêté aucune attention à elle dans la boutique de Rabbit, il s'est montré dédaigneux au restaurant... et elle m'a dit qu'il n'était pas... Quelle idiote j'ai été. Je... hésita-t-elle avant de se reprendre. Que s'est-il passé ensuite ?

– Seth a emmené Leslie chez lui. Les gardes les ont suivis, mais... Laissez-moi rester près d'elle jusqu'au départ d'Irial. Je ne peux rien contre lui, mais il a...

Niall ne regardait pas Aislinn, mais Keenan, avec l'espoir que leur amitié, longue de plusieurs siècles, pèserait en sa faveur. Pourtant, il ne pouvait se résoudre à terminer sa phrase, malgré tout ce qui s'était passé. Niall n'aimait pas admettre qu'Irial était capable, parfois, de gentillesse.

Une brève lueur de compréhension éclaira le visage de Keenan ; cependant, il ne demanda rien à Niall et ne lui rappela pas qu'il avançait en terrain miné. Il se contenta de hocher la tête.

– Elle s'intéresse déjà à toi, Niall, dit Aislinn d'une voix douce. Je ne veux pas qu'elle perde sa mortalité parce qu'elle en pince un peu pour toi.

C'était un avertissement. Il le savait. Mais cela faisait si longtemps qu'il était fé, bien avant qu'Aislinn ne voie le jour. En espérant que Keenan ne s'interposerait pas, il demanda :

– Quels sont vos termes ?

Aislinn, interloquée, se tourna vers Keenan.

– Mes termes ?

– Comme il veut rester près d'elle, il souhaite connaître tes conditions, expliqua le roi.

– Rien n'est jamais simple, avec vous, lança Aislinn en repoussant ses mèches de cheveux d'un blond cendré – ressemblant ainsi à l'une de ces divinités omnipotentes, telles que les mortels d'autrefois imaginaient les fées royales.

– J'accepterai tout ce que vous voudrez, si vous m'autorisez à la protéger, ajouta Niall en s'adressant aux deux souverains. Je n'exige pas beaucoup d'égards particuliers.

Aislinn s'éloigna de plusieurs pas et leur tourna le dos. Elle n'était qu'une toute jeune souveraine, mais honorait déjà ses devoirs de manière exceptionnelle. Cependant, Keenan et Niall, eux, avaient des siècles d'expérience. Il y avait des habitudes, des lois et des traditions qu'Aislinn ne comprendrait pas de sitôt.

Niall dévisagea son roi. Mais ce dernier ne lui offrit aucune assurance ; d'une voix douce, il rappela Aislinn :

– Tu peux décider des termes qui permettront à Niall d'être

présent aux côtés de Leslie. Il veut la protéger. Je suis prêt à l'y autoriser.

– Si je comprends bien, je dois seulement lui dire jusqu'à quel point il peut s'immiscer dans sa vie ? demanda Aislinn en regardant tour à tour chacun des deux fés – sans leur cacher que certains éléments de l'affaire lui échappaient.

– Exactement, répondit Keenan. Aucun de nous ne confierait délibérément un enfant à la Cour des Ténèbres, mais si Irial n'a commis aucune offense envers notre cour, cela ne nous concerne pas. Tant qu'il n'enfreint pas la loi, je ne peux agir, pas directement en tout cas.

Sur ces mots, Keenan s'éloigna. Il avait dit à Niall tout ce qu'il avait besoin de savoir, tout ce qu'il savait déjà : le Roi de l'Été n'avait pas l'intention de s'en mêler. Sans pour autant approuver les penchants ou les cruautés d'Irial, ou encore les sombres agissements de la Cour des Ténèbres, Keenan ne souhaitait pas entrer en lutte avec eux. C'étaient *ses* conditions, qu'il les ait formulées ou non durant les négociations.

La Cour des Ténèbres, à l'instar des autres, avait sa volonté propre. Si Leslie avait appartenu à la Cour de l'Été, les choses se seraient passées différemment. Mais ce n'était pas le cas, et le fé qui la désirait avait le droit de la pourchasser. Des années plus tôt, Keenan avait interdit à ses sujets de s'en prendre aux mortels. Donia avait édicté la même règle quand elle était devenue Reine de l'Hiver. La Cour des Ténèbres, cependant, n'avait aucun scrupule de ce genre. Les musiciens étaient particulièrement tentants – voilà pourquoi ils « mouraient souvent jeunes », comme le pensaient les mortels. Des artistes se retiraient dans des endroits inconnus, et plus personne n'entendait parler d'eux. Souvent, les mortels peu ordinaires, originaux, séduisants... étaient enlevés pour satisfaire le bon plaisir des Fés des Ténèbres. Il s'agissait d'une tradition ancienne, à laquelle Irial ne s'était jamais opposé. S'il voulait Leslie, celle-ci n'aurait aucun moyen de se défendre.

Niall tomba à genoux devant sa reine.

– Laissez-moi lui révéler qui nous sommes. Je vous en prie. Elle vous sera loyale. Ainsi, elle sera sauve, hors de portée du Roi des Ténèbres.

La Reine de l'Été esquissa un mouvement de recul. Elle se mordilla la lèvre.

– Je ne veux pas devenir la souveraine de mon amie. Non, je ne veux pas lui imposer...

– Vous ne savez pas de quoi la Cour des Ténèbres est capable, coupa Niall.

Il ne voulait pas que Leslie rejoigne cette cour. L'air gêné, il porta la main à sa balafre. Les fés d'Irial l'avaient blessé pour qu'il se souvienne d'eux à jamais.

– Je veux lui épargner tout ceci, reprit Aislinn en désignant les fés qui se divertissaient autour d'eux. J'aimerais qu'elle mène une vie normale, que ce monde ne devienne pas le sien. Elle a déjà tellement souffert...

– S'il l'emmène avec lui, elle souffrira bien davantage, plus que vous ne pouvez le soupçonner.

Niall avait vu les mortelles que les Fés des Ténèbres séquestraient dans leur *bruig*, et il les avait revues après qu'elles avaient quitté cet endroit – dans le coma, hospitalisées, errant dans les villes en marmonnant, hurlant dans des sanatoriums.

Aislinn chercha des yeux le Roi de l'Été, qui se trouvait à

l'autre bout de la salle, attendant qu'elle se décide. Elle se mordit de nouveau la lèvre avec nervosité, et il comprit qu'elle réfléchissait encore.

Niall insista.

– Si Irial a résolu de la faire sienne, seuls Keenan et toi avez le pouvoir de l'en empêcher. Je ne peux rien contre lui. Il est roi. En revanche, si vous l'invitez à la Cour de l'Été et lui demandez de faire serment de loyauté...

– Elle va mieux ces derniers temps, l'interrompit Aislinn. Elle paraît plus heureuse, mieux dans sa peau, plus forte. Je ne veux pas gâcher ça et ajouter tout ce désordre à sa vie... Peut-être se contente-t-il de jouer avec nous.

Niall était atterré : comment sa reine pouvait-elle se montrer si imprudente ?

– Vous seriez prête à prendre un tel risque ? Je vous en prie, Majesté, laissez-moi au moins la rejoindre. Que j'essaie de la protéger.

Le Roi de l'Été resta où il était, à distance, pour bien souligner le fait que c'était à la reine de décider.

– Il y a peut-être des éléments que nous ignorons, dit-il cependant, et qui incitent Irial à la pourchasser. Si ce n'est pas le cas, Niall veillera à ce qu'elle reste hors de sa portée, en détournant son attention, par exemple, afin qu'elle ne puisse suivre Irial de son plein gré.

Keenan regarda Niall et lui fit un signe de tête à l'insu d'Aislinn – le roi lui donnait sa permission et l'autorisait tacitement à agir. Mais il fallait encore que la reine consente.

– Elle est *votre* amie. Mais je me suis... attaché à elle, moi aussi. Autorisez-moi à veiller sur elle. Rappelez-vous à quel point la situation était difficile pour vous quand Keenan vous poursuivait de ses assiduités. Et encore, vous pouviez nous *voir*, ce qui n'est pas le cas de Leslie.

– Je ne veux pas qu'elle tombe entre les mains d'Irial, répondit Aislinn en dévisageant Keenan avec une pointe de cette frayeur qu'elle avait éprouvée à l'époque, mais je refuse de l'entraîner dans ce monde.

– Crois-tu sincèrement que tu as le choix ? demanda alors Keenan, d'un ton qui laissait entendre qu'il pensait le contraire. Tu as voulu conserver des liens avec le monde des mortels. Ce qui n'est jamais sans risque.

– Il y a toujours des choix possibles, rétorqua la Reine de l'Été en redressant les épaules – le frémissement de sa voix, la lueur apeurée dans ses yeux avaient à présent disparu. Mais je refuse de les faire à la place de Leslie.

Keenan ne répondit pas, mais Niall le connaissait suffisamment pour savoir que lui aussi pensait que les choix qui s'offraient à Leslie étaient désormais limités. À la différence que Keenan se souciait peu de la jeune fille – en tant que roi, il ne pouvait s'occuper de toutes les mortelles que les fés tourmentaient. Et Leslie ne faisait pas exception à la règle.

En revanche, elle comptait beaucoup pour Niall, plus qu'aucune autre mortelle qu'il avait connue.

– Quelles sont vos conditions, ma reine ?

– Tu ne lui révéleras pas qui nous sommes. Il nous faut d'abord en apprendre davantage... Il y a peut-être moyen de la laisser en dehors de notre monde.

Aislinn étudiait son visage, à l'affût de ses réactions, pour jauger la sagesse de ses conditions.

Mais Niall lui rendit son regard sans ciller.

– C'est d'accord.

– Tu as le droit de détourner son attention, de passer du temps avec elle, mais sans avoir de rapports sexuels avec elle. Je te *l'interdis*. Et si Irial cesse de la poursuivre, promets-moi de sortir de sa vie.

À ce moment, Keenan intervint.

– Ne déclare aucune guerre sans mon accord. Cette fille compte peut-être pour toi et pour Aislinn, mais je refuse de me laisser entraîner dans une querelle à cause d'une mortelle.

Elle est davantage qu'une simple mortelle. Niall n'aurait su dire pourquoi, ni pour quelle raison cela importait. Cependant, il acquiesça.

– Sois fidèle à toi-même, Niall, ajouta le Roi de l'Été avec un petit sourire. N'oublie pas qui tu es, ni ce que tu es.

Niall faillit en rester bouche bée, mais il savait cacher ses émotions. Il se contenta d'une profonde expiration. Les suggestions de Keenan allaient ouvertement à l'encontre des souhaits qu'Aislinn venait d'exprimer.

Il sait ce que je suis. Un Gancanagh. Je crée une dépendance chez les mortelles, prêtes à tout pour que je les touche, pour avoir leur dose...

Aislinn, qui ne soupçonnait rien de tout cela, scruta le visage de Niall, toute sa personne nimbée d'une telle brillance qu'aucun mortel n'aurait pu lui faire face sans souffrir. De petits océans scintillaient dans ses yeux – des dauphins bondissant hors de l'eau bleue.

– Ce sont mes conditions. *Nos* conditions.

Niall lui prit la main et la retourna pour déposer un baiser sur sa paume.

– Vous êtes généreuse, ma reine.

Aislinn le laissa retenir sa main un bref instant, puis l'aida à se relever.

– Pourquoi ai-je l'impression d'avoir omis quelque chose d'essentiel ? demanda-t-elle.

– Parce que vous êtes la sagesse même, Majesté, répondit-il en baissant la tête, afin qu'elle ne puisse voir son expression.

Il quitta aussitôt la Forteresse, peu désireux de perdre du temps à énumérer les autres conditions qu'elle aurait pu exiger : une limite dans le temps de sa mission, les alliances qu'il pouvait ou non contracter avec les autres cours et avec les fés solitaires, les serments qu'il pouvait faire à Leslie et qui, sans lui révéler sa vraie nature, la protégeraient davantage. Il pouvait aussi renoncer à la Cour de l'Été et en rejoindre une autre afin d'être en mesure de mieux veiller sur elle, ou bien devenir monnaie d'échange pour la sauver.

Keenan aurait dû évoquer ces possibilités pendant les négociations. Il aurait dû davantage circonscrire le rôle de Niall. *Pourquoi ne l'a-t-il pas fait ?* Il aurait dû soutenir les intentions d'Aislinn. Au contraire, il avait suggéré à Niall de séduire Leslie. Il pouvait faire semblant de ne pas avoir compris la portée des paroles et des regards de son roi. Quant à Keenan, il pouvait prétendre ne jamais avoir donné un tel conseil. Tout cela était mensonger, trompeur, une ambiguïté qui mettait Niall mal à l'aise.

16

Quand Leslie se réveilla, ses cauchemars la hantaient encore et, un instant, elle eut l'affreuse sensation de ne plus savoir où elle se trouvait. Puis elle entendit la voix de Seth, au téléphone, apparemment.

Je suis en sécurité. Chez Seth.

Après un passage dans la salle de bains minuscule, elle se rendit dans la pièce qui se trouvait à l'avant du train.

Seth referma son portable et la dévisagea.

– Bien dormi ?

– Oui, merci.

– Niall vient nous rejoindre.

– Ici ? s'étonna-t-elle en passant la main dans ses cheveux pour essayer de les démêler. Maintenant ?

– Oui.

Le jeune homme avait l'air déconcerté, comme au club, quand elle lui avait demandé conseil.

– C'est quelqu'un de bien, tu sais... Tu peux lui faire confiance quand il s'agit de trucs importants. Il est presque un frère pour moi – un *bon* frère, pas comme Ren.

– Et alors ?

Elle était gênée et s'en voulait de l'être. Repenser au fiasco du club, à ce qui s'était passé avec Irial et Niall, ravivait son anxiété.

– Il t'aime bien.

– Ce ne doit plus être le cas, vu ce qui est arrivé... répondit-elle en s'obligeant à croiser le regard de Seth. Ça n'a pas d'importance. Ash a été suffisamment claire à ce sujet : mieux vaut que j'évite Niall.

– Elle a ses raisons, répliqua-t-il en lui faisant signe de s'asseoir.

– Je croyais que Niall était quelqu'un de bien ? rétorqua-t-elle en ignorant son invitation.

– Oui, c'est le cas, mais il appartient à... un univers compliqué, dit le jeune homme en jouant avec l'un des piercings qui ornaient son oreille, le visage pensif.

Leslie ne savait quoi répondre. Elle s'assit près de Seth et resta silencieuse quelques instants, en repensant aux événements étranges qui avaient eu lieu ce jour-là. En dépit des remarques de Seth, elle n'avait pas très envie de revoir Niall, pas dans l'immédiat. Et puis, quelle importance ? Il fallait qu'elle repasse chez elle ; elle avait besoin de se changer.

– Je vais devoir rentrer chez moi.

– C'est à cause de Niall que tu ne veux pas rester ?

– Non. J'en sais rien. Peut-être.

– Attends-le, il fera le chemin avec toi, suggéra Seth d'un ton nonchalant, même s'il ne semblait pas approuver sa décision. Vous pouvez simplement être amis, Leslie. Et lui peut t'accompagner partout où tu iras, histoire de veiller sur toi.

– Pas question, dit-elle, l'air furieux.

– Tu préfères que je te raccompagne ?

– Ma maison, c'est là-bas, Seth. Je suis obligée de rentrer et je ne vais pas me faire raccompagner par quelqu'un chaque fois.

– Pourquoi pas ? demanda-t-il d'un ton naïf qu'elle ne lui connaissait pas.

Leslie ravala la remarque irritée qu'elle s'apprêtait à faire et se contenta de dire :

– C'est complètement irréaliste. Tout le monde n'a pas la chance de...

Elle s'interrompit. Elle ne voulait se disputer avec lui ni se montrer désagréable alors qu'il essayait simplement d'être amical.

– Laisse tomber. Pour l'instant, je dois rentrer chez moi. J'ai besoin de me changer avant d'aller travailler.

– Peut-être que parmi les vêtements qu'Aislinn a laissés ici...

– Ils ne m'iraient pas, Seth.

Elle se leva et prit son sac.

– Tu nous appelles, Ash ou moi, si tu as besoin de quoi que ce soit ? Ajoute mon numéro dans les contacts de ton mobile.

Il attendit qu'elle sorte son téléphone puis lui dicta son numéro. Ensuite, pour éviter toute autre objection de la part du jeune homme, elle déclara :

– J'y vais, sinon, je serai en retard au *Verlaine*.

Seth ouvrit la porte et jeta un coup d'œil à la voie de garage des trains désertée. Elle eut l'impression qu'il hélait quelqu'un, mais elle ne vit personne.

– Tu prends des champignons magiques ou un truc du même genre, Seth ? demanda-t-elle d'un ton qui se voulait taquin, afin d'éviter toute querelle.

– Non, répondit-il avec un grand sourire. J'ai pas non plus léché de crapauds.

– Dans ce cas, ça vient d'où cette manie qu'a tout le monde de regarder devant soi ou de faire des signes, alors qu'il n'y a personne ?

Il haussa les épaules.

– On communie avec la nature ? On entre en communication avec l'invisible ?

– Ouais, bien sûr, dit-elle, sarcastique.

Elle souriait, cependant.

Il posa alors une main ferme sur son épaule, non pour la retenir mais pour l'encourager d'un geste fraternel.

– Parle avec Aislinn, d'accord ? Dès que possible. Ça sera plus logique.

– Tu me fiches la trouille, tu sais ?

– Parfait, c'est voulu. Et souviens-toi de ce que je t'ai dit à propos d'Irial, ajouta-t-il en faisant de nouveau un signe en direction de la voie de garage. Si tu le revois, garde tes distances.

Il rentra dans son wagon avant qu'elle ait le temps de lui répondre.

En rentrant chez elle, Leslie ne fut pas vraiment étonnée de trouver Ren en compagnie de sa bande de copains crasseux.

– Ma sœurette ! s'exclama-t-il d'une voix qui indiqua à Leslie qu'il était drogué.

– Salut, Ren, répondit-elle en s'obligeant à lui faire un sourire aussi amical que possible.

Elle jeta à peine un coup d'œil à ses amis. Elle monta quatre à quatre l'escalier, avant d'aller s'enfermer dans sa chambre pour échapper aux rires et aux propositions obscènes qui résonnaient à travers la maison.

Dès qu'elle fut prête, Leslie ouvrit la fenêtre de sa chambre et enjamba le rebord. Ce n'était pas très haut, mais elle savait d'expérience que si elle manquait son atterrissage, ça pouvait faire très mal. Elle soupira. Comment irait-elle travailler si elle se tordait la cheville ?

Je pourrais dévaler les escaliers et passer par la porte d'entrée...

Elle laissa tomber son sac sur le sol.

Elle s'assit sur le rebord de la fenêtre, se retourna puis recula lentement en posant les pieds sur la corniche et en s'agrippant au cadre de la fenêtre.

Je déteste faire ça.

Elle se laissa aller en arrière, en se préparant à l'impact. Mais avant même de toucher le sol, elle se retrouva dans les bras de quelqu'un.

– Lâchez-moi !

Elle était dos à la personne qui la retenait, et donna un coup de pied vers l'arrière.

– Du calme.

Le type qui l'avait rattrapée la déposa doucement sur le sol avant de reculer.

– J'ai eu l'impression que tu avais bien besoin d'aide. Ça fait haut pour une petite chose comme toi.

Elle lui fit face et dut tendre le cou pour voir son visage. Elle ne le connaissait pas du tout. Sans être un vieil homme, il était plus âgé que la plupart des gens qui traînaient avec Ren. Et puis, il avait une allure différente. De lourdes chaînes d'argent pendaient de ses poignets. Son jean délavé était déchiré à hauteur de ses mollets, laissant voir des bottes militaires tout éraflées. Ses avant-bras étaient couverts de tatouages en forme de chiens. Elle aurait dû avoir peur. Au contraire, elle se sentait calme et apaisée, comme si toutes les émotions qui bouillaient en elle avaient cessé d'être reliées au monde extérieur.

– Sympa, dit-elle en désignant les tatouages qui ornaient les bras de l'homme.

Il eut un sourire qui parut amical à la jeune fille.

– C'est mon fils qui me les a faits. Rabbit. Il a un studio.

– Vous êtes le père de Rabbit ? s'exclama-t-elle sans cesser de le dévisager.

Pourtant, elle ne voyait aucune ressemblance entre lui et le tatoueur. La chose lui parut encore plus curieuse quand elle prit conscience qu'il devait aussi être le père de Tish et d'Ani.

Le sourire de l'homme s'accentua.

– Tu le connais ?

– Oui, lui et ses sœurs.

– Ils ressemblent à leurs mères respectives. Tous les trois. Je m'appelle Gabriel. Heureux de faire ta connaissance...

Soudain, il se rembrunit. Elle recula et trébucha – non par peur, mais par prudence.

Puis elle se rendit compte que son regard n'était pas dirigé vers elle, mais sur l'affreux dealer du salon, qui venait d'apparaître à l'angle de la maison.

– Rentre, ordonna-t-il à la jeune fille.

– Non, répliqua-t-elle en ramassant son sac d'une main tremblante.

Ce faisant, elle s'efforça de ne plus regarder le dealer qui s'approchait d'elle et de Gabriel. La terreur monta en elle. Même estompée et tardive, la sensation lui donna envie de s'enfuir.

Gabriel est peut-être venu voir Ren ? Rabbit ne m'a jamais parlé de son père. Ses sœurs non plus. Il est dealer, lui aussi ? Ou seulement junkie ?

Mais Gabriel s'interposa.

– Elle s'en va.

Le dealer tendit le bras vers Leslie. Sans réfléchir, elle s'en empara et enroula ses doigts autour de son poignet, comme pour le maintenir à distance.

Je serais capable de lui broyer les os. À cette pensée, elle sentit un étrange calme l'envahir, doublé d'une assurance nouvelle. *Oui, je pourrais le faire. Le briser. Le saigner.*

Elle serra un peu plus fort et sentit les os sous la peau, fragiles, dans la paume de sa main. *Je peux en faire ce que je veux. C'est moi qui décide.*

Le dealer ne semblait pas s'en formaliser. Pas encore.

– Tout roule, mec, disait-il à Gabriel. Elle habite ici. C'est pas...

– Elle s'en va, *maintenant*, l'interrompit Gabriel en décochant un sourire à Leslie. Pas vrai, jeune fille ?

– Exact, répondit-elle en observant ses doigts enroulés autour du poignet du dealer d'un air détaché.

Elle serra plus fort.

– Tu me fais mal, traînée, lança le type d'une voix stridente.

– On n'insulte pas une jeune fille. C'est très mal élevé, dit Gabriel, l'air écœuré. Les bonnes manières se perdent.

Il y a un truc qui cloche, pensa Leslie.

Elle exerça une pression plus forte encore. Les yeux du dealer se révulsèrent. Elle sentit les os se fracturer et les vit percer la peau.

Je n'ai pas assez de force pour faire une chose pareille.

Pourtant, elle continua de serrer. La douleur, insoutenable, fit perdre connaissance au dealer. Il s'effondra sur le sol. Elle le lâcha.

– Tu vas de quel côté ? demanda Gabriel en lui tendant un chiffon noir.

Elle s'essuya la main, les yeux rivés sur l'homme étendu à ses pieds. Elle n'éprouvait ni pitié, ni tristesse, ni aucune émotion. *Je devrais, pourtant.*

– Qu'est-ce que vous êtes venu faire ici ? demanda-t-elle à Gabriel.

– Te porter secours, évidemment, répliqua-t-il avec un sourire qui laissa entrevoir des dents pointues et effilées. Mais tu t'es bien débrouillée, pas vrai ?

– Oui, c'est vrai. Cette fois, je m'en suis tirée toute seule, constata-t-elle en donnant un petit coup de pied au dealer du bout de sa chaussure.

– Puisque tu n'as pas eu besoin de mes services, laisse-moi te conduire où tu dois te rendre.

Il ne la toucha pas, mais plaça une main derrière elle, comme s'il s'apprêtait à le faire.

Il ne ment pas. Il dit la vérité. Pas complètement, non, mais en tout cas, il ne ment pas.

Elle acquiesça et se mit en route.

Une voix en elle lui disait qu'elle aurait dû être furieuse, effrayée ou honteuse, mais elle n'éprouvait rien de tout cela.

Elle savait qu'elle avait changé, de même qu'elle savait que Gabriel ne lui avait pas menti.

Ils firent le tour de la maison et s'arrêtèrent devant une Mustang d'un rouge vif, une décapotable aux sièges rouge et noir et dont la carrosserie était décorée de flammes.

– Monte, lui intima Gabriel.

Il ouvrit la portière, et elle s'aperçut que ce qu'elle avait pris pour des flammes était en réalité une multitude d'animaux en pleine course, des chiens et des chevaux stylisés – dotés d'une étrange ossature, ils étaient auréolés de volutes de fumée. Un bref instant, elle crut voir ces volutes se mettre en mouvement.

Gabriel suivit la direction de son regard et hocha la tête.

– Ça, en revanche, c'est moi qui l'ai peint. Mon fiston ressemble peut-être à sa mère, mais il tient de son père du côté artistique.

– C'est splendide.

Il fit claquer la portière derrière elle et alla s'installer sur le siège du conducteur. Après avoir mis le contact, il lui décocha un sourire qui ressemblait exactement à celui d'Ani quand elle était sur le point de faire quelque chose de peu judicieux.

– Non. C'est la vitesse à laquelle elle peut aller qui est splendide. Attache ta ceinture, jeune fille.

Elle obtempéra et la voiture démarra avec un crissement de pneus qu'elle entendit à peine par-dessus le rugissement du moteur, qu'il avait à l'évidence trafiqué. Le frisson qu'elle éprouva alors la fit rire, et Gabriel eut de nouveau le sourire de sa fille Ani.

Elle s'abandonna à son exaltation puis murmura :

– Plus vite.

Cette fois, ce fut Gabriel qui éclata de rire.

– Ne dis pas aux filles que je t'ai emmenée faire un tour avant elles, d'accord ?

Elle acquiesça. Il accéléra tant que le compteur de vitesse fut bientôt au maximum et il la déposa devant le *Verlaine* plus tôt que prévu.

17

– Leslie ? Leslie ! s'écria Sylvie en agitant la main devant le visage de la jeune fille. Bon sang. Qu'est-ce que t'as fumé ?

– Quoi ?

Leslie pencha le verre de soda et en vida un peu dans l'évier afin qu'il ne déborde pas. Toutes ses pensées se mélangeaient et tourbillonnaient dans son esprit : les attentions de Niall, Irial et les cauchemars, sa promesse de parler à Aislinn, la drôle de fête costumée au club, la rencontre irréelle avec le père de Rabbit et la façon dont elle s'était débarrassée du dealer... Elle n'était pas certaine de vraiment comprendre ce qui s'était passé. *Est-ce que je lui ai cassé le bras ?*

– Tu ferais mieux de dormir cette nuit, t'es dans un sale état, lui dit Sylvie avec un petit bruit de dégoût. Le couple de la trois attend son addition. Tout de suite, ajouta-t-elle.

– J'y vais.

Leslie plaça les boissons sur un plateau et se dirigea vers la salle du restaurant, où régnait un brouhaha incessant.

Le reste de la soirée se passa dans une confusion totale. Leslie travailla machinalement. *Servir à boire. Bavarder stupidement avec les clients. Sourire. Ne jamais oublier de sourire. Faire semblant.* Elle était fatiguée, voire épuisée, mais elle parvint à tout faire. Table après table, commande après commande. C'était ainsi que la vie fonctionnait : si on avançait, tout passait au bout du compte.

Quand elle termina son service, elle empocha ses pourboires – *pour mon tatouage* – et se promit de ne pas les laisser à la portée de son père ou de Ren. Elle prit Trestle Way, trop éreintée pour se soucier de savoir qui traînait dans les rues. *Je veux juste rentrer dormir.* Elle avait remonté quelques pâtés de maisons quand elle tomba sur Ani et Tish.

– Leslie ! s'exclama la première d'une voix stridente – elle était incapable de parler sur un ton normal, c'était maladif. Bon sang de bonsoir, t'as vu ta tête ?

Tish donna un coup de coude à sa sœur.

– Fatiguée. Elle veut simplement dire que tu as l'air fatiguée. Pas vrai, Ani ?

– Non. Elle a l'air, tu sais... elle a besoin de se détendre, répliqua Ani sans s'excuser, comme d'habitude. On va au *Crow's Nest*, t'es de la partie ?

Leslie se força à sourire.

– Je ne suis pas sûre de pouvoir marcher jusque là-bas ce soir... Au fait, j'ai rencontré votre père, plus tôt dans la soirée. Il est sympa.

Tout en marchant, Leslie leur donna davantage de détails – en taisant cependant son accès de violence et le fait que Gabriel l'avait conduite au travail. Quand elles tournèrent dans Harper Street, Leslie ne tenait plus sur ses jambes. *Trop crevée pour y aller.* Elle inspira profondément et soudain, s'immobilisa. Près d'elle, plusieurs individus reculaient en tremblant et se tapissaient contre les murs, comme si une horrible créature les regardait d'un air malfaisant. L'un d'eux sanglotait en suppliant d'être épargné. Leslie ne pouvait plus bouger.

– Ce sont juste des vagabonds, Leslie. Des junkies ou un truc du même genre. Allez, viens.

Les deux sœurs continuèrent d'avancer tout en l'entraînant avec elles.

– Non, protesta Leslie en secouant la tête.

C'était autre chose. Elle essaya de voir ce que c'était, persuadée que cette chose était là, ombre suprême superposée aux autres ombres.

Elle se dirigea vers la partie la plus obscure de la rue, comme aimantée. Un homme dansait, hystérique, sous un porche, ce qui était déjà étrange en soi, mais il était de surcroît recouvert d'épines, pareilles à des tiges de rose chatoyantes.

Ani passa un bras autour de la taille de Leslie.

– Viens, tu dors debout. Allons nous amuser. Tu reprendras des forces si tu te bouges un peu.

– Tu l'as vu ? demanda Leslie en trébuchant.

À cet instant, Tish applaudit des deux mains.

– Oh, attends de voir les nouveaux jeux de fléchettes que Keenan a achetés pour la boîte ! Il paraît que sa petite copine lui a dit qu'elle voulait essayer d'y jouer et voilà ! Il a acheté trois jeux dès le lendemain.

– Aislinn n'est pas sa copine, murmura Leslie en jetant un coup d'œil derrière elle, en direction du porche.

L'homme aux épines lui fit un signe de la main.

– Pas d'importance, déclara Ani en poussant Leslie en avant.

Cela faisait seulement une demi-heure que Leslie était arrivée dans la boîte quand Mitchell, son ex, une grande gueule, se pointa à son tour. Bien évidemment, il était soûl.

– Hé, Leslie ! lança-t-il en la gratifiant d'un sourire cruel. Où est-ce qu'il est, ton jouet de ce soir ?

Ses amis, des imbéciles, se mirent à rire.

– Fiche-moi la paix, Mitchell.

Elle détestait ce genre de situation. Après le départ de leur mère, Leslie et Ren, en quête d'un palliatif, avaient fait des choix stupides. Celui de Ren avait beaucoup coûté à Leslie, mais avant cela, elle avait elle-même payé le prix d'autres choix regrettables, des choix qu'elle avait faits pour oublier que rien n'allait chez elle. Mitchell avait été l'un d'eux.

Soudain, comme surgi de nulle part, Niall se trouva près d'elle.

– Est-ce que ça va ?

– Je ne vais pas tarder à aller mieux, déclara-t-elle en tournant le dos à Mitchell.

Mais celui-ci lui saisit le bras.

Aussitôt, elle repensa au dealer s'affaissant à terre, son poignet enserré dans sa main. *Non, ce serait mal.* Elle regarda les doigts de Mitchell sur sa peau. *Et alors ? Lui me fait mal.*

– Ne touche pas à Leslie, dit Niall.

Il ne bougea pas, mais il était tellement tendu que cela n'échappa à personne, et les gens s'écartèrent de lui.

– Niall ? Tout va bien. Je gère.

Elle dégagea son bras mais quand elle se retourna, Mitchell lui donna une petite claque sur les fesses. Ses copains rirent de nouveau, un peu plus nerveusement cette fois.

Leslie fit volte-face, le poing serré, tellement furieuse qu'un plaisir outrageux la submergea. Un instant, sa vue se brouilla. Dans la boîte, tous les gens avaient les yeux braqués sur elle, mais ils ne ressemblaient plus à des êtres humains. Des griffes, des épines, des ailes, des cornes, de la fourrure, des traits déformés... tout le monde avait l'air tellement *bizarre*. Elle s'immobilisa.

Niall se plaça devant elle.

– Ça va ? Tu te sens bien ?

Non, elle était tout sauf bien. Son cœur battait la chamade, comme si elle avait ingurgité trois tubes de caféine et bu cinquante expressos à la suite. Sa vision lui jouait des tours. Ses émotions aussi. Mais elle n'avait pas l'intention de l'avouer à voix haute.

– Je vais bien. Très bien. Tout va... bien. Pas la peine de...

– Il ne devrait pas te manquer ainsi de respect, l'interrompit-il.

Leslie posa la main sur l'épaule de Niall.

– C'est un minable. Allez, viens.

Mitchell leva les yeux au ciel. La jeune fille espérait qu'il en resterait là, mais il était trop ivre pour avoir le bon sens de se taire. Il se pencha vers Niall.

– Pas besoin de jouer au héros pour te la faire, mec. Elle n'est pas difficile, pas vrai, Leslie ?

Le son que Niall laissa échapper tenait plus de l'animal que de l'humain. Il voulut se jeter sur Mitchell, mais son corps formait un angle bizarre, comme si quelque chose l'avait retenu. Leslie le devança. Elle prit le visage de Mitchell entre ses deux mains et l'attira à elle, comme pour l'embrasser. Mais quand il fut près d'elle, si près qu'il sentait le souffle de la jeune fille sur ses lèvres, elle chuchota :

– Ne me parle plus jamais sur ce ton. Compris ?

Elle serra le visage du jeune homme tant et tant que les larmes montèrent aux yeux de ce dernier.

– Ou je t'arrache le cœur, ajouta-t-elle. Pigé ?

Puis elle le lâcha et il recula en trébuchant. Les gens qui les observaient – ceux qui semblaient dotés de plumes et étrangement proportionnés quelques instants plus tôt – eurent de larges sourires. Elle détourna les yeux. Ils ne comptaient pas. Les battements de son cœur s'étaient apaisés, c'était tout ce qui importait.

– Elle a... vous avez vu... elle... cette salope m'a menacé... bredouillait Mitchell.

Leslie se sentait invincible. Elle avait l'impression qu'elle aurait pu prendre part à un combat et en sortir indemne, comme si une énergie nouvelle vibrait en elle. Cela lui donnait envie d'avancer, de vagabonder, de connaître ses propres limites. Elle s'apprêtait à quitter la boîte quand Niall lui toucha gentiment le bras.

– Les rues sont dangereuses, dit-il en soutenant son regard. Tu serais plus en sûreté si je t'accompagnais.

En sûreté ? Ce n'était pas ce à quoi elle aspirait à cet instant. Ce n'était pas ce qu'elle éprouvait. Il aurait été plus juste de dire qu'elle se sentait invincible, *puissante*, qu'elle contrôlait la situation. Et elle commençait à apprécier cette absence de peur et cette force, d'où qu'elle vienne.

Elle éclata de rire.

– Je n'ai pas besoin d'un protecteur, mais j'accepte ta compagnie.

Alors qu'ils marchaient dans les rues mal éclairées, Niall se montra plutôt silencieux, mais Leslie ne trouva pas cela embarrassant. Ses préoccupations et ses craintes habituelles semblaient s'être évaporées. Et c'était bon. Elle se sentait bien. En décidant de se faire tatouer, elle avait pris un tournant dans sa vie.

Tout en marchant, Niall lui prit la main.

– Tu accepterais d'aller passer la nuit chez Seth ? J'ai sa clé.

Elle voulut lui demander pourquoi il se souciait de savoir où elle comptait dormir, mais elle n'en fit rien, car c'était l'occasion de se retrouver en lieu sûr. Elle se sentait peut-être invulnérable, mais elle avait encore un peu de jugeote.

– Où est Seth ?

– Chez Keenan, au loft, avec Aislinn.

– Et toi, où vas-tu dormir ?

– À l'extérieur, devant le train.

– Sur cette voie de garage ?

Elle le regarda du coin de l'œil. Le visage qu'elle connaissait avait changé. Ses yeux n'étaient pas seulement marron : ils chatoyaient, comme du vieux bois patiné, avec le reflet d'une chose qui aurait été trop souvent caressée. Sa balafre était rouge, pareille à une blessure encore à vif, et dentelée, comme si un animal avait griffé son visage. Mais ce fut un autre détail qui obligea la jeune fille à soudain retenir son souffle : Niall scintillait légèrement, comme illuminé par un brasier intérieur.

Comme au *Crow's Nest*, elle eut l'impression d'avoir des hallucinations. Elle frissonna et le dévisagea en tendant la main pour toucher les ombres épaisses et noires qui auréolaient sa peau. Celles-ci s'approchèrent d'elle, comme aimantées.

– Leslie ? murmura-t-il d'une voix qui n'avait plus rien d'humain, semblable au vent gémissant dans une ruelle.

Elle cligna des yeux, en espérant qu'il ne faisait pas partie de ces gens qui demandaient sans cesse : « À quoi penses-tu ? », car elle n'était pas certaine de savoir quoi lui répondre. Les ombres s'agglutinaient autour de ses doigts écartés et elle se rappela soudain ce qu'elle avait cru entrevoir dans la boutique de Rabbit : les ombres, sorties de la bouteille d'encre, qui avaient voulu ramper vers elle.

– Je voudrais rester près de toi, mais je ne le peux pas.

Elle se tourna vers lui, hésitante, puis immensément soulagée qu'il ait recouvré son apparence normale. Elle observa la rue. Tout était en ordre. *Que vient-il de se passer ?* Elle s'apprêtait à le regarder de nouveau, mais à cet instant, il porta la main de la jeune fille à ses lèvres et déposa un baiser au creux de son poignet.

Elle oublia ce qu'elle venait de voir, elle oublia les ombres qui s'étaient rapprochées d'elle. Par choix. Elle pouvait s'attarder sur la laideur et les injustices de l'existence, sur les bizarreries qu'elle avait observées, ou bien elle pouvait profiter de la vie. C'était ce qu'elle voulait : du plaisir. Et Niall le lui offrait.

Il se pencha vers elle. Son visage était tout près de sa gorge, où battait son pouls. Elle crut l'entendre dire :

– Sais-tu ce que je serais prêt à sacrifier pour être avec toi ?

Mais il s'écarta soudain et sa voix se fit de nouveau distante.

– Laisse-moi t'accompagner chez Seth. Je resterai près de toi jusqu'à ce que tu t'endormes, si tu veux.

– D'accord.

Leslie avait la tête qui tournait et elle se laissa aller contre lui. Niall prit son visage entre ses mains.

– Leslie ?

– Oui. S'il te plaît.

Elle planait, comblée de bonheur, envahie d'une sensation délicieuse. Et elle en voulait davantage.

– Excuse-moi. Je ne devrais pas...

Les lèvres de Niall étaient si proches des siennes qu'elle sentait le souffle de chacun de ses mots sur sa peau.

– J'ai dit oui.

Il referma alors la mince distance qui les séparait et il l'embrassa. Les vents impétueux qu'elle avait déjà entendus dans sa voix s'engouffrèrent en elle et l'enveloppèrent, comme si l'air s'était solidifié et la touchait de partout en même temps, doux et inébranlable à la fois. Le sol lui parut différent, comme couvert d'une mousse épaisse. En pleine euphorie, elle sentit pourtant la panique monter en elle. Elle fit mine de le repousser et ouvrit les yeux.

Il la serra plus fort contre lui et murmura :

– Tout va bien. Je peux m'arrêter. On peut... s'arrêter.

Mais elle eut l'impression de se retrouver au bord d'un abîme, une masse confuse et tourbillonnante de goûts et de couleurs dont elle n'avait jamais soupçonné l'existence. Le sentiment de panique recula et laissa la place à une extase, qui rassasiait son âme et engourdissait son esprit.

– N'arrête pas, murmura-t-elle en se serrant contre lui.

Rien ne va plus. Elle en avait conscience, mais elle s'en moquait. De minuscules éclats d'ombres dansaient à la périphérie de sa vision et tournoyaient en s'étirant vers le ciel, comme s'ils avaient voulu avaler la lune. *Ou bien moi.* Et à cet instant, elle espérait qu'ils réussiraient à le faire.

18

Tandis qu'il accompagnait Leslie chez Seth, Niall se demanda combien de temps il supporterait de rester si près du train du jeune homme, un environnement saturé d'acier. Dans le quartier de Huntsdale, tous les fés, hormis les souverains, étaient affectés par ce métal toxique. Voilà pourquoi il voulait que Leslie y passe la nuit, à l'abri des espions d'Irial. Cela n'empêcherait pas le Roi des Ténèbres de s'y rendre en personne mais au moins, ses sujets seraient tenus à l'écart et Leslie serait protégée – même si cela devait faire souffrir Niall.

Je mérite de souffrir. Il avait franchi des limites, alors qu'il savait parfaitement que cela lui était interdit. Après tout ce temps, et malgré le danger, il avait failli s'abandonner à sa vraie nature – et s'il insistait, elle en mourrait.

– Tu es encore là ? demanda Leslie.

– Oui.

Il se retourna pour la regarder. Ce fut alors qu'il les vit : Bananach et d'autres fés qui désobéissaient souvent aux ordres d'Irial. Ils étaient trop loin pour voir Leslie, mais cela n'allait pas tarder. Sans attendre, Niall entraîna la jeune fille dans l'ombre d'une allée et se plaça dos à la rue pour la cacher à la vue des fés. Elle n'opposa aucune résistance, au contraire. Elle pencha légèrement la tête de côté afin qu'il puisse de nouveau l'embrasser. *Encore un baiser, le dernier.*

Quand il s'écarta d'elle, il se montra plus prudent que la première fois, se contentant d'apprécier son regard presque absent, extatique, et l'idée qu'il la laissait proche de l'évanouissement, tout en gardant son charme bien en place. Il aurait voulu lui demander ce qu'elle avait vu, un peu plus tôt, mais il ne pouvait pas entamer lui-même cette conversation – il ne voulait pas enfreindre les règles qu'Aislinn avaient édictées. Sans oublier Bananach.

Oui, je dois me concentrer sur la menace qu'elle représente. Niall tourna la tête afin de pouvoir observer la fée assoiffée de guerre, tout en réfléchissant à la façon la plus sûre de battre en retraite. Cependant, il avait l'esprit embrouillé. Comme toujours, Bananach était mortellement belle, son véritable visage orné de plumes de corbeau rivalisant avec la chevelure d'un noir brillant de son charme. À la cour d'Irial, elle faisait partie des fés qui avaient les pires manières ; par le passé, c'était elle qui avait temporairement réussi à détrôner Irial et qui s'efforçait continuellement d'y parvenir de nouveau – non pour régner sur la Cour des Ténèbres, mais pour y engendrer guerre et chaos. Le fait qu'elle rôdait dans les rues, accompagnée de plusieurs Ly Ergs, ne présageait rien de bon.

On devrait partir. Tout de suite. On devrait...

Leslie se serra tout contre lui. Niall inspira profondément une bouffée de son parfum, curieusement sucré, unique. Les mortelles avaient toujours une odeur si différente. Il avait presque oublié à quel point il avait aimé ça. Il l'embrassa dans le cou, pour qu'elle ne trouve pas étrange le fait qu'il s'attarde là.

Bananach ne nous a pas encore repérés. Il nous reste encore un petit moment.

Entre deux baisers, il lui dit :

– Si je le pouvais, je resterais toujours auprès de toi.

Et il disait vrai. À ce moment précis, il le pensait pour de bon. Il appartenait à la Cour de l'Été depuis si longtemps qu'il savait bien que son « toujours » était un mensonge, et qu'avant ça, il n'avait jamais été capable d'être fidèle à qui que ce soit, mais à cet instant, alors qu'il se tenait tout contre le corps de la jeune mortelle, il le pensait avec toute la ferveur dont il était capable.

Quel mal y a-t-il à rester un peu avec elle ? Si je me montre prudent... Tant qu'elle serait avec lui, elle n'éprouverait aucun manque. Pourquoi ne pas la garder près de lui pendant quelques décennies ?

Derrière lui, il sentit un frisson parcourir la rue : Gabriel et ses Chiens venaient d'arriver. Niall se figea sur place. Il était incapable de faire face à Bananach, aux Ly Ergs et à Gabriel à la fois.

Et comment expliquer tout cela à Leslie ?

Mais quand il jeta de nouveau un regard en arrière, Gabriel et les autres avaient tous ôté leur charme, et Leslie ne pourrait ni les voir ni les entendre.

Gabriel ordonna à plusieurs de ses Chiens – Niall avait oublié leur nom – de chasser les Ly Ergs, ce qu'ils firent avec joie. Puis il s'adressa à Niall :

– Allez, file, mon garçon, à moins que tu veuilles me donner un coup de main.

Niall, qui ne pouvait lui répondre, se contenta de le regarder fixement.

– Emmène-la avec toi, Gancanagh, ajouta Gabriel en se penchant sur le côté, tandis que Bananach se ruait dans sa direction.

Splendide, elle se déplaçait avec une élégance que peu de fés pouvaient égaler. Mais au lieu de s'écarter de son chemin, Gabriel resta entre elle et Niall.

La femme-corbeau arracha un bout de chair du bras de Gabriel, là où étaient inscrits les ordres du Roi des Ténèbres. Quand il lui fit face, le grondement que poussa Gabriel fit trembler les murs.

Niall se tourna vers Leslie, qui se laissa aller contre lui, les yeux dans le vague. Elle les ferma et se pencha en avant, comme près de s'effondrer. Envahi de honte, il comprit que leurs baisers lui avaient ôté la raison et avaient blessé la jeune fille. Si Gabriel n'avait pas été là, Bananach s'en serait déjà prise à eux.

Que m'arrive-t-il ? Il aurait dû être capable de résister à une mortelle, surtout en présence d'une menace imminente. D'ordinaire, les mortelles, une fois embrassées, ne pouvaient plus se passer de lui, mais lui pouvait se passer d'elles. Elles lui faisaient tourner la tête, au point qu'il pouvait à peine tenir debout, mais pas au point de ne pouvoir leur résister. Il dévisagea Leslie. Elle était jolie, oui, mais des jolies filles, il en avait connu des dizaines au fil des siècles. Ce n'était pas sa beauté qui le poussait à se perdre ainsi, mais bien autre chose. Il ne comprenait plus rien. Il fallait qu'il s'éloigne d'elle. Il ne parvenait pas à la protéger des fés du Roi des Ténèbres – ni de lui-même.

Il aida Leslie à se redresser un peu et se mit en route en la soutenant. Derrière lui, il entendait les bruits affreux des Fés des Ténèbres en train de se battre. Cela faisait longtemps que les grognements de Gabriel ne l'avaient pas réconforté ainsi. Mais ce soir, le Chien leur avait sauvé la vie.

Pourquoi ?

Soudain, Bananach poussa un hurlement de joie qui força Niall à entraîner Leslie dans une allée. Il sentit l'élan sinistre de la femme-corbeau qui se précipitait vers eux.

Leslie était dos à une haute barrière métallique. Les lèvres entrouvertes, dans l'attente d'un baiser qu'il ne pouvait lui donner, elle dévisageait Niall avec une candeur qu'il avait pu observer sur les traits de tant de mortelles avant elle.

– Niall ?

– Attends...

Il ne savait que dire. Il détourna le regard et compta chacune de ses respirations en s'efforçant de ne pas la toucher. Derrière eux, il entendit les Chiens de Gabriel regagner du terrain. Bananach ne poussait plus de cris de joie, mais des imprécations qui visaient les Chiens. Puis le silence se fit.

Il put alors entendre le souffle irrégulier de Leslie qui se superposait au sien, preuve qu'ils étaient tous deux beaucoup plus fébriles qu'ils n'auraient dû l'être. *Elle ne devrait pas se sentir aussi grisée après seulement quelques baisers.* Ce n'était pas comme s'il avait eu des rapports plus intimes avec elle. *Et pourtant.* Il en avait envie, plus que jamais. Il plaça ses mains contre la barrière métallique qui se trouvait derrière Leslie. La douleur qu'il éprouva l'aida à chasser ces pensées irrationnelles.

Il jeta un coup d'œil derrière lui afin de vérifier s'ils pouvaient reprendre leur chemin. Bananach était partie. Les Chiens aussi. Aucun autre fé ne traînait dans la rue. Il n'y avait plus qu'eux deux. Il lâcha la barrière et chercha une excuse pouvant expliquer pourquoi il l'avait poussée dans l'allée et l'avait embrassée. Une excuse qui les empêcherait d'aller plus loin.

Mais que lui dire ?

Leslie glissa une main hésitante sous sa chemise. Tandis qu'elle remontait le long de son dos, il sentit les coupures qu'elle avait à la paume et sur les doigts.

Il s'écarta.

Elle passa alors sa main sur sa poitrine et fit remonter ses doigts jusqu'au cœur de Niall.

Pendant un long moment, aucun d'eux ne dit mot. Le pouls de Leslie s'était apaisé. Sa passion s'était calmée. Mais Niall, lui, se sentait toujours aussi coupable. Il ne pouvait pas revenir en arrière, mais pas non plus avancer. Il avait projeté de rester près d'elle comme un ami, mais tout avait échoué.

– On devrait y aller, finit-il par dire.

Elle acquiesça, mais ses doigts continuèrent d'explorer sa peau.

– Tu as beaucoup de cicatrices... constata-t-elle, en lui laissant le choix de répondre ou non à sa question sous-entendue.

Jamais il ne s'était expliqué à ce sujet – ni la fois où son roi, trop jeune pour saisir l'horreur de sa question, avait voulu en savoir plus, ni toutes les fois où une des Fées de l'Été avait partagé sa couche, ni le jour où Aislinn, les larmes aux yeux, l'avait vu s'entraîner au combat avec les gardes. Quant à Leslie, elle avait ses propres cicatrices, et il savait ce qui les avait causées.

Il déposa un baiser sur chacune de ses paupières.

– C'était il y a très longtemps, lui dit-il.

La main de la jeune fille s'arrêta sur son cœur. Mais elle ne commenta pas le rythme effréné de ses battements. Elle finit par demander :

– Tu as eu un accident ?

– Non. Ces blessures étaient délibérées, répondit-il en plaçant l'autre main de Leslie sur sa balafre. Aucune ne fut accidentelle.

– Je suis désolée pour toi.

Elle se pencha et l'embrassa sur la joue. Sa douceur était encore plus dangereuse que ses accès de passion.

En y réfléchissant bien, il pouvait se remémorer la douleur aussi vivement que le jour où cette blessure lui avait été infligée. Le souvenir de cette souffrance l'aida à reprendre ses esprits, à se rappeler où il se trouvait et à ce qu'il devait être pour Leslie : fort, prudent et *amical*.

– J'ai survécu, répondit-il. C'est bien ce qui importe, pas vrai ? Survivre ?

Elle détourna les yeux.

– Je l'espère.

– J'ai baissé dans ton estime ?

Elle parut éberluée.

– Non. Bon sang, sûrement pas.

– Certaines personnes n'ont pas cette réaction.

– Eh bien, ils ont tout faux. Je ne sais pas qui t'a blessé... mais j'espère qu'ils ont payé pour ça, ajouta-t-elle d'un ton haineux.

– Non, il ne leur est rien arrivé.

Si elle savait à quel point ils l'avaient brisé, éprouverait-elle de la pitié pour lui ? Le trouverait-elle moins viril pour n'avoir pas su leur échapper ? Il avait pourtant réussi à fuir, plus tard. À l'époque, il aurait largement préféré s'éteindre et devenir une ombre plutôt que d'avoir à endurer cette souffrance, ces souvenirs. Il aurait été plus simple de baisser les bras et d'en finir. Mais le précédent Roi de l'Été l'avait trouvé, l'avait amené à sa cour et lui avait offert l'espace nécessaire pour recouvrer sa fierté et reconstruire son esprit.

– C'est affreux de savoir qu'ils sont en liberté, là, quelque part, dit-elle en observant les rues obscures, en quête de visages cachés dans l'ombre, ainsi que Niall l'avait vue faire tant de fois quand il marchait, invisible, à ses côtés. Je ne sais jamais... J'ai oublié leurs visages... j'étais droguée quand ils... tu sais.

– Quand ils t'ont violée, ajouta-t-il avec douceur. Oui, je suis au courant.

Sa main effleura de nouveau une des cicatrices de Niall, plus hésitante à présent. Son expression abasourdie confirma qu'elle avait compris.

– Toi aussi ?

– C'était il y a très longtemps, acquiesça-t-il.

Les yeux de Leslie s'emplirent de larmes.

– Est-ce que ça disparaît un jour ? Cette peur panique ?

Elle le dévisagea avec tant d'espoir qu'il regrettait que les fés ne puissent mentir.

– Ça s'arrange avec le temps. Certains jours, au fil des années, on n'y pense presque plus.

– C'est mieux que rien, pas vrai ?

– Oui, certains jours, tout s'efface, répondit-il, posant un léger baiser réconfortant sur ses lèvres. Et parfois, on croise quelqu'un qui continue de vous estimer, même si on le lui avoue. Et ça compte plus que tout.

Sans dire un mot, elle posa sa tête contre sa poitrine. Il la tenait dans ses bras et admit enfin la vérité. *Pour cette mortelle, je serais capable de désobéir à ma reine, d'abandonner mon roi et la cour qui m'a protégé durant tant d'années.* S'il la gardait dans ses bras, il ne la laisserait jamais. Il ne permettrait pas qu'elle souffre comme les autres mortelles qu'il avait abandonnées. Il resterait près d'elle, avec ou sans la permission de la Cour de l'Été. Irial ne la lui prendrait pas et Keenan ne se dresserait pas entre eux.

19

Leslie se réveilla au milieu de la nuit et vit que Niall, étendu près d'elle, était fiévreux, sa peau luisante de transpiration. Pourtant, il était parfaitement immobile. Et sa poitrine paraissait ne plus se soulever du tout.

Elle l'attrapa par l'épaule et le secoua.

– Niall ?

Il cligna des yeux, puis s'assit et regarda autour d'eux.

– Tu es blessée ? Quelqu'un est entré dans le train ?

– Non. Mais tu es malade.

Il était chaud au toucher, plus chaud qu'il était possible. Elle se rendit à la salle de bains, prit une petite serviette qu'elle trempa dans de l'eau froide. À son retour dans la chambre, elle vit que Niall avait refermé les yeux et s'était de nouveau allongé sur l'immense lit de Seth. S'il n'avait pas été au bord de l'évanouissement, elle aurait trouvé ce tableau très agréable à contempler. Elle s'agenouilla près de lui et passa la serviette sur son visage et son torse. Il n'eut aucune réaction et garda les paupières closes. Son rythme cardiaque était si rapide qu'elle voyait une veine palpiter sur sa gorge.

– Tu crois que tu peux marcher jusqu'au salon ? Je vais appeler un taxi, murmura-t-elle en jetant un coup d'œil autour d'elle pour trouver son téléphone mobile.

– Un taxi pour aller où ?

– À l'hôpital.

La serviette avait déjà perdu sa fraîcheur mais la peau de Niall était toujours aussi bouillante.

– Pas question d'aller là-bas. On reste ici ou on va au loft.

Il ouvrit les yeux et la dévisagea. Ce qu'elle vit dans son regard était tout sauf raisonnable. Leslie soupira.

– Tu es *malade*, mon chou, répondit-elle d'une voix toujours aussi douce. Est-ce que tu sais ce que tu as ?

– Une allergie.

– À quoi ? Il faut te faire une piqûre ? Tu as ce qu'il te faut sur toi ?

Elle ramassa sa chemise qui traînait sur le sol et fouilla la poche. Rien. Elle la laissa retomber. Où chercher ? Les tables de chevet étaient vides. Elle palpa les poches de son jean, qu'il n'avait pas ôté.

Niall s'empara de sa main.

– Je ne t'ai pas amenée ici pour coucher avec toi, et je suis loin d'être en état de faire quoi que ce soit, mais ne crois pas que je vais rester insensible à tes caresses, dit-il en l'attirant contre sa poitrine.

Puis il posa une main contre le mur pour prendre appui et se redresser.

– Aide-moi à sortir. J'ai besoin d'air. De m'éclaircir les idées avant de trop en dire.

– *Trop* en dire ?

Cependant, elle l'aida à s'appuyer contre elle. Il passa un bras autour des épaules de la jeune fille et elle le tint par la taille.

– Seth, Ash, toi, tout le monde a ses petits secrets, grommela-t-elle. Si je veux comprendre ce qui se passe, il va falloir que je continue à poser des questions.

Elle le guida vers le premier wagon puis jusqu'à la porte du train. Il tendit la main et laissa échapper un sifflement quand ses doigts effleurèrent la poignée. Il eut un mouvement de recul et tous deux trébuchèrent.

– Est-ce que ça va ?

– Non. Pas tellement. Mais ça ira mieux dans un instant.

Leslie, un peu perdue, regarda autour d'elle et aperçut une des chaises en bois de Seth.

– Allez, viens, dit-elle.

Niall s'appuya lourdement sur elle tandis qu'elle tirait la chaise loin du train, vers la voie de garage plongée dans l'ombre. Ils avançaient gauchement, mais elle avait de l'entraînement : elle avait si souvent ramené son père ivre jusqu'à sa chambre. Niall s'assit sur la chaise quand soudain, Keenan apparut près d'eux, comme surgi des ténèbres. Il s'était matérialisé sous ses yeux. Une seconde plus tôt, le terrain vague était vide et tout à coup, il avait pris forme devant eux. Et il semblait furieux.

– As-tu perdu la tête ? demanda-t-il à Niall.

Ce dernier ne dit mot.

Leslie se figea sur place. Dès qu'elle avait vu Keenan, elle avait eu envie de fuir. Elle ne comprenait pas vraiment d'où il était sorti ni ce qu'il venait faire là. Elle *refusait* de penser à son arrivée inattendue et de se demander pourquoi sa présence la perturbait autant. Elle savait simplement qu'il l'effrayait et qu'elle aurait voulu qu'il parte.

– Je ne savais pas qu'il était allergique à... Au fait, à quoi es-tu allergique ? demanda-t-elle à Niall.

– Au fer. À l'acier. Nous le sommes tous, coupa Keenan d'un ton hargneux. Ce que tu fais ne sert pas nos intérêts, Niall, ajouta-t-il.

Leslie, que l'hostilité de Keenan mettait décidément mal à l'aise, se rapprocha de Niall. *Du sel pour ma fureur, pareil à de l'eau de mer dans ma bouche*. Elle posa la main sur son épaule et s'aperçut que sa fièvre était un peu tombée.

– Ce n'est pas l'endroit... marmonna Niall.

– Si Irial la veut... poursuivit malgré tout Keenan.

À ces mots, Leslie perdit son calme.

– Hé, je suis là, devant toi, abruti. Arrête aussi de lui parler sur ce ton, pigé ? À croire que...

– Leslie, arrête, la coupa Niall en posant la main sur la sienne.

– Pas question. Pourquoi est-ce que tu supportes ça ? reprit-elle en lançant un regard noir à Niall, avant de le reporter sur Keenan. Et toi, ne parle pas de moi à la troisième personne quand je suis là. Ne te comporte pas comme si ton ami taré qui me poursuit était...

– Tais-toi, d'accord ? l'interrompit Keenan en avançant d'un pas, les yeux étincelants, comme remplis de petites flammes. Tu n'as pas la moindre idée de ce qui se passe.

– Va te faire voir, répliqua la jeune fille.

Elle leva la main, prête à gifler son visage condescendant, mais Niall s'empara de ses deux mains.

– Je ne sais pas vraiment pour quelle raison il veut absolument cette fille, reprit Keenan en haussant les épaules, mais si elle a de l'importance pour lui, je veux comprendre pourquoi. Tu te mets en danger pour elle : cela ferait de la peine à Aislinn, sans oublier que cela ne sert aucun de mes intérêts.

Leslie l'écouta, bouche bée. Il n'était plus le jeune homme qu'elle avait si souvent vu en compagnie d'Aislinn, celui qui avait fréquenté le lycée pendant quelques semaines, à l'automne précédent. Il paraissait plus vieux, beaucoup plus âgé qu'il prétendait l'être, impitoyable.

– Montre-toi un peu moins téméraire, et prends du bon temps, Gancanagh, ajouta-t-il.

Puis il partit, après avoir brièvement regardé Leslie de haut en bas – un examen qui lui donna envie de cacher son corps tant elle eut l'impression de se retrouver à nu.

Malgré l'obscurité qui régnait sur les lieux, la jeune fille voyait la silhouette de Keenan, qui s'éloignait à grandes enjambées.

Près d'elle, Niall restait silencieux.

Leslie lui toucha le front, le cou, la poitrine : la fièvre était retombée. Physiquement, il semblait aller mieux. Fatigué, mais rétabli.

– Keenan cherche à bien faire, mais il a des soucis...

– Il est grossier. Méprisant. Il n'est pas celui qu'il prétend être en présence d'Aislinn. Il... Donne-moi une bonne raison pour que je sois sympa avec lui, reprit-elle après avoir radouci son ton ; il est peut-être temps de tout m'expliquer.

– Je ne peux pas. Il est un peu stressé, en ce moment. Aislinn est là pour l'aider, mais il y a tant de choses que je n'ai pas le droit de te dire. Je le ferais, si je pouvais. Je te dirais tout. Peut-être que tu refuserais de me revoir, ensuite, mais...

Il l'attira à lui et la fit s'asseoir sur ses genoux.

– Mais quoi ? demanda-t-elle en passant ses bras autour de lui.

Aussitôt, sa colère contre Keenan, sa méfiance, son malaise... tout s'évanouit.

– J'espère que tu voudras toujours me voir quand nous t'aurons révélé nos secrets. Ce sera à toi de choisir, mais j'espère malgré tout que tu ne me rejetteras pas.

Elle n'était pas certaine de vouloir tout comprendre, mais il le *fallait*. Elle aimait beaucoup Niall, beaucoup plus qu'elle n'aurait dû, étant donné qu'elle ne le connaissait pas depuis longtemps, mais elle ne souhaitait pas s'engager davantage s'il était impliqué dans des affaires criminelles. Elle avait trop souffert de ce genre de situation.

– Est-ce que tu es impliqué dans quoi que ce soit d'illégal ?

– Non.

– Pas de vente de drogue ? s'enquit-elle, tendue.

– Non. Pas moi.

– Keenan, alors ?

Il eut un petit rire.

– Aislinn ne le permettrait pas, même s'il avait des penchants de ce côté – ce qui n'est pas le cas.

– Je vois.

Pourtant, elle avait beau y réfléchir, rien ne lui paraissait logique : le fait que Keenan se déplace rarement seul, le club bizarre qu'il fréquentait, cette étrange allergie, tous ces secrets qu'Aislinn et Seth avaient l'air de partager eux aussi.

Tout ça devrait me terrifier. Mais ses émotions n'avaient plus aucun rapport avec ses pensées – *ce qui devrait me terrifier encore plus.*

Les yeux braqués sur Niall, elle lui demanda :

– Comment est-ce qu'il t'a appelé ?

– Gancanagh. Une sorte de nom de famille. Mais je ne peux pas t'en dire plus pour l'instant, ajouta-t-il en soupirant et en la serrant contre lui. Je ferai de mon mieux pour répondre à chacune de tes questions, mais Aislinn... c'est à elle de te parler avant que je puisse en dire davantage. Plus de questions jusqu'à demain. Je lui expliquerai que toi, que nous... elle comprendra. Rejoins-moi au *Crow's Nest* demain soir. On aura une discussion avec elle.

Leslie voulait l'obliger à parler tout de suite, mais elle voyait bien à quel point il était tourmenté.

– Tu promets de tout me dire ?

– Oui, promis, répondit Niall avec un sourire.

La jeune fille l'embrassa délicatement. Elle lui faisait confiance. Elle était convaincue qu'il tiendrait sa parole.

Mais il écarta très vite son visage du sien pour lui demander :

– Je peux voir où en est ton tatouage ? Ou bien est-ce indécent ?

Elle se mit à rire.

– Non, il est sur mes épaules... quel subtil changement de conversation, fit-elle observer.

Pourtant, cela avait fonctionné. Elle se sentait déjà plus détendue – ou était-ce grâce à leur baiser ? Même s'il semblait garder ses distances, la jeune fille sentit son corps à elle réagir d'une manière qu'elle croyait ne plus être possible.

– Alors, je peux le voir, ce tatouage ? répéta-t-il, sans la lâcher.

– Demain soir. J'ai rendez-vous avec Rabbit après le travail. Ensuite, je te le montrerai, quand il sera terminé.

Elle ne savait pas pourquoi, mais depuis qu'elle était sortie de la boutique du tatoueur, l'idée de le montrer à qui que ce soit lui déplaisait. *Bientôt.*

– Une autre raison pour attendre notre rendez-vous avec impatience. On pourra parler, admirer ton tatouage et... faire tout ce qui pourra te combler, ajouta-t-il en lui lançant un regard qui fit palpiter le cœur de la jeune fille.

Il lui embrassa tendrement le front, les joues, les paupières et les cheveux.

– Je n'ai pas envie que tu t'en ailles, chuchota-t-elle, trouvant si simple de lui avouer cela dans l'obscurité. Mais les remarques de Keenan... La façon dont il a... C'est maintenant que je te veux près de moi. Cela fait des mois que j'attends ça.

Cette fois, il l'embrassa pour de bon, avec fougue.

– S'il le faut, je quitterai Keenan et Aislinn, lui dit-il ensuite. Je laisserai tout derrière moi, pour pouvoir être avec toi...

Même si Leslie ne comprenait pas vraiment la situation, elle avait bien saisi qu'il lui proposait d'abandonner sa famille pour elle. *Pourquoi ? Quel rapport avec moi ?* Elle effleura son visage du bout des doigts.

– Si tu me veux dans ta vie, je serai là, reprit-il. Aussi longtemps que tu le souhaites. Ne l'oublie pas. Tout va bien se passer. Quoi qu'il arrive et quoi que tu apprennes, ne l'oublie pas.

Elle hocha la tête, alors qu'elle avait l'impression de s'être égarée dans un univers insolite, où tous ses repères s'étaient estompés. Mais malgré toutes ces étrangetés, elle se sentait aimée et en sûreté dans les bras de Niall, comme si le monde n'était plus si affreux. Elle n'avait pourtant pas l'intention de rester à Huntsdale, ni de continuer à vivre avec Ren et leur père.

– Je ne peux pas exiger que tu quittes tout pour moi, alors que je ne sais même pas où je serai l'année prochaine. À l'université, certainement. Et on ne se connaît pas, toi et moi. Pas vraiment. Et…

– Veux-tu que nous fassions plus ample connaissance ? demanda-t-il d'une voix douce.

– Oui.

– Dans ce cas, on trouvera le moyen d'y arriver.

Puis il se releva et se dirigea vers le train de Seth, la portant dans ses bras. Arrivé à un ou deux mètres des wagons, il la déposa à terre.

– Rentre dormir. Je serai là à ton réveil. Demain, Aislinn te parlera… sinon, *je* le ferai à sa place.

Quand Leslie se glissa dans les draps, elle sentit qu'elle faisait confiance à Niall, que tout irait bien entre elle et lui. Elle avait tant rêvé à cet homme qui un jour prendrait soin d'elle, qui la considérerait comme une personne à part entière – ces rêves n'étaient peut-être pas si inaccessibles, après tout.

20

Il faisait à peine jour quand Irial entra à *L'Encre et l'Aiguille* en observant avec un regain d'intérêt les mortels qui se tenaient à l'extérieur de la boutique. Quand Leslie lui aurait donné une partie de sa mortalité, il pourrait se nourrir de leurs émotions et gagner en puissance. L'expérience avait fonctionné avec quelques-uns des fés-chardons, ainsi qu'avec Jenny Dentverte et ses sœurs. Il ne pouvait se permettre de s'affaiblir, ni de laisser ses sujets perdre leurs forces à leur tour et s'éteindre peu à peu. Il n'avait pas d'autre choix. Il aurait sa mortelle et, par son intermédiaire, lui et sa cour retrouveraient une subsistance. Si la mortelle et lui étaient suffisamment robustes, ils survivraient à l'expérience. Dans le cas contraire, elle disparaîtrait ou sombrerait dans la folie, tandis que lui mourrait de faim et s'éteindrait. Pire encore, il aurait échoué auprès de sa cour.

Mais cette mortelle est forte. Il espérait qu'ils survivraient tous deux. Jamais il ne s'était soucié des humains par le passé ; quelques demi-fés, comme Rabbit, avaient leur importance, mais c'était tout.

– Irial.

Le visage de Rabbit s'illumina d'un bonheur inexplicable, comme à chaque visite du Roi des Ténèbres.

– Mon petit lapin.

Rabbit fronça les sourcils.

– Hé, mec, il faut vraiment que t'arrêtes de m'appeler comme ça. Ani et Tish sont dans le coin, et tu les connais.

– Oui, je sais, répondit Irial avec un grand sourire.

Il ne pouvait se faire à l'idée que Rabbit n'était plus un petit garçon.

– Comment vont les petites ? ajouta-t-il.

– Insupportables.

– Je t'avais prévenu. C'est dans le sang, répondit Irial en tendant un livre à Rabbit. Au fait, Gabriel te transmet ses amitiés.

– Si seulement Ani avait hérité de son savoir-vivre...

Rabbit prit le livre et le feuilleta avec enthousiasme, comme la première fois qu'Irial lui avait apporté des images des fés les plus solitaires. Les symboles et les esquisses grossières serviraient de base à Rabbit pour dessiner les tatouages qui lieraient les mortels à la Cour des Ténèbres. Il les recréerait en capturant leurs failles et leurs beautés, ce dont les fés étaient incapables, jusqu'à les faire palpiter sur la page, en quête du mortel qui les porterait. C'était un talent déroutant – dont Irial et le tatoueur ne parlaient jamais.

Soudain, Ani et Tish débarquèrent dans la pièce en poussant des cris perçants, comme elles en avaient l'habitude.

– Irial !

– Comment va papa ?

– Tu nous apportes quelque chose de sa part ?

– Il était en ville, et il a même rencontré Leslie !

– Rabbit m'a interdit de retourner en boîte !

– Tu as vu les nouvelles reines ? On en connaît une, la Reine de l'Été.

– On ne la *connaît* pas. On l'a *rencontrée*, c'est pas pareil.

– Si.

– Taisez-vous et écoutez Irial, soupira Rabbit.

Il grondait parfois ses sœurs, mais il s'en occupait mieux que leur père ne l'aurait fait. Les demi-fés étaient généralement trop fragiles et trop mortels pour vivre à la Cour des Ténèbres ; à la Haute Cour, leurs esprits auraient été brisés – on y aurait réfréné leurs élans naturels. La cour de Sorcha recueillait ceux qui avaient la Vue ainsi que les demi-fés (à l'insu de celles de l'Été et de l'Hiver), mais la Cour des Ténèbres s'efforçait de tenir ses rejetons mortels à l'écart de ce royaume sévère. Rabbit, tenu au secret, prenait soin des autres demi-fés qu'Irial avait trouvés.

– Voici des petits cadeaux de la part des Chiens, annonça le Roi des Ténèbres en tendant un sac aux jeunes filles. Et l'une des parentes de Jenny vous fait passer les vêtements que vous aviez demandés.

Ani et Tish s'emparèrent du sac et détalèrent.

– Épuisantes, ces créatures, dit Rabbit en se passant une main sur le visage. Pas de sortie ce soir, vous m'entendez ? ajouta-t-il avant qu'elles ne soient trop loin.

– Promis ! lança Tish.

Ani revint en courant dans la pièce. Un sourire éclatant aux lèvres, elle s'arrêta en dérapant à moins d'un centimètre d'Irial.

– Elle te plaît, Leslie ? Je parie que oui. Elle est super-excitante, débita-t-elle à toute allure avant de tirer la langue à Rabbit. On ira demain soir, dans ce cas. Promis ?

Le tatoueur se cacha le visage entre les mains.

– Je les emmènerai, proposa soudain Irial.

Sur ce, Rabbit fit signe à sa sœur de filer, puis il tourna la pancarte qui se trouvait sur la porte, pour indiquer : « Fermé ».

– À présent, essayons ça. Au travail.

La pièce, immaculée, n'avait pas changé. Rabbit lui-même avait un peu vieilli, mais pas aussi rapidement qu'un mortel. Il avait l'aspect d'un jeune adulte désormais, plus celui d'un adolescent.

Il fit signe à Irial de s'installer dans le fauteuil noir et lui demanda :

– T'es en forme ?

– Fatigué, avoua Irial en serrant l'avant-bras du tatoueur.

Après avoir donné à Rabbit les cordes que Gabriel avait fait envoyer, il s'assit dans le fauteuil et étira ses jambes devant lui.

– J'ai appris la nouvelle, pour Guin, dit Rabbit en sortant trois aiguilles et autant de fioles.

– Gabriel envoie régulièrement ses Chiens patrouiller la ville ; ils se croient encore immunisés. Les leannan-sidhe[1] doivent rester invisibles.

Irial s'étendit complètement et ferma les yeux, tandis que Rabbit se servait des cordes pour l'attacher au fauteuil. Irial parlait toujours librement avec le tatoueur. Dans un monde où la supercherie était monnaie courante, il y avait peu de gens à qui Irial pouvait entièrement se fier. Rabbit avait hérité

1. Dans la mythologie irlandaise, les leannan-sidhe, apparentées aux fés et aux elfes, vivent dans un monde invisible, parallèle à celui des humains, et sont les muses des chanteurs et des poètes.

de la loyauté de son père, mais possédait aussi une qualité réservée aux mortels : celle de pouvoir réfléchir et de parler, plutôt que de se battre.

– Je crois que l'échange d'encre va nous aider, dit le tatoueur en remontant la manche du Roi des Ténèbres. Ça va faire mal.

– À moi ou à la fille ? demanda Irial en rouvrant brièvement les yeux. Je l'ai vue, la mortelle.

– Je parle de toi. Je pense que Leslie sentira la douleur du tatouage, rien d'autre. Elle s'en est bien sortie avec les contours. Il est plus facile pour une mortelle de s'accoutumer aux larmes et au sang de la Cour des Ténèbres. Ses émotions sont déjà instables et fugaces. Elle supporte bien l'expérience, pour l'instant. En revanche, il lui sera plus difficile d'assimiler ton sang...

Il prit la bouteille de verre marron qui contenait le mélange d'encre réservé aux échanges.

– Je ne sais pas comment elle réagira, reprit-il, puisqu'il s'agit de toi. C'est une fille bien.

– Je prendrai soin d'elle, promit Irial.

Elle serait liée à lui, mais il s'assurerait qu'elle soit bien traitée et satisfaite de sa situation. Il en avait le pouvoir.

Rabbit noua un autre lien autour du bras du Roi des Ténèbres afin de faire ressortir une veine. Contrairement aux cordes qui le maintenaient au fauteuil, c'était une simple bande de caoutchouc, pareille à celles dont on se sert dans les hôpitaux des mortels.

– Tout ira bien, dit Irial en vérifiant qu'il était solidement ligoté.

Hormis Rabbit, rares étaient les créatures auxquelles il aurait ainsi fait confiance. En silence, le tatoueur localisa une veine au creux du bras d'Irial.

– Elle est plus forte que tu ne crois, ajouta ce dernier. Sinon, elle n'aurait pas choisi mon dessin.

Rabbit planta un épais tube creux dans son bras.

– Prêt ?

– Oui.

Ce n'était qu'une petite piqûre – rien à voir avec la souffrance qu'il avait craint d'éprouver. Puis le tatoueur ajouta le filtre minuscule que lui seul pouvait enfoncer dans le tube.

Irial cambra le dos, les yeux révulsés. *Cela va me rendre plus fort. Nourrir ma cour. Protéger mes sujets.* Mais l'extraction de son sang et de son essence était un processus incroyablement douloureux et cauchemardesque – il avait la sensation que de petits ciseaux erraient à l'intérieur de son corps, arrachant et déchirant tout ce qui n'aurait jamais dû se trouver en présence d'un objet pointu.

– Ne laisse pas les petites à ma portée, réussit-il à dire tandis que sa vue se brouillait.

Son estomac fut parcouru de crampes et ses poumons se rétractèrent, comme si tout l'air qu'il avait inspiré durant des siècles était subitement aspiré vers l'extérieur.

– Irial ?

Ani se tenait sur le seuil de la pièce. Trop loin pour qu'il puisse l'atteindre, mais encore trop près. Irial serra les poings.

– Rabbit...

– Va-t'en, Ani, ordonna le tatoueur en se plaçant devant le Roi des Ténèbres afin de le cacher à la vue de la jeune fille.

– Ça va passer, Irial. Ça passe au bout d'un moment. Dis-lui, Rabbit, dis-lui qu'il ira mieux très vite.

La voix d'Ani s'éloigna.

– Elle a raison, ajouta Rabbit.

– Je suis affamé, dit Irial en enfonçant un doigt dans le fauteuil, à tel point que le cuir se déchira. Tu me détruis. Ma cour.

– Non, ça va s'atténuer. Ani a raison, l'assura Rabbit en ôtant le tube de son bras. À présent, repose-toi.

– Faim. Vite. Appelle Gabriel.

– Non. Tu ne peux rien prendre tant que je n'ai pas terminé le tatouage. Sinon, ça ne fonctionnera pas.

Sur ce, Rabbit sortit de la pièce et verrouilla la porte derrière lui, laissant Irial dans l'impossibilité de se libérer de ses liens.

21

Craignant presque que la nuit passée n'ait été qu'un rêve, Leslie regarda par la fenêtre. *Il est encore là.* Niall faisait des étirements à l'extérieur du train. Soit il était réveillé depuis un moment et il s'ennuyait, soit ces exercices faisaient partie de sa routine matinale. Il avait ôté sa chemise et, à la lumière du jour, l'entrelacs de cicatrices qui couvrait son torse était presque insupportable à voir. De fines balafres blanches s'entrecroisaient avec des marques plus épaisses et irrégulières, qui laissaient à penser que des griffes lui avaient lacéré la peau. Elle eut envie de pleurer pour lui. *Comment peut-on survivre à de telles blessures ?* Pourtant, il était bien là. Niall était un survivant, ce qui le rendait encore plus beau aux yeux de Leslie.

Aussi discrètement que possible, elle alla ouvrir la porte du train.

– Hé ! appela-t-elle.

Il s'arrêta en plein mouvement et s'immobilisa si brusquement qu'il paraissait pétrifié sur place, comme sculpté dans une roche sombre et précieuse. Seule sa voix lui prouva qu'il était encore vivant :

– Veux-tu que je t'emmène au lycée ?

– Non, répondit-elle en se dirigeant vers lui.

Jusqu'à cet instant, elle n'avait pas vraiment pris de décision, mais à le voir devant elle, et sachant bien que quoi qu'il arriverait, ils ne seraient plus les mêmes ensuite, elle comprit qu'il était stupide de gâcher cette journée. La passer au lycée n'avait aucun sens.

– Qu'as-tu prévu pour aujourd'hui ? demanda-t-elle en s'arrêtant près de lui.

Sans réfléchir, elle porta la main sur la poitrine de Niall et effleura ses cicatrices – c'était comme lire la carte d'un monde chaotique, des chemins qui bifurquaient vers d'autres, des sillons qui rejoignaient des crêtes et des ondulations de terrain.

Il n'avait pas bougé d'un pouce.

– D'aller nager dans l'eau glaciale de la rivière ?

Elle s'approcha plus près encore.

– Non.

Il déglutit.

– Tu comptes dire non à tout ce que je vais te proposer ?

– Peut-être, répliqua-t-elle en souriant. C'est ce que tu veux ?

Elle se sentait intrépide et elle avait confiance en lui, d'une manière qu'elle n'avait plus ressentie depuis bien longtemps.

– Oui. Non. Peut-être, répondit-il avec un sourire incertain. J'avais oublié à quel point cette petite danse du désir était amusante, même si l'objet convoité est encore loin.

– Ça te va si je la mène ?

Elle rougit. Elle n'avait rien d'une oie blanche, mais il lui donnait l'impression que cette histoire avait de l'importance, que *tous deux* avaient de l'importance.

– J'aime plutôt ça, dit-il avant de s'éclaircir la voix. Non pas te courir après...

– Chut...

– D'accord.

Il la dévisagea avec curiosité. Chose bizarre, ses mains et ses pieds étaient toujours dans la même position depuis qu'elle s'était approchée de lui.

– Est-ce que tu as fait une école militaire ou un truc du même genre ? demanda-t-elle sans pouvoir s'en empêcher.

Quelle question débile.

Pourtant, il ne se moqua pas d'elle et ne dit rien qui puisse laisser croire à Leslie qu'elle avait gâché ce moment.

– Pas exactement, répondit-il avec sérieux, mais j'ai dû apprendre certaines choses. Le père de Keenan avait besoin que je sois bien entraîné... il est bon de savoir comment se défendre et protéger ceux pour qui on a de l'affection. Je peux te montrer comment te défendre. Cela ne suffira pas toujours. Certaines personnes parviennent à leurs fins quoi qu'il arrive.

– Dans ce cas, pourquoi... commença-t-elle.

– Parce que ça m'aide à dormir la nuit, à me concentrer, et que parfois, j'aime à penser que si j'étais de nouveau en danger, cela me serait utile, expliqua-t-il avant de déposer un baiser sur le front de la jeune fille. Et d'autres fois, j'espère que cela me rendra suffisamment fort pour être aimé et veiller sur celle que je pourrais aimer.

Une fois de plus, elle ne sut quoi répondre.

Il recula d'un pas.

– Tu t'apprêtais à mener cette danse, et je vais m'appliquer à te suivre... mais avant, m'autorises-tu à passer au loft, que je puisse prendre un bain ?

Ce retour à des préoccupations plus simples apaisa les peurs de Leslie et la tension céda la place à ce sentiment agréable et stimulant qui s'était installé entre eux, avant qu'il ne se mette à parler de violence et d'amour.

Une heure plus tard, Leslie marchait dans les rues de Huntsdale en compagnie de Niall – certaine qu'une fois qu'elle s'éloignerait de lui, le lien presque illusoire qui les unissait se briserait. Cette promenade n'était en rien comparable à celle de la nuit précédente, quand ils avaient fait halte pour s'embrasser dans des allées obscures.

Au bout d'un moment, il lui indiqua un grand bâtiment ancien qui se dressait devant eux.

– C'est ici.

Ils se tenaient à l'orée d'un petit parc qui paraissait interdit, comme si l'air s'était solidifié devant eux et formait une barricade autour de ce coin de verdure. Les arbres en fleurs rivalisaient de couleurs et de senteurs ; l'herbe, cependant, était piétinée et brunie, comme après un concert ou une fête foraine. L'endroit était propre et aucun détritus ne jonchait le sol. Il était aussi complètement vide – pas même un clochard étendu sur un des drôles de bancs en bois qui parsemaient le parc. De vieilles sculptures de pierre luisaient, qu'on aurait dites sorties tout droit du musée, et l'eau d'une fontaine montait et descendait avec régularité, donnant l'impression qu'un chant contrôlait son flux. Leslie contempla ce parc curieusement ensorceleur, en se demandant comment un lieu si beau pouvait sembler aussi désert.

– On peut y aller ?

– Où ça ? Dans le parc ? Pourquoi pas...

– Ce n'est pas une propriété privée ?

Elle observait l'eau scintiller, pareille à une fille exécutant une danse ondulante que Leslie aurait dû se rappeler, une danse qu'au fond d'elle-même elle connaissait.

Il y a vraiment une fille. Celle-ci dansait, les mains au-dessus de la tête, le visage penché en arrière, comme si elle s'adressait à la lune ou au soleil. Leslie avança dans l'air pesant qui paraissait vouloir lui faire obstacle et l'empêcher de rejoindre la fontaine. Sans se soucier de la circulation et sans aucune raison apparente, elle se dirigea vers le parc. Puis elle s'arrêta, oscillant entre effroi et désir, sans être certaine d'éprouver l'une ou l'autre de ces émotions.

– Leslie ? Tu es là ?

Niall lui prit la main et l'empêcha d'entrer dans le parc.

Elle cligna des yeux. La danseuse disparut aussitôt. Les statues lui parurent soudain ternes, et n'étaient pas si nombreuses qu'elle avait d'abord cru. Même chose pour les arbres, qui n'étaient pas tous en fleurs non plus. Par ailleurs, elle apercevait maintenant des gens dans le parc : de petits groupes de jeunes filles, dont la plupart paraissaient les dévisager, déambulaient en riant et en bavardant avec des types que Leslie avait d'abord pris pour des arbres.

– Je ne comprends plus rien, Niall.

Leslie sentait bourgeonner en elle un début de panique, mais cette émotion ne lui semblait pas réelle – plutôt comme un murmure qui affluait, puis refluait avant même d'avoir pris forme.

– Je me sens… poursuivit-elle. Je ne sais plus ce que je ressens ces derniers temps. Je n'ai plus peur, je n'arrive pas à rester longtemps en colère. Et quand j'éprouve ces émotions, j'ai l'impression qu'elles ne m'appartiennent pas. Je vois des trucs qui ne sont pas normaux, des gens couverts d'épines, des tatouages en mouvement, des cornes. Je n'arrête pas d'avoir des hallucinations et je devrais être terrorisée. Mais je me contente de regarder ailleurs. Je ne sais pas ce qui ne va pas…

Il ne lui fit pas de vaines promesses, ne lui dit pas que tout irait bien, qu'elle avait imaginé toutes ces choses. Au contraire, il eut l'air peiné et elle se douta qu'il en savait plus qu'elle.

Ce qui devrait me rendre furieuse.

Elle essaya de convoquer sa colère mais son instabilité émotionnelle était désormais si prononcée qu'elle avait la sensation d'être de passage dans son propre corps.

– Est-ce que tu sais ce qui m'arrive ? demanda-t-elle d'un ton posé, nonchalant, comme si cette question n'avait pas grande importance.

– Non. Pas vraiment.

Il se tut un bref instant.

– Je sais seulement que quelqu'un de malfaisant s'intéresse à toi.

– Je devrais être folle de terreur, dans ce cas, dit-elle en hochant calmement la tête.

Elle était en effet sereine. Elle s'aperçut en revanche que Niall, lui, avait peur.

– Je te sens craintif, jaloux et… triste, ajouta-t-elle en fermant les yeux un instant, pour savourer les vagues insolites d'émotions que sa langue parvenait presque à palper.

Elle ouvrit les paupières.

– Comment est-ce que je sais tout ça, Niall ?

Ce dernier était perplexe – ça aussi, elle le sentait. Si on pouvait se fier aux émotions de Niall, il fallait en conclure qu'il n'en savait pas plus qu'elle sur ce tout nouveau don.

– Tu arrives à...

– Goûter ce que tu ressens, oui, répondit-elle.

Leslie l'observa et perçut qu'il essayait de rester impassible, comme si ses émotions étaient rangées dans des boîtes qu'elle ne parvenait pas à ouvrir. Des saveurs différentes passaient en elle, fugaces, pareilles à des ombres – chicorée et miel, sel et cannelle, menthe et thym...

– Étrange que tu choisisses ce terme, fit-il observer.

– J'ai des accès d'émotions et des moments d'absence. J'éprouve et vois tant de choses qui restent inexplicables. J'aurais dû en parler à quelqu'un. Mais je n'ai pas pu... jusqu'à maintenant.

– Sais-tu quand cela a commencé ?

Il était inquiet. Sur sa langue, s'attardait un goût citronné, et elle comprit que l'inquiétude était associée à ce goût.

– Pas vraiment...

Elle essaya de se remémorer les jours précédents. Les mots se bousculaient dans son esprit – *le restaurant, le tatouage, la Forteresse, le musée, quand, comment pourquoi...* Mais quand elle voulut parler, elle en fut incapable.

– Irial, dit Niall.

Sa colère salée et sa jalousie au goût de cannelle surgirent de nouveau avec tant d'intensité que Leslie avait sa gorge qui la brûlait. Elle ravala un cri, sur le point de s'étouffer. Mais dès qu'elle pensa à Irial, elle se sentit soudain mieux. Plus calme. Les saveurs auxquelles elle avait goûté s'estompèrent.

Niall s'empressa de la faire sortir du parc et la mena jusqu'au vieux bâtiment, sur le trottoir opposé.

– On passe la journée ensemble. Il ne viendra pas te chercher ici. Ce soir, nous parlerons à Aislinn et à Keenan. Ensuite, tu seras en sécurité. D'accord ?

L'inquiétude de Niall s'insinua en elle, l'emplit tout entière, puis se faufila hors de son corps, comme si cette émotion avait trouvé un tunnel par où s'échapper. Elle se sentit soudain molle et lasse, exactement ce qu'elle avait éprouvé dans le fauteuil de Rabbit. Pas la peine de raconter ça à Niall. Elle haussa les épaules.

– Peu importe. On n'avait encore rien prévu de précis, de toute façon. On se balade, je vais au boulot, ensuite voir Rabbit, puis on sort ce soir, c'est ça ? C'est d'accord.

– Plus que quelques heures d'attente, et tout s'arrangera, ajouta-t-il en la prenant par la main pour lui faire grimper un escalier de pierre en colimaçon.

– Il n'y a pas d'ascenseur ? s'étonna la jeune fille.

Elle parcourut les lieux du regard. L'extérieur de l'édifice lui avait paru tout à fait quelconque – vétuste, comme la plupart des bâtiments à Huntsdale, mais l'intérieur était somptueux. Comme à la Forteresse, l'obsidienne, le marbre et le bois semblaient remplacer ce qui d'ordinaire était en métal.

– Ici, l'acier est interdit, dit Niall, l'air absent.

Elle le suivit jusqu'à une porte, trop belle pour être exposée aux yeux de n'importe quel passant. Des pierres, non pas taillées, mais brutes, étaient enchâssées dans le bois pour former une mosaïque. Elle tendit la main vers la porte.

– C'est splendide.

Niall la fit entrer. L'intérieur était tout aussi beau : d'immenses plantes vertes dominaient la pièce. D'innombrables oiseaux voletaient au-dessus d'eux, ou se nichaient dans des recoins aménagés sur de hautes colonnes, lesquelles soutenaient un plafond couvert de vigne vierge.

– Bienvenue chez nous, Leslie.

Cet accueil bizarrement formel déclencha en elle l'envie de fuir – car elle se dit qu'elle n'était pas à sa place dans ce lieu. Mais Leslie continuait de goûter aux émotions de Niall – il se sentait heureux, honoré et éprouvait un peu d'amour pour elle, un fil ténu mais sincère qu'elle perçut au milieu de ses autres sentiments. Aussi s'avança-t-elle dans la pièce qui embaumait des senteurs de fleurs estivales qui devaient se trouver quelque part dans le loft.

– Mets-toi à l'aise pendant que je prends mon bain, dit Niall en indiquant un fauteuil exagérément rembourré. Ensuite, je préparerai un petit déjeuner. On va rester ici. On va réfléchir à tout ça.

Elle faillit lui répondre, mais il paraissait plutôt se parler à lui-même. Elle s'installa dans le fauteuil confortable et observa les oiseaux qui dansaient au-dessus d'elle. *C'est avec Niall ou avec Irial qu'est ma place.* Elle n'était pas certaine de savoir pourquoi, mais à cet instant, tout lui paraissait limpide. De jour en jour, ses sentiments avaient perdu de leur normalité, et elle avait peu à peu identifié les émotions des autres. Elle se rappela les excuses qu'elle s'était trouvées pour expliquer ces changements – et comprit qu'elle s'était menti à elle-même. Elle voyait tout cela avec une singulière clarté à présent. Quelque chose, qui était à la source de ces modifications, empêchait son esprit de s'appesantir sur les raisons de ces mêmes modifications ; comme si cela lui était interdit. *Mais pourquoi s'en faire ? Je me sens bien. Mieux que je n'ai été depuis si longtemps.* Elle ferma les yeux et savoura la langueur qui s'était emparée d'elle alors qu'elle discutait avec Niall.

22

Ils passèrent la journée à jouer à des jeux vidéo, à parler et à rester ensemble, tout simplement. Quand l'heure arriva de partir au travail, Leslie s'était mise à faire la sourde oreille face aux inquiétudes et aux avertissements que Niall lui avait murmurés. Elle n'éprouvait plus *rien* d'anormal. Il était soucieux – elle le percevait – mais elle se sentait en pleine forme.

Niall la laissa devant le *Verlaine* en lui répétant de se tenir à l'écart d'Irial ou de tout inconnu.

– T'inquiète, répondit-elle en l'embrassant sur la joue. On se voit ce soir ?

– Tu ne devrais pas te promener seule dans les rues le soir, tu sais ? Je te retrouve ici après ton service et je t'accompagnerai à la boutique de tatouage, ensuite, on ira ensemble au *Crow's Nest*.

– Pas la peine. Je peux toujours appeler Ani ou Tish ou Rabbit et leur demander de venir me rejoindre ici. Sinon, je prendrai un taxi.

Elle lui décocha un sourire rassurant et entra dans le restaurant.

La soirée passa dans le brouillard. Il y avait beaucoup de monde et elle se fit quelques beaux pourboires qu'elle ajouta à la somme qui se trouvait déjà dans son sac. Quand son service s'acheva, elle se rendit à *L'Encre et l'Aiguille*. Elle se sentait presque étourdie à l'idée d'enfin avoir son tatouage et de retrouver Niall plus tard. Tout se passait mieux que jamais.

Quand elle entra dans la boutique de tatouage, toutes les portes menant aux autres pièces étaient fermées, sauf une, d'où sortit la voix de Rabbit.

– On est fermé.

– C'est moi, répondit-elle en allant le rejoindre.

Le tatoueur était assis sur son tabouret, une expression réservée sur le visage.

– Tu peux encore changer d'avis. On pourrait faire quelque chose à partir de...

– Modifier le motif ? s'étonna-t-elle en fronçant les sourcils. Ce serait idiot. Crois-moi, Rabbit, ce que tu fais est superbe. Je te fais entièrement confiance.

– Ce n'est pas ça...

– Quoi, alors ?

– Je veux juste que tu sois heureuse, Leslie, répondit-il en tirant sur sa barbiche, d'un air nerveux qu'elle ne lui avait jamais vu.

– Dans ce cas, termine mon tatouage, dit-elle doucement, tout en ôtant son chemisier. Allez, on s'y met. On a déjà eu cette conversation.

Une expression indéchiffrable sur le visage, Rabbit lui fit signe de s'installer sur le fauteuil.

– Tu as fait un choix. Tout va bien se passer... je veux que tout aille bien pour toi.

Un large sourire aux lèvres, elle s'assit de nouveau dos à lui.

– Tout ira bien. Je vais avoir le plus ravissant, le plus accompli des tatouages. Sur ma peau. Qu'y a-t-il de dangereux à ça ?

Rabbit ne dit mot, mais il travaillait le plus souvent en silence. Il prépara ses fournitures. Sa routine était méticuleuse. Cela lui faisait du bien de savoir qu'il se souciait de la santé de ses clients. Ce n'était pas le cas de tous les tatoueurs.

Leslie regarda par-dessus son épaule et vit Rabbit qui ouvrait une drôle de bouteille.

– Qu'est-ce que c'est ?

– Ton encre, répondit-il sans lever les yeux vers elle.

Elle fixa le verre marron de la bouteille. Un instant, elle crut voir une volute de fumée noire danser au-dessus du goulot, pareille à de petites flammes, elle en aurait juré.

– C'est beau. On dirait des ombres en bouteille.

– C'en est, dit-il en la regardant brièvement, son visage aussi impassible que d'habitude. Si je n'étais pas aussi fasciné par l'ombre, je ne ferais pas ce que je suis en train de faire.

– Quoi donc ? Tatouer ?

Il souleva la bouteille et versa quelques gouttes dans plusieurs petites capsules. Certaines d'entre elles contenaient déjà un liquide cristallin. La pièce était mal éclairée et on aurait dit que l'encre se divisait en plusieurs nuances de noir.

De minuscules larmes noires. Comme des gouttes versées dans un abîme. Elle secoua la tête. *Tous ces incidents bizarres... et me voilà à imaginer des choses étranges.*

– C'est ce liquide qui modifie la couleur ? s'enquit-elle. Pour faire un mélange d'encres ?

– Oui, j'en ai besoin pour ton tatouage. Tourne-toi.

Elle obéit. Il lui nettoya la peau. Elle ferma les yeux. Et attendit.

Bientôt, la machine ronronna et les aiguilles furent sur sa peau. Elles perçaient à peine son épiderme, mais ce simple processus changeait tout. Derrière ses paupières closes, la vue de Leslie se brouilla et s'aiguisa à la fois. Des couleurs éclataient dans son champ de vision. Puis l'obscurité prit de l'ampleur avant de se diviser en des milliers de teintes lumineuses – chacune d'elles représentant une émotion, un sentiment qu'elle pouvait avaler et chérir. Ces émotions la feraient vivre et les rendraient tous si puissants, se disait-elle sans comprendre ces pensées.

Donne-nous de quoi vivre, sauve-nous, le corps pour l'âme. Ces mots s'entrelaçaient à des vagues de sensations qui voletaient en elle puis s'évanouissaient, pareilles aux images d'un rêve que l'on oublie au réveil. Son esprit s'en emparait et luttait pour les maintenir en place afin de les identifier. Il ne s'agissait pas seulement de ses propres émotions – elle percevait aussi les désirs des inconnus qui passaient dans la rue, un assemblage de peurs et d'inquiétudes, d'ardeurs et de colères.

Soudain, des passions trop insolites pour être visualisées l'accablèrent.

Mais dès qu'elles l'effleuraient, chacune de ces émotions s'éloignait, comme reliée par une spirale qui s'enfonçait dans l'ombre, dans l'abîme où l'encre qui pénétrait sous sa peau avait été recueillie.

Irial était plongé dans un sommeil agité. Il la sentait, elle, sa Leslie, que Rabbit suturait à lui un peu plus chaque fois qu'une aiguille effleurait sa peau, qu'il liait à lui afin qu'elle devienne *sienne*, davantage que ses propres fés, plus que quiconque avant elle.

Il avait la sensation que les aiguilles de Rabbit perforaient son cœur, ses poumons, ses yeux. La jeune fille était dans son sang, aussi sûrement qu'Irial était dans sa peau à elle. Il perçut sa tendresse, sa compassion, sa force, son désir ardent d'être aimée. Mais aussi ses faiblesses et ses espoirs – et il eut envie de la choyer et de l'aimer. Il était décidément inconvenant qu'un Roi des Ténèbres éprouve des émotions si douces. *Si je l'avais su avant, aurais-je pratiqué cet échange ?*

Il aurait voulu se convaincre que non, mais il avait déjà fait, dans le passé, des concessions bien plus extrêmes afin d'assurer la sécurité de ses sujets.

Dans ses cauchemars, Leslie était celle qu'il portait dans ses bras, après qu'elle avait été blessée par des hommes dont les visages se révélaient lentement. Il n'était pas certain de savoir ce qui tenait de la réalité ou de la peur, propre à tout déformer. Elle le lui dirait, cependant. Quand ils seraient liés, il déambulerait dans ses souvenirs. Il la réconforterait – et tuerait les individus qui lui avaient fait du mal.

Elle le rendait plus fort, elle le nourrissait en lui transmettant des émotions humaines auxquelles il n'aurait pas eu accès sans elle. Il avait appris à dissimuler à quel point elle s'était mise à compter pour lui, à quel point il se sentait parfois semblable à un mortel – sensation écœurante. *Que m'as-tu fait, Leslie ?* Prenant conscience de ses nouvelles faiblesses, il se mit à rire. En se fortifiant pour aider ses sujets, il avait simultanément perdu une partie de sa nature et s'était ainsi éloigné de la Cour des Ténèbres.

Qu'ai-je donc fait ?

Leslie, toujours assise sur le fauteuil, les yeux clos, entendit de nouveau rire, mais cette fois, cela ne la dérangea pas. Au contraire, ce rire était bon, accueillant, même. Elle sourit.

– C'est un rire agréable.

– Bouge pas, lui rappela Rabbit, avant de se remettre au travail.

Le bourdonnement de la machine se fit plus bruyant, comme si son ouïe s'était affinée. Elle soupira et, l'espace d'un instant, elle vit presque les yeux sombres désormais tatoués sur sa peau – à la différence qu'ils semblaient la fixer depuis l'extérieur de la pièce, assez près pour qu'elle se demande si elle les verrait pour de bon quand elle rouvrirait les yeux.

Elle s'aperçut que le ronronnement de la machine s'était interrompu, mais elle ne parvint pas à ouvrir les yeux. À présent, Rabbit lui essuyait le dos.

Dors, maintenant. C'était juste un chuchotement, mais elle était persuadée que quelqu'un d'autre que le tatoueur venait de s'adresser à elle.

Mais qui ?

Son interlocuteur invisible lui répondit alors. *Tu me connais déjà, Leslie. La réponse ne va sans doute pas te plaire pour l'instant, mais tu me connais, ma douce.*

Près d'elle, elle entendit Rabbit ouvrir un sachet de bandages et sentit qu'il en plaçait un sur le tatouage.

– Repose-toi quelques minutes, Leslie, murmura Rabbit tout en l'aidant à s'étendre sur le fauteuil qu'il venait d'incliner. Je reviens.

Écoute le petit lapin. Il faut que je me réveille, et mieux vaut que tu sois endormie. Fais-moi confiance, ma belle. Je veux te protéger.

Écouter qui ? se demanda-t-elle.

– Tu es forte, Leslie. Ne l'oublie pas. Plus que tu ne crois, lui dit le tatoueur en plaçant une couverture sur elle. Je serai là d'ici quelques instants. En attendant, repose-toi.

Elle n'avait pas vraiment d'autre choix : elle se sentait subitement plus épuisée que jamais.

– Quelques minutes, pas plus. Je vais danser, ensuite.

23

Irial s'éveilla avec un cri inarticulé dans la gorge. On l'avait détaché, mais il était encore étendu sur le fauteuil. Des marques rouges zébraient ses bras et ses jambes. À l'endroit où le tube l'avait pénétrée, sa peau était meurtrie. Quand il essaya de s'asseoir, une douleur fulgurante traversa son corps.

Au même instant, Ani colla ses lèvres aux siennes et avala son hurlement – ainsi que les suivants.

Quand elle s'écarta de lui, elle avait les lèvres rouge sang, les pupilles dilatées et les joues cramoisies. Il resta bouche bée. Les demi-fés ne pouvaient pas se nourrir auprès des fés. Leur sang de mortel annihilait la plupart de leurs antécédents féeriques.

Un autre souci en perspective.

– Comment est-ce possible ?

Elle haussa les épaules.

– Ani, tu ne peux pas rester ici si tu as besoin de...

– Nourriture ? suggéra-t-elle avec un sourire malveillant de prédateur – qui était l'exacte réplique de celui de Gabriel.

– Oui, de nourriture, comme ton père. Pas étonnant que tu poses autant de problèmes à Rabbit.

Irial s'efforça de se concentrer sur la situation présente – même s'il voulait aller voir si Leslie allait bien. Il fallait d'abord s'occuper d'Ani. *Leslie n'est pas encore prête à me voir. Pas ici. Et je suis trop faible pour le moment.*

– Ta souffrance est comme un énorme sundae, tu sais ? dit la demi-fée en se léchant les lèvres. À la cerise. Avec beaucoup de sucre.

Il enfila la chemise qu'elle lui tendait. *D'abord Ani. Ensuite, Leslie.*

– Et Tish ?

– Tish ? Non, il n'y a que moi, répondit Ani en se penchant vers lui. Je peux en avoir encore un peu ?

Elle lui mordit le menton. Ses canines pointues s'enfoncèrent dans sa chair.

Irial la repoussa en soupirant. *Pas question de me montrer violent. C'est la fille de Gabriel.*

– Je peux me nourrir des émotions des mortels sans avoir besoin d'un échange d'encre. S'ils sont détendus, c'est comme boire des arcs-en-ciel. De gros arcs-en-ciel sucrés, ajouta-t-elle, l'air rêveur.

– Et les mortels ?

Elle s'appuya contre lui.

– S'ils sont assez forts, tout se passe bien. C'est seulement quand je ne choisis pas les bons qu'ils se comportent comme des imbéciles. C'est pas si différent de ce que tu fais, pas vrai ? dit-elle en s'asseyant lourdement près de lui. Leslie va bien, tu sais. Elle se repose.

– Rabbit ! appela Irial d'une voix sonore.

Puis il envoya un message télépathique à Gabriel. Il fallait qu'ils prennent Ani en charge pendant quelque temps.

– Qu'est-ce qu'elle a encore fait ? demanda le tatoueur, depuis le seuil de la pièce.

– Elle s'est nourrie.

– Je me demandais justement si cela expliquait...

– Tu avais des doutes ? Pourquoi ne m'en as-tu pas parlé ? Tu aurais dû me prévenir. Elle aurait pu être en danger. Et elle aurait aussi pu nous servir pour éviter de...

À l'idée qu'il aurait pu trouver Ani avant Leslie et ne pas posséder cette dernière, il sentit son ventre se nouer de panique – une émotion inhabituelle. Ani aurait pu faire l'affaire, mais il était trop tard, et il prenait un malin plaisir à cette pensée.

Rabbit dégageait calme et prudence – tout le contraire de ce que le Roi des Ténèbres éprouvait à cet instant.

– Ani est ma sœur, Irial. Je n'allais pas te la livrer pour faire cette expérience, vu que tu avais déjà en tête un projet qui pouvait marcher.

Ani essaya, titubante, de se faufiler derrière son frère pour quitter la pièce. Il l'en empêcha, tout en la tenant au-dessus du sol et loin de lui, comme si elle avait été une bête sauvage – sans pourtant cesser de la dévisager avec la même affection que lorsqu'elle était née. Puis, tandis qu'Ani battait des pieds et des mains tout en riant bêtement, il changea ostensiblement de sujet.

– Leslie va quitter la boutique.

Irial, pour dissimuler les sentiments ambigus qu'il éprouvait pour la jeune mortelle, revint à Ani.

– Elle ne peut pas rester ici.

– Je sais, répondit Rabbit en déposant un baiser sur le front de sa sœur. Mon père va passer de sales moments avec elle, ajouta-t-il avec une lueur d'amusement dans les yeux.

À ce moment, Irial perçut l'approche des Chiens – une vague de terreur propre à donner la chair de poule. Il s'abandonna à cet effroi, semblable à un baume apaisant. Dehors, les fés reculaient tandis que les Chiens passaient devant eux. Il se nourrit brièvement de l'horreur que leur seule présence provoquait.

– Papa ! lança Ani d'une voix stridente, tout en continuant de donner des coups de pied dans le vide.

Gabriel entra dans la pièce, seul. Il salua Rabbit d'un signe de tête.

– Bonjour, petit chiot.

Le tatoueur leva les yeux au ciel puis se tourna vers Irial.

– Tu ferais mieux de suivre Leslie sans trop tarder. *Papa* est tout à fait capable de s'occuper d'Ani, ajouta-t-il avec un grand sourire qui dévoilait enfin à quel point il ressemblait à sa jeune sœur. En fin de compte, je vais d'abord aller faire la valise d'Ani, qu'elle puisse repartir avec la meute.

Sans se soucier de l'expression de panique qui s'afficha sur le visage de Gabriel, Irial répondit :

– En attendant, ne quitte pas ta sœur des yeux.

Dès que le tatoueur fut sorti de la pièce avec, dans ses bras, une Ani toujours en prise au fou rire, Irial expliqua à Gabriel le tour qu'avaient pris les événements.

– Qu'est-ce que je vais faire d'elle ? demanda le Chien, totalement intimidé – lui qui avait dirigé les créatures les plus terrifiantes qui puissent exister. Comment est-ce que je... C'est une femelle, Irial. Ses besoins doivent sûrement être différents des nôtres ?

– Elle ne peut pas être pire que toi quand tu étais plus jeune. Demande conseil à une de tes femelles.

Tout en parlant, le Roi des Ténèbres savourait autant que possible les émotions mêlées de Gabriel – sa panique, son excitation, sa fierté. Irial avait besoin d'être émotionnellement stable avant d'aller retrouver Leslie – il ne voulait pas avoir à lui soutirer trop d'émotions humaines. *Pas encore. Qu'elle s'habitue d'abord à moi. Qu'elle me parle.* Il s'inquiétait pour sa mortelle. Si les fés qui avaient vécu l'échange d'encre avaient éprouvé la même chute de tension, ils ne lui en avaient pas touché mot.

Gabriel continuait de s'adresser à lui et Irial se força à écouter.

– ... pas un bon exemple pour ma fille. Les as-tu vues ces temps ? Chela et sa portée ont massacré des représentants de la cour de Sorcha la lune dernière.

– Le *mois* dernier, Gabriel. Pas la lune.

– Peu importe. Mais elles sont trop brutales pour mon Ani. Elle est si petite.

Il se mit à faire les cent pas, tout en continuant de parler à tort et à travers des femelles. Irial connaissait leur férocité, mais il ne pouvait s'opposer à ces tueries, qui permettaient de tenir la cour de Sorcha à l'écart de la sienne.

– Elle sait courir, au moins ? demanda Gabriel, sur le point d'avoir un accès d'orgueil qu'Irial trouva tellement succulent qu'il faillit s'étouffer.

Ce dernier ferma les yeux et savoura le goût d'orange sucrée qui émanait du Chien.

– Demande-le-lui, répondit-il.

– Mais toi, as-tu besoin de quoi que ce soit ? s'enquit Gabriel, aussi calme qu'une vague près de se briser.

– Non. Emmène Ani à la maison. Et prends le numéro de téléphone de Rabbit, afin de pouvoir le joindre si tu as des conseils à lui demander.

Gabriel poussa un grognement.

Irial le dévisagea d'un œil mauvais, soulagé de devoir affronter l'orgueil du Chien, une situation qui lui était familière.

– C'est lui qui l'a élevée. Tu ne sais rien d'elle. Prends son numéro.

L'expression de Gabriel aurait dissuadé n'importe quel fé ou mortel de s'obstiner. Accepter d'obéir à des ordres, même ceux de son roi, allait contre ses instincts.

– Si tu n'en as pas besoin, parfait, ajouta Irial d'une voix plus douce. Mais elle devrait pouvoir garder le contact avec son frère et sa sœur. À eux trois, ils forment une meute.

Gabriel hocha légèrement la tête.

– As-tu besoin de quelqu'un d'autre pour récupérer des forces ?

– Après t'avoir vu ? Pour quoi faire ?

– Dans ce cas, je vais chercher la petite. Ma fille...

Il hésita, ses émotions de nouveau confuses.

– Je n'emmène que celle-ci, c'est bien ça ?

Irial réprima un sourire.

– Oui, juste Ani.

– D'accord. Je vais la chercher.

– N'oublie pas de dire bonjour à Tish, malgré tout, lui rappela Irial. Ensuite, dis-lui de venir me rejoindre. Nous sortons.

Il faut que je retrouve Leslie. Ma *Leslie, mon bienfait, ma force, ma Fille des Ombres... elle m'appartient.*

Il inspira profondément, heureux de se rendre compte qu'il savait exactement où elle se trouvait et qu'il pouvait même la voir s'il le voulait. Elle avait quitté la boutique et marchait à présent dans la rue, le pas assuré, et sur les lèvres le sourire le plus enchanteur qu'il ait jamais vu.

Bientôt. D'un geste de la main, il ramena ses cheveux vers l'arrière et inspecta sa tenue. Sa chemise était impeccable, ce qui n'était pas le cas de son pantalon, constellé de taches de sang. Il ouvrit la porte et lança :

– Tish ! Attends cinq minutes avant de venir me rejoindre.

Puis il alla chercher son sac. *Si ma mortelle me voyait dans cet état... Non, vraiment, je ne risque pas de la charmer si je suis couvert de sang.*

24

Leslie éprouvait le besoin irrésistible et inexplicable de bouger. Elle sentait sa peau la picoter. Elle arracha le bandage que Rabbit avait placé sur son tatouage. Il était humide : un mélange de liquide poisseux, qui n'était pas du sang, et de traces d'encre. Son chemisier collait à sa peau moite, et il serait probablement taché, mais l'idée que son beau tatouage puisse être pris au piège lui était insupportable.

Elle jeta le pansement dans une poubelle et partit en direction du *Crow's Nest*. Elle eut un grand sourire en apercevant au loin le néon rouge de la boîte. Quelques types traînaient dans la ruelle sombre qui longeait le bâtiment, un raccourci qui menait à la voie de chemin de fer où vivait Seth, mais que la plupart des gens utilisaient pour fumer de l'herbe. Alors qu'elle s'approchait, elle vit un des types en frapper un autre. Elle sourit, éprouvant une agréable montée d'adrénaline, tandis que l'altercation se transformait en franche bagarre.

À l'entrée de la boîte, Glenn, le videur, l'arrêta. Il jeta un coup d'œil à la rixe qui se déroulait dans la ruelle, et les piercings qui ornaient son visage scintillèrent sous le néon rouge. Il secoua la tête puis tourna son attention vers Leslie.

– Il y a un concert à cinq dollars l'entrée ce soir.

– Au moins, ils se battent à l'extérieur, fit-elle observer en lui donnant un billet froissé et en lui tendant sa main pour qu'il la tamponne.

– Et il n'est pas question qu'ils rentrent, répondit-il avec un grand sourire. On dirait que tu amènes des problèmes dans ton sillage, ces jours-ci ?

Elle se mit à rire mais intérieurement, elle se demanda s'il n'avait pas raison. Elle entendit le chanteur du groupe qui hurlait sa chanson et elle fit une grimace.

– Tu crois qu'ils en valent la peine ?

– Ça pourrait être pire, répliqua Glenn en rangeant le billet.

Ils écoutèrent une minute le solo de guitare saturée, puis le videur sourit de nouveau.

– Non. Impossible.

– T'as vu mes amis ? lui demanda-t-elle en scrutant la foule.

– Seth et Ash sont là-bas, contre le mur, répondit-il en lui indiquant la partie la plus sombre de la boîte.

– Keenan est avec eux ?

– Ouais, il est là, acquiesça-t-il, soudain maussade.

Il ne fit pas d'autres commentaires.

Un nouvel arrivant entra derrière Leslie. Glenn se tourna vers lui.

– Concert à dix dollars ce soir, annonça-t-il.

– C'est l'inflation ? demanda Leslie en chuchotant.

– Non. Le privilège du videur, répliqua-t-il avec un sourire complice.

Elle s'apprêtait à s'éloigner, quand Glenn posa la main sur son bras.

– Fais attention à toi. Il y a des tas de gens bizarres qui traînent en ville ce soir, précisa-t-il en jetant un coup d'œil à la piste de danse, bondée.

On y trouvait des visages familiers, mais aussi beaucoup d'inconnus.

Est-ce pour cette raison qu'il y a des bagarres ? Ce sont peut-être des gangs qui s'installent en ville. Non. C'est autre chose. Sans savoir pourquoi, Leslie avait l'impression que ces bagarres avaient un lien avec elle. Cela pouvait sembler un peu prétentieux de sa part, mais cette idée, si étrange qu'elle puisse paraître, lui semblait vraisemblable.

Ou bien je perds les pédales.

– Est-ce que ça va ? demanda Glenn, en haussant la voix pour se faire entendre par-dessus le brouhaha grandissant.

Elle sentit une vague d'émotions venant de lui la submerger – comme un désir de protection.

– Je peux demander à Tim de surveiller l'entrée et...

– Non, t'inquiète, tout va bien.

Elle n'éprouvait aucune nervosité. *Ni ce soir ni plus jamais.* Sa main glissa vers son tatouage.

Elle le remercia puis se fraya un passage dans la foule pour rejoindre Seth et Aislinn. Ceux-ci étaient assis aussi proches que possible l'un de l'autre.

– Salut, dit Aislinn.

Près d'elle, Seth lui fit un signe de tête puis lança un regard appuyé à Aislinn.

– Il faut qu'on parle, dit-il à Leslie.

– Pas de problème, répondit celle-ci en s'installant sur la chaise que Seth avait poussée dans sa direction.

Elle se pencha vers son amie.

– D'après Seth, tu as quelque chose à me dire. Des tas de secrets.

– Excuse-moi de ne pas t'en avoir parlé avant, je voulais juste te protéger… de certaines choses. Quand j'ai appris que Ren…

– Non, s'il te plaît, la coupa Leslie.

Elle attendit que la panique monte en elle, mais ne sentit qu'un murmure lointain.

– Tu connais mon secret, poursuivit-elle. Pas la peine d'en parler.

– Oui, tu as raison.

Aislinn prit une profonde inspiration avant de regarder Seth d'un air incertain. À cet instant, Keenan s'approcha de leur table avec des verres de soda pour Seth et Aislinn et un verre de vin pour lui-même. Il tendit un des verres à Seth puis se tourna vers Leslie.

– Niall n'est pas encore arrivé. Que veux-tu boire ?

– Rien.

Cela la mettait mal à l'aise de devoir accepter quoi que ce soit de la part de Keenan, surtout après ce qui s'était passé l'autre soir.

Il lança un regard derrière lui et avisa la foule qui le séparait du bar.

– Un soda ? Du thé ? De l'eau ? insista-t-il.

– Rien.

– Tu ne voudrais…

– Rien, répéta-t-elle d'une voix plus ferme, avant de se relever.

Il *fallait* qu'elle s'éloigne de Keenan. Tout de suite.

– Viens me retrouver quand tu sauras ce que tu veux me dire, dit-elle à Aislinn.

Mais Keenan se rapprocha d'elle et se plaça entre les deux jeunes filles.

Pars. Il est dangereux. Un ennemi. Pas des nôtres.

Leslie scruta la foule. Le groupe qui jouait était vraiment mauvais, mais elle avait envie de bouger, de se dépenser, de profiter pleinement du vertige que lui avait procuré son tatouage.

– Il faut qu'on parle, Leslie, dit Aislinn, l'air terriblement sérieux et inquiet.

– Bien sûr, répondit Leslie en se forçant à la regarder. Dès que tu te sentiras prête. Je serai sur la piste de danse.

Leslie s'écarta de la table, avec le besoin grandissant de fuir Keenan. Ses mains tremblaient, tant elle s'efforçait de rester calme.

– Leslie, arrête, lui ordonna Keenan en l'attrapant par le pan de sa chemise.

Aislinn s'empara du poignet de Keenan, mais ne parvint pas à le repousser.

– Qu'est-ce qui t'arrive ? demanda-t-elle.

Keenan plaça son autre main sur la hanche de Leslie et l'obligea à se retourner. Puis il souleva sa chemise, dénudant le dos de la jeune fille.

– Regardez.

Aislinn étouffa un cri.

– Qu'as-tu fait, Leslie ?

– Je me suis fait tatouer. Tu étais au courant, répliqua Leslie en se dégageant de l'étreinte de Keenan. Des tas de gens ont un tatouage. Tu ferais mieux de demander à ton imbécile de copain de me laisser tranquille. Je n'aime pas qu'on me traite comme...

– Elle n'est pas au courant, Aislinn, dit Keenan.

Son ton était étrangement doux, apaisant, ce qui donnait à sa voix l'allure d'une brise tiède.

Mais Leslie sentait monter sa colère, à chaque mot que formaient ses lèvres. Une colère qui n'avait rien de fugace, cette fois, et qui ne semblait pas sur le point de s'estomper.

Dangereux. Il est dangereux pour nous.

Nous ? se demanda-t-elle.

Keenan avança d'un pas. Il n'avait plus rien d'humain. Un effet d'optique causé par l'éclairage de la boîte lui conférait une luminosité dorée, comme une statue qui aurait pris vie. Et quand il lui parla de nouveau, sa voix brûla la peau de Leslie.

– Qui t'a fait ça ?

Elle croisa les bras, comme pour se rassurer, refusant de céder à l'envie de fuir. Sa peur rivalisait avec sa colère, mais elle pencha la tête de côté et lui décocha un regard noir.

– Pourquoi ? Toi aussi, t'en veux un ?

– Réponds-moi, ordonna-t-il en lui lançant un regard de prédateur.

Leslie sentit son estomac se nouer. La façon dont il la dévisageait la terrifiait – mais elle fut la seule à le voir.

Elle en avait assez. Elle lui sourit alors avec une cruauté qu'elle ne se connaissait pas.

– Recule, Keenan. Je n'ai pas d'ordres à recevoir de toi. Ni maintenant ni jamais. Ne t'oppose pas à moi, roitelet.

Roitelet ?

Comment avait-elle pu prononcer ce mot ? Ça n'avait aucun sens. Pourtant, elle se sentait mieux. Elle s'éloigna et se fraya un chemin dans la foule. Elle se dirigea vers la scène. Elle avait l'impression d'être en train de chercher quelqu'un, celui grâce à qui tout allait s'arranger. *Où es-tu ?* Son esprit répéta cette question, pareille à une litanie, tant et tant qu'elle crut l'avoir prononcée à haute voix.

– Je suis là, répondit-il.

À cet instant, sans même le regarder, elle sut qui il était.

– Irial.

– Comment vas-tu, ma belle ?

– Je suis furieuse. Et toi ?

Elle se retourna et se retrouva face à lui. Elle promena son regard sur lui, de la même manière qu'il l'avait examinée quand ils s'étaient revus à la Forteresse. Il avait belle allure, comme un mauvais garçon vêtu d'un costume. De la pointe de ses bottes de cuir à sa chemise de soie, il était superbe, mais ce n'était pas une raison pour lui pardonner la façon dont il l'avait harcelée. Elle convoqua toute sa colère, son embarras, son effroi. Puis elle le regarda droit dans les yeux.

– Tu ne m'impressionnes pas. Et tu ne m'intéresses pas non plus.

– Menteuse.

Il se mit à sourire, et effleura le poignet de la jeune fille du bout des doigts. Il inspira profondément, comme s'il essayait de capter une senteur fugace. Et subitement, elle retrouva son calme. Elle n'éprouvait aucune peur, aucune angoisse, rien de ce qu'elle aurait dû ressentir. En revanche, elle avait l'impression que quelque chose se déroulait en elle, une forme obscure qui s'étirait et se contorsionnait sous sa peau.

Elle ferma légèrement les yeux, le cœur palpitant.

Non. Elle se ressaisit et recula d'un pas.

– Tu ferais mieux de partir, finit-elle par lui dire.

– Et te laisser te débrouiller toute seule ? Quelle idée. Pourquoi est-ce que j'agirais ainsi ? Je veillerai sur toi quand le roitelet viendra rôder dans ce coin. Ce garçon est un vrai casse-pieds.

– J'ai rendez-vous avec quelqu'un, dit-elle, même si elle ne savait plus vraiment quelle tournure les choses allaient prendre, à présent.

Oui, réfléchis. Niall était le tuteur de Keenan et il vivait avec lui. L'idée de croiser de nouveau Keenan lui donnait subitement envie de frapper quelqu'un. Soudain elle se figea. Elle venait de comprendre quelque chose.

– Le roitelet ?

– Oui, Keenan. Mais changeons plutôt de sujet, ajouta-t-il en lui saisissant les mains. Danse avec moi, Leslie. Je serai gentil. Poli, même. Profitons de ce moment avant que d'autres soucis ne viennent nous perturber.

Je devrais partir. Pourtant, elle n'avait pas envie de laisser Irial. Tout le monde lui avait dit qu'il valait mieux se méfier de lui, mais pour l'instant, elle n'en avait pas peur. C'était *Keenan* qui la terrifiait. Être aux côtés d'Irial lui semblait normal, naturel. Elle ne bougea, ni ne répondit.

– Allez, viens, Leslie, dit-il alors de la voix la plus enjôleuse qu'elle ait jamais entendue. Juste une danse. Crois-tu que Niall s'en formaliserait ? Plus important encore, en as-tu envie, toi ?

– Je ne devrais pas, pourtant.

Brièvement, elle céda au besoin de fermer les yeux, afin de résister à l'extase montante qui commençait à faire vibrer son corps.

– Disons que je cherche à me faire pardonner, d'accord ? Je t'ai effrayée, à la Forteresse, n'est-ce pas ? ajouta-t-il d'une voix séduisante qui apaisa encore davantage la jeune fille. Une danse, puis on ira s'asseoir pour bavarder. Je resterai poliment à l'écart si tu le désires.

Elle vacillait sur ses jambes tout en se rapprochant de lui, pareille à un cobra charmé par le chant de son maître. Les bras d'Irial se glissèrent autour d'elle.

Le rythme rapide de la musique encourageait à agiter les bras et les jambes de tous côtés, mais Irial semblait ne pas s'en soucier.

– Tu vois, ma douce ? Quel mal y a-t-il à cela ?

Ils dansaient, mais elle ne se sentait pas prise au piège. La tête lui tournait, mais elle avait gardé son assurance et elle recula d'un pas dès que la chanson s'acheva.

Irial ne la toucha pas. Il se contenta de marcher près d'elle. Dans le recoin le plus sombre de la boîte, il dégota deux bouteilles d'eau auprès d'une serveuse puis se plaça entre Leslie et la salle.

– Eh bien, comment te sens-tu après être passée sous les aiguilles du petit lapin ?

Elle ouvrit la bouteille et s'appuya contre le mur en savourant pleinement le martèlement des basses qui cognait sous sa peau.

– Quoi ?

Lentement, il se rapprocha d'elle. Il passa sa main droite dans le dos de la jeune fille, sous le chemisier, remonta le long de sa colonne et la plaça sur sa peau encore sensible.

– Notre tatouage.

– *Notre* tatouage ?

Il se pencha vers elle et murmura :

– Je sais que tu m'as entendu, que tu m'as vu t'observer pendant que Rabbit tatouait ta peau délicate.

Il appuya ses doigts contre son dos. Leslie grimaça de douleur. Son cœur battait la chamade, comme si elle avait couru durant des heures, comme si les visions de ses cauchemars venaient d'entrer dans le monde réel. *Il ment. Il est fou. Il...*

Pourtant, ces paroles qui s'insinuaient dans son esprit étaient sincères, elle le sentait.

– J'ai ressenti chaque piqûre des aiguilles, tandis qu'elles me liaient de plus en plus à toi. Mes yeux, Leslie, sont sur ta peau. Mon essence est désormais enfouie au fond de ton être.

Irial recula, comme pour lui laisser un peu d'espace, ou peut-être pour qu'elle ait la possibilité de le regarder droit dans les yeux.

– Tu es mon bienfait, Leslie, ma Fille des Ombres, mon banquet. Rien qu'à moi.

Elle glissa légèrement le long du mur et se serait effondrée sur le sol si Irial ne l'avait pas attirée à lui.

– Cette terreur que tu éprouves, là, maintenant, reprit-il doucement, ses lèvres presque collées aux siennes, je peux la faire disparaître en un clin d'œil.

Tout en lui parlant, il inspira et elle se sentit tout à coup calme, comme si leur discussion était parfaitement anodine.

L'esprit de Leslie se refusait à accepter ce qu'il venait de lui apprendre. Mais subitement, tout lui parut limpide : les phénomènes étranges des derniers jours s'expliquaient enfin. *C'est lui qui est à la source de ces modifications. C'est à cause de lui que rien n'est plus pareil.*

– C'est impossible, chuchota-t-elle.

– Tu m'as choisi. Rabbit t'a dit que tu changerais.

– Et Rabbit a tatoué tes yeux sur ma peau. C'est bien ma veine. Mais cela ne peut pas nous lier. C'est juste un tatouage, de l'encre, ajouta-t-elle en essayant de s'écarter un peu de lui en glissant sur le côté.

Avec une grâce sinueuse, il se retourna pour s'appuyer à l'endroit exact qu'elle venait de quitter. Il était maintenant à côté d'elle.

– Tu sais que ça n'est pas vrai, dit-il en observant les danseurs. Tu en es parfaitement consciente. Quelque part au fond de toi, tu te sens différente. Je le sais, aussi clairement que je sais que tu attends Niall, en espérant qu'il s'en prendra à moi cette fois.

– De quoi parles-tu ? demanda-t-elle en se tournant vers lui.

– Il ne tentera rien contre moi. Rares sont ceux qui ont le droit de me toucher, et il n'en fait pas partie, déclara-t-il en prenant une profonde inspiration puis en poussant un long soupir qui agita quelques mèches des cheveux de Leslie. Mais cela me plaît que tu y penses. Ce sont des sentiments salutaires – la rage, la peur, le désarroi, agrémentés d'un soupçon de tentation coupable. Ils ont bon goût.

Il se mit à rire – un rire vaporeux qui l'enveloppa, pareil à des ombres prenant forme autour d'elle, comme celles qu'elle avait imaginées sortant de la bouteille d'encre dans la boutique de Rabbit – *non, je ne les ai pas imaginées, mais vraiment vues.* Elle regarda vers la piste et vit d'autres ombres flottant à travers la salle, entre les corps des danseurs – des ombres qui s'étiraient, semblables à des mains cherchant à caresser sa peau. Une sensation qu'elle n'avait pas envie d'éprouver. *Vraiment, en suis-je certaine ?* Elle passa la langue sur ses lèvres, qui avaient un goût de miel – *un ardent désir* – et s'écarta brusquement du mur.

Parmi ces corps drapés d'ombres, elle vit Keenan, Seth et Aislinn qui se dirigeaient vers elle. Aucun d'eux n'avait l'air très content, mais ce fut l'expression inquiète de Seth qui la fit hésiter. Elle n'avait aucune envie qu'ils s'approchent d'elle, ne voulait ni d'eux ni des ombres. La fureur qu'elle éprouvait envers Keenan atteignit tout à coup son paroxysme, semblable à la brume de colère salée qui flottait devant le jeune homme.

Irial la fit tourbillonner entre ses bras et lui décocha un regard qui lui procura un ardent frisson de désir.

– Mmmm... J'aime cette émotion, mais j'ai à faire, pour l'instant, dit-il en lui embrassant tendrement le front. Nous aurons tout le temps d'en profiter très bientôt.

Elle s'éloigna de lui et trébucha dans la foule, où Keenan la rattrapa, sans détacher les yeux d'Irial. Mais au contact de Keenan, la colère de Leslie explosa, une sensation pure, plus intense que jamais, qui remplaça le sang dans ses veines par du sel.

– Ne me touche pas, siffla-t-elle. Ne t'avise plus *jamais* de me toucher, roitelet.

– Je suis désolée, Leslie, chuchota Aislinn. Sincèrement désolée.

Un instant, Leslie crut voir des larmes dorées couler sur les joues de son amie. Puis cette dernière se retourna vers Seth.

– Je m'en occupe, dit le jeune homme en écartant Leslie de Keenan et en passant un bras protecteur autour de ses épaules. Allez, viens.

Keenan posa la main sur l'épaule de Seth.

– Amène-la à Niall.

– Je ne vais nulle part, déclara Leslie. Je ne comprends rien à ce qui se passe, mais je vais...

– Rentre chez toi, dit alors Irial, qui se tenait un peu plus loin. Ne reste pas avec cette racaille.

Il inspira de nouveau et Leslie crut voir des ombres grimper autour d'une liane, couverte de plumes et non de feuilles, comme dessinée à l'encre, qui flottait dans les airs entre elle et Irial. Puis la plante cessa de vibrer et la jeune fille se sentit de nouveau calme et apaisée.

Soudain elle comprit qu'elle ne voulait plus rester là.

Elle fit volte-face et quitta les lieux en compagnie de Seth.

25

Irial regarda Leslie s'éloigner en compagnie du mortel de la Reine de l'Été. *Que pourrait-il bien lui dire ?* Cela n'avait pas vraiment d'importance. Plus maintenant. Elle lui appartenait. Quoi qu'ils disent ou fassent, ils ne pourraient rien y changer.

– Si quiconque tente de me la reprendre ou de s'interposer entre elle et moi... Vous m'avez bien compris, n'est-ce pas ? ajouta Irial en dévisageant d'abord le roi puis la reine.

Celle-ci ne semblait pas disposée à répondre.

– Aislinn ? dit Keenan en lui prenant la main.

– Leslie est mon amie, pas une mortelle quelconque. Mon *amie*. J'aurais dû réagir quand je t'ai vu au restaurant.

– Cela n'aurait rien changé. Elle était déjà mienne. Voilà pourquoi je me trouvais là-bas.

Il tendit la main vers Aislinn, paraissant sur le point de toucher son visage baigné de soleil, puis il murmura :

– Que serais-tu prête à faire, Ash, pour protéger ton mortel ? Ton Seth ?

– N'importe quoi.

– Tu vois. Mieux vaut que tu n'essaies pas de me reprendre

Leslie. Je suppose que ton roitelet t'a expliqué qui l'avait entravé, non ?

Irial attendit qu'un flot de colère, d'inquiétude et de désespoir accable la Reine de l'Été et fut surpris de constater qu'elle maîtrisait relativement bien ses émotions.

Aislinn pencha la tête de côté – un mouvement qui lui fit penser aux filles de Gabriel.

– Oui, il me l'a expliqué, répliqua-t-elle.

Elle s'avança. Keenan ne tenta pas de s'interposer. Il la dévisageait d'un air calme et confiant.

– Ne t'avise pas de me menacer, murmura-t-elle, tandis que son souffle brûlant, pareil à un vent du désert, desséchait le visage du Roi des Ténèbres.

La Reine de l'Été avait laissé un filet de soleil se mêler à sa voix, une façon discrète de lui rappeler qui elle était vraiment. Irial leva les mains devant lui.

– Ce n'est pas moi qui cherche querelle. J'avais une affaire à régler en venant là. Maintenant, Leslie est mon affaire.

Cela le mettait mal à l'aise de devoir parler d'elle en ces termes – *sa* Leslie, sa mortelle à lui, si vulnérable. Aussi changea-t-il de sujet.

– Puisque je suis dans les parages, j'ai pensé venir vous saluer... et voir comment se portait notre Gancanagh. Il me manque, ces derniers temps.

Keenan et Aislinn n'eurent aucune réaction.

– À l'idée de toutes ces années qu'il a gâchées près de vous... poursuivit Irial en secouant la tête. Croyez-vous qu'il me suivrait de nouveau si je le rappelais à moi ?

Puis le Roi des Ténèbres attendit, impatient de pouvoir se rassasier des émotions des souverains de l'Été. Il voulait laisser quelques heures de répit à Leslie afin qu'elle s'habitue à sa nouvelle situation, avant de se servir d'elle pour canaliser d'autres émotions qui assouviraient son appétit.

Tandis que l'explosion d'émotions qu'éprouvait le Roi de l'Été s'insinuait en lui, il se dirigea vers une table libre. Keenan et Aislinn le suivirent, comme il s'en était douté, et prirent place face à lui. Du bout du doigt, il effleura les noms que certains mortels, désireux de laisser une marque de leur passage, avaient gravés dans la surface du bois. Une serveuse s'arrêta près d'eux pour prendre leur commande, en saluant Aislinn et Keenan par leur prénom.

– Apportez-nous ce qu'ils prennent d'habitude et un café pour moi. Noir.

La fille s'éloigna en lui souriant un peu plus longtemps que nécessaire.

Si je pouvais me nourrir sans intermédiaire, comme le fait la fille de Gabriel... cette pensée le taraudait. *Si j'avais su plus tôt qu'Ani avait cette faculté...* Pourtant, il avait trouvé une solution. Il était en bonne voie. Il s'occuperait d'Ani plus tard.

Il devait d'abord voir comment Leslie s'adapterait. Si elle était suffisamment forte, elle survivrait, mais au bout du compte... les mortels s'éteignaient toujours avant les fés. C'étaient des créatures tellement limitées. Un bref instant séparait leur premier battement de cœur de leur mort. Et il lui fallait subvenir aux besoins de son insatiable cour ; le fait que ce poids supplémentaire vienne s'ajouter en temps de paix ne ferait que hâter cette mort. La paix tuerait sa Leslie plus rapidement, mais se mettre en guerre n'était jamais une sage décision à prendre. Il avait besoin d'un juste milieu. Il fallait que la Cour des Ténèbres se trouve au bord de la violence, sans y basculer.

Irial reporta son attention sur le couple assis face à lui.

– Calme-toi, murmurait Aislinn, qui s'efforçait d'apaiser le Roi de l'Été. Niall restera à nos côtés... jamais il ne rejoindra une autre cour, surtout pas celle des Ténèbres. Il est en sécurité...

– Tu te montres blessante, très chère, la coupa Irial en riant.

Pareille naïveté, une qualité si rare chez les fés, le réjouissait immensément.

– Niall et moi étions très proches, bien avant la naissance du roitelet, ajouta-t-il.

Cette remarque raviva la colère de Keenan. Ses poings étaient serrés au point de lui faire mal.

– Et il en souffre depuis des siècles, rétorqua-t-il.

Irial se pencha au-dessus de la table.

– Sais-tu comment il lutte pour gérer le désir qu'il éprouve pour Leslie ? Combien cela lui est difficile... ?

Il marqua une pause, ravi de voir le visage de Keenan se crisper.

– Mais peut-être ne t'en parle-t-il pas pour une bonne raison. Peut-être appartient-il encore à ma cour et non à la tienne. Peut-être m'a-t-il toujours appartenu...

– Ne t'approche pas de Niall, l'interrompit Keenan.

Il émanait de lui une vague de chaleur torride qui les irradia tous. Près de lui, Aislinn l'absorba aussi vite qu'elle put.

– Bon sang, Keenan. Il faut qu'on discute de la situation de Leslie. Calme-toi ou bien va faire un tour.

Quelle bonne idée. Irial sourit à la Reine de l'Été. Puis il se tourna de nouveau vers Keenan et soutint son regard.

– Il pourrait régner sur ma cour. Mais toi, que lui offres-tu ? Un poste de serviteur ? Des fées ? Niall est un Gancanagh, Keenan. Il a besoin d'être au contact de mortelles, ou d'avoir un dérivatif qui lui permette d'atténuer ses ardeurs. Un désir qu'il se refuse depuis des siècles pour te protéger. Comment peut-il survivre sans motivation ? Hormis jouer le rôle de nourrice auprès des Filles de l'Été ?

Keenan s'efforça, en vain, de dissimuler le désespoir qui l'habitait. Une courte averse survint au-dessus de la piste de danse. Les clients se mirent à rire en poussant de petits cris, tout en se disant certainement qu'il s'agissait d'une fuite d'eau.

– Niall est mieux avec moi. Il est loyal envers ma cour. Et cela lui suffit, déclara Keenan.

– Sais-tu qu'il a revu Gabriel, récemment ? Bananach le surveille, ajouta-t-il d'une voix basse de conspirateur. Crois-tu qu'elle se soucierait de lui s'il n'appartenait pas à ma cour ?

La chaleur que dégageait de la peau du Roi de l'Été transforma l'eau en vapeur sifflante.

– Il ne fait pas partie de la Cour des Ténèbres. Il est à sa place parmi des fés qui ne le tourmentent pas. Il est plus heureux...

– Non, tu te trompes. Tout ce qu'on peut espérer, roitelet, c'est trouver une façon d'être en paix avec sa véritable nature. Tu saisis cela, pas vrai ? Il est sur le point de basculer. Et tu lui as donné les clés qui le mèneront à sa perte.

Irial scruta le visage de Keenan et vit que ce dernier savait que le Roi des Ténèbres avait raison – et qu'il finirait par l'admettre, s'il le poussait dans ses retranchements.

– Ne t'avise pas d'en dire plus, le prévint Keenan en prenant soin de ne pas regarder sa reine.

Il refuserait d'avouer qu'il avait manipulé Niall et, de ce fait, mis Leslie en danger.

– Oui, il vaut mieux pour toi que nous évitions cette conversation, roitelet, pas vrai ?

Cette fois, le Roi de l'Été ne put s'empêcher de répliquer et lança un vent cinglant qui brûla le visage d'Irial. Pourtant, l'intensité de cette fureur la rendait plus savoureuse encore pour le Roi des Ténèbres.

Aislinn baisa les joues de Keenan.

– Laisse-nous. Je peux me débrouiller toute seule. Ils n'ont pas à assister à ça, ajouta-t-elle en indiquant les mortels, dont la plupart les observaient avec curiosité ou étonnement.

Keenan fit brusquement signe à quelques hommes-sorbiers et les gardes, qui avaient pris l'apparence de jeunes gens d'allure louche, comme on en croise tant dans les ruelles des villes, s'approchèrent. Ils s'appuyèrent contre le mur le plus proche en décochant des regards menaçants à Irial. *Quel charmant spectacle...* Comme si un Fé de l'Été, quel qu'il soit, avait pu intimider le Roi des Ténèbres. Sans prononcer un mot, Keenan disparut dans la foule à moitié trempée.

– Maintenant qu'il est parti, essayons de faire connaissance, toi et moi, dit Irial en souriant à la Reine de l'Été.

Elle lui rendit un sourire innocent de mortelle, pourtant non dépourvu de ruse féerique.

Je pourrais m'attacher à elle. Pour l'instant, Aislinn était une adversaire plus stimulante que le Roi de l'Été.

– Tu ne devrais pas mettre Keenan à l'épreuve comme tu l'as fait. Je ne sais quels secrets vous partagez, mais c'est *ma* cour, à présent. Ce n'est pas en provoquant sa colère que tu vas faire avancer les choses.

Elle n'essayait même pas de réfréner la chaleur de sa voix, mais contrairement à celle de Keenan, sa colère n'avait pas l'effet d'une gifle puissante – sa chaleur suffocante heurtait Irial comme une bourrasque soudaine, l'obligeant à déglutir violemment pour repousser le goût de sable qui envahissait sa bouche.

Quel délice. Il s'abreuva de sa fureur âcre avec délectation.

– Des secrets ? Depuis l'enfance, Keenan meurt d'envie de prendre le pouvoir – un pouvoir que je lui avais dérobé, selon la volonté de la Reine de l'Hiver. Nous avons une histoire commune... pas aussi épanouissante que le lien que j'ai noué avec Niall, c'est vrai, mais le roitelet et moi sommes en désaccord politique.

– Je connais ta cour et ses agissements. Vous êtes responsable de tant de maux...

Il éclata de rire, un rire qui révélait la véritable nature de sa cour.

La Reine de l'Été retint son souffle. Son visage vira au cramoisi et dégagea des vagues de colère qui boursouflèrent la peau d'Irial.

– Nous ne sommes pas malfaisants, ma petite, et cela me ferait plaisir que tu cesses de m'insulter ainsi, répondit le Roi des Ténèbres en se penchant vers elle et en l'observant, tandis qu'elle s'efforçait de maîtriser ses émotions. En effet, j'ai beau apprécier ta réaction, tu représentes trop de complications pour que je m'intéresse à toi.

– Si Keenan apprend que...

– Dis-le-lui. Donne-lui davantage de raisons pour m'attaquer.

Irial se lécha les lèvres, comme si le sable était tangible et non un simple effluve flottant dans l'air.

– Pourquoi veux-tu lui causer des soucis avec Niall ? demanda-t-elle.

– Tel est mon bon plaisir, répondit Irial, qui ne voyait pas pourquoi il lui mentirait. Je sais ce qu'est la dépendance : c'est l'un des fondements de ma cour. Niall n'est pas à sa place auprès de Keenan, il ne l'a jamais été. Et le roitelet l'a traité de manière injuste, plus que tu ne crois.

Le sourire impassible d'Aislinn resta bien en place, mais de minuscules étincelles de soleil apparurent dans ses yeux.

– En quoi cela t'importe-t-il ?

Il recula sur sa chaise et étendit ses jambes d'un côté de la table.

– Me croirais-tu si je te disais que j'ai de l'affection pour Niall ?

– Non.

– Un fé ne ment jamais.

– Pas ouvertement.

– Eh bien, répliqua-t-il avec un haussement d'épaules, si tu ne me crois pas, que pourrais-je ajouter ? Te dire que cela m'amuse de provoquer le roitelet ?

Il tendit la main pour saisir la sienne. Contrairement à la majorité des fés, la Reine de l'Été avait la faculté de retirer sa main en un éclair, car la lumière du soleil peut se déplacer aussi vivement qu'une ombre. Mais Aislinn ne retira pas sa main. Keenan, lui, l'aurait fait.

Il est tellement plus agréable de traiter avec une reine...

Irial fut assailli par la chaleur sinueuse et langoureuse de l'été, par des brises vaporeuses et un goût étrangement sucré d'air humide. C'était ravissant. Il garda sa main dans la sienne, en sachant qu'elle pouvait percevoir l'essence de sa cour aussi sûrement que lui pouvait goûter à la sienne et en observant son pouls palpiter, tel un animal piégé qui se débat.

Puis elle rougit un peu et retira sa main.

– On peut être tenté sans être intéressé. Je suis tentée par mon roi à chaque instant... mais les plaisirs vides de sens ne m'intéressent pas. Et même si c'était le cas, ce ne serait pas toi que j'irais chercher.

– Je me demande qui j'envie le plus – le roitelet ou ton jouet, le mortel.

Des étincelles crépitèrent à travers la salle. Ses émotions devenaient instables. Mais malgré son humeur versatile, elle n'était pas aussi capricieuse que Keenan.

– Seth n'est pas un jouet, répliqua-t-elle en le jaugeant avec une clarté d'esprit que Keenan ne possédait pas. Pas plus que Leslie en est un pour toi. N'est-ce pas ?

– Keenan ne peut comprendre cela. Quand il enlevait des jeunes filles, il leur confisquait leur mortalité.

– Pas toi ?

– J'aime la mortalité de Leslie, telle quelle, déclara-t-il en sortant une cigarette et en la tapotant sur la table. En tout cas, ne t'attends pas à ce que je révèle mes secrets... pas plus que ceux du roitelet ou de Niall.

– Pourquoi ne pas tout simplement la laisser tranquille ?

Il la fixa, en se demandant distraitement si elle allumerait sa cigarette. Miach, le précédent Roi de l'Été, tirait un curieux plaisir à mettre le feu aux objets. Mais Irial se doutait qu'Aislinn ne bougerait pas. Il sortit son briquet.

– Hors de question. Elle est à moi. C'est tout ce qui importe.

– Et si notre cour la recueillait ? proposa-t-elle.

Il alluma sa cigarette, inspira longuement avant de recracher la fumée.

– Ce serait une erreur.

Irial n'ajouta pas que le Roi de l'Été se moquait de Leslie comme de sa première chemise. La reine avait de l'affection pour elle. Keenan ne partageait pas ces sentiments. Seuls lui importaient Aislinn et ses propres sujets. *Et il ne sert pas toujours au mieux leurs intérêts.*

Irritée, mais toujours maîtresse de ses émotions, Aislinn lui décocha un regard qui aurait obligé la plupart des fés à s'agenouiller devant elle. Avant même qu'elle reprenne la parole, il lui saisit de nouveau la main. Elle essaya de la retirer ; sa peau devint aussi bouillante que de l'acier fondu.

– Leslie m'appartient, tout comme Seth t'appartient, tout comme les Filles de l'Été appartiennent à Keenan.

– Leslie est mon amie.

– Dans ce cas, tu aurais dû la protéger. Sais-tu ce qu'elle a subi ? Ignores-tu donc qu'elle était près de sombrer ? À quel point elle était terrorisée ? Brisée ?

Il trouvait touchant qu'Aislinn se soucie de cette fille, mais ça n'était pas une raison pour sacrifier Leslie. Ils n'avaient pas suffisamment veillé sur elle, ne l'avaient pas rendue heureuse. Lui seul saurait jouer ce rôle.

– Quand elle se sera adaptée aux modifications...

– Quelles modifications ? Tu prétends qu'elle est encore mortelle. Que lui as-tu fait ?

De minuscules nuages orageux surgirent autour d'eux, si bien qu'en un instant, la salle en fut tout embrumée. C'était un dialogue de sourds. Irial se leva et salua la reine.

– Les préoccupations de ma cour sont plus sombres que les

vôtres. Quant à Leslie, je n'ai plus rien à te dire. Plus tard, si elle le souhaite, elle t'en parlera.

Sur ces mots, il quitta la Reine de l'Été et ses gardes courroucés. La politique exaspérait Irial, même si sa cour se nourrissait de dissension. Il s'en chargerait plus tard. Il y avait une chose importante – ou plutôt quelqu'un – dont il fallait s'occuper maintenant.

26

Leslie et Seth se trouvaient à plusieurs pâtés de maisons de la boîte quand la jeune fille finit par prendre la parole.

– Peux-tu m'expliquer ce qui se passe ?

– Ils ne sont pas humains. Aucun d'eux ne l'est, répondit froidement Seth.

– Oui, c'est ça, dit-elle d'un air renfrogné. Merci. Ton humour est réconfortant.

– Je ne plaisante pas, Leslie.

La rue était vide, mais elle eut l'impression qu'il avait souri à quelqu'un qui se trouvait devant eux.

– Demande à Irial de te donner la Vue, reprit-il. Dis-lui qu'il te doit bien ça.

– La Vue ?

– Demande-lui aussi des gardes, ajouta-t-il. Montre-lui, dit-il en s'immobilisant avant de faire un signe de la main.

Leslie avait envie de le gifler. Elle était perdue, et il la plongeait dans une confusion plus complète encore.

– Quoi ?

Une créature pourvue d'ailes en cuir, un sourire carnassier aux lèvres, apparut devant Leslie.

– Ah ah... on va pouvoir jouer ?

Au même instant, la voix de Niall se fit entendre derrière eux.

– Va faire un tour plus loin, Cerise. Elle appartient à Irial, désormais.

– Irial possède une mortelle ? Vraiment ? Des rumeurs circulaient, mais... elle est plutôt quelconque, non ? dit la créature ailée, curieuse, étonnée et amusée tout à la fois.

Leslie la dévisagea. Elle ne pouvait se résoudre à se tourner vers Niall, incapable d'assimiler ce qu'il venait d'annoncer. *J'appartiens à Irial... ? Et nous deux ? Après tout ce qu'il m'a murmuré ? Appartenir à quelqu'un ?* Sa tristesse céda la place à la colère, une émotion qui s'évanouit pourtant aussitôt. *Appartenir ? Comme une babiole ? Je n'appartiens à personne, qu'à moi-même !* Cependant elle garda le silence, et refusa de se tourner vers Niall. Confuse, elle s'approcha de cette créature ailée que Niall avait appelée Cerise.

Celle-ci, vêtue d'un corsage qui lui dénudait le dos, battit des ailes.

– Elles sont vraies, tu sais.

Leslie s'aperçut en effet qu'elles étaient une extension de son corps.

– Tu vas bien t'amuser, mon chou, poursuivit la créature. Elle a de l'énergie à revendre...

Tout à coup, Cerise recula, comme si une créature invisible la tirait en arrière. Leslie sentit un flot de haine dirigé contre Cerise quitter sa peau et emplir l'air avant de s'évaporer aussi vite qu'il avait surgi.

– Pas de souci, je m'en vais, lâcha Cerise d'un ton sec.

Elle agita la main et disparut.

– À un de ces jours, mon chou, lança sa voix désincarnée.

Leslie glissa à terre et s'assit sur le trottoir. Le corps tremblant, elle se demanda ce qu'elle avait. À présent, elle n'avait plus seulement la faculté de reconnaître les émotions d'autrui : ces émotions étaient devenues presque palpables et s'insinuaient sous sa peau.

– Cette créature avait des ailes… dit-elle.

Seth acquiesça.

– Et elle a disparu. Comme par magie. Elle a vraiment disparu ?

Leslie essayait de rester concentrée. Quelque part audessus d'elle, dans un appartement, une femme pleurait avec tant de chagrin que la jeune fille eut l'impression d'avaler du cuivre.

Niall se pencha vers elle pour l'aider à se relever et murmura avec douceur :

– Encore une fois, je n'ai pas su te protéger. Mais je ne baisserai pas les bras. Ne l'oublie pas : je ne le laisserai pas te garder pour lui.

Leslie dévisagea tour à tour Niall et Seth. Elle voulait que ce dernier lui dise que tout cela n'était qu'une mauvaise plaisanterie, que toutes ces bizarreries n'étaient que passagères, qu'il y avait encore un espoir. Cela faisait des années que Seth vivait à Huntsdale, elle l'avait toujours connu… S'il lui disait que tout allait s'arranger…

Mais il se contenta de secouer la tête et de lui répéter :

– Demande à Irial de t'offrir la Vue et de te donner des gardes.

– Des *gardes* ? Ils ne pourront la protéger de *lui*, gronda Niall. N'oublie pas, ajouta-t-il d'un ton plus doux en se tournant vers la jeune fille, ce qui importe, c'est de survivre. Tu en es capable.

À cet instant, Tish sortit de l'ombre et apparut devant eux.

– Tu ne devrais pas toucher Leslie, dit-elle à Niall.

Leslie essaya de fixer son regard sur la jeune fille. Le monde entier avait basculé, et Leslie commençait à comprendre qu'il ne se remettrait pas d'aplomb de sitôt. Une symphonie d'effluves suintait des murs, rampait vers elle et lui meurtrissait la peau. Elle ferma les yeux, s'efforçant de reconnaître les odeurs qui la traversaient. *Il y en a tant...*

Niall recula lentement et s'assura qu'elle tenait sur ses jambes avant de lui lâcher le bras.

– Tu ne te sens pas bien ? demanda Tish en plaçant ses petites mains sur le front et les joues de Leslie. C'est à cause de l'encre ? Laisse-moi voir.

– Je vais bien, répliqua la jeune fille en donnant une tape sur les mains de Tish pour les écarter de son chemisier, angoissée à la pensée de partager son tatouage aussi vite – *notre tatouage, le mien et celui d'Irial.* Que me veux-tu ? Pourquoi est-ce que tu...

– Je t'ai vue au *Crow's Nest*, mais je ne pouvais pas révéler ma présence là-bas, répondit Tish, les yeux braqués sur Leslie.

Révéler sa présence ? Étant donné le déluge d'émotions qui l'envahissait, elle avait du mal à savoir quoi dire ou faire.

– Tu connais Seth ? se contenta-t-elle de demander.

Tish jeta un bref coup d'œil au jeune homme et le jaugea d'un air dont Ani aurait été fière.

– Le jouet d'Aislinn ?

Niall se raidit, mais Seth l'empêcha de réagir.

– Je ne saisis pas… mais en fait, ça ne me regarde pas, ajouta Tish avec un haussement d'épaules.

Elle entrelaça ses doigts autour de ceux de Leslie et se mit à lui parler comme si elles étaient seules.

– On dirait que tu t'es bien amusée, un peu plus tôt. Mais Rabbit me botterait le cul si je ne t'accompagnais pas chez lui maintenant. Tu es toute pâle. Le premier jour est toujours difficile à supporter pour une humaine.

– Une *humaine* ? Parce que tu n'en es pas une, peut-être ?

Leslie avait presque envie de rire, tant la soirée avait pris une tournure irréelle.

– Il faut te faire examiner, viens. Pour que tout aille bien quand il viendra te chercher.

– Je vais très bien, insista Leslie, en sachant parfaitement que ça n'était pas le cas. Ouais, d'accord, allons voir Rabbit. Juste pour… Mais… qui viendra me chercher ?

– Irial, répondit Tish d'un ton joyeux. Il faut que tu sois prête pour lui, pas vrai ?

– Pour Irial ? répéta Leslie.

Elle regarda par-dessus son épaule et aperçut le visage défait et peiné de Niall. *De la chicorée mêlée à un chagrin cuivré.*

– Pense à survivre, chuchota-t-il tout en portant la main à sa balafre.

Soudain, Leslie se rappela comment sa vision des choses s'était modifiée alors que Niall la conduisait chez Seth. Elle les regarda du coin de l'œil. Seth n'avait pas changé, contrairement à Niall : sa balafre luisait, comme si la blessure lui avait été infligée récemment, les lumières de la rue se réfléchissaient dans ses yeux, pareils à ceux d'un animal, et son ossature semblait différente, comme s'il possédait des articulations supplémentaires. Quant à ses pommettes, elles étaient trop anguleuses pour appartenir à un être humain. Sa peau scintillait, paraissant illuminée de l'intérieur, aussi fine que du parchemin derrière une flamme. Elle repoussa les mains de Tish et s'avança vers lui.

– Il n'avait pas le droit de te le dire, intervint Seth.

Leslie, les yeux rivés sur Niall, était incapable de s'approcher davantage ou de trouver quoi dire. Niall soutint son regard.

– J'ai négocié avec ma reine pour avoir l'autorisation de veiller sur toi. Je suis tellement désolé d'avoir failli à ma mission, Leslie. Je... je suis navré.

– Sa *reine* ? demanda-t-elle à Seth, même si elle se doutait déjà de la réponse.

– Ash, oui, confirma le jeune homme. Elle ne voulait pas que tu sois mêlée à cet univers. Elle voulait te protéger d'eux, ajouta-t-il en indiquant la vingtaine de personnes qui se trouvaient maintenant derrière eux.

Ils ne paraissaient pas humains et, comme les gens qu'elle avait vus à la Forteresse, ils avaient tous l'air de porter des déguisements sophistiqués.

– Que sont-ils ?

– Des fés.

Leslie les contempla. Plus rien n'avait de sens. *Je suis en colère. J'ai peur. Pourtant, je n'éprouve pas ces émotions.* Elle ressentait plutôt de la curiosité et de l'étonnement, ainsi qu'une certaine euphorie – ce qui aurait dû la terrifier encore plus que le reste.

– Aislinn règne sur l'une des cours féeriques, la Cour de l'Été. Elle partage le trône avec Keenan, expliqua Seth, impassible.

Malgré tout, Leslie sentait – ou goûtait, plutôt – ses inquiétudes, ses craintes, sa colère et sa jalousie. Tout était là, sous la surface.

Elle regarda de nouveau Niall, droit dans les yeux, cette fois. Il luisait toujours.

– Et pourquoi est-ce que je peux te voir ainsi, maintenant ?

– Tu le sais déjà. Je n'ai pas besoin de porter de charme.

Il s'avança vers elle.

– Elle appartient à Irial. Elle est à *nous*, dit Tish en agitant la main.

Aussitôt, six hommes recouverts d'épines sortirent de l'ombre et se placèrent entre Leslie et Niall. Au même instant, les quintuplés aux dreadlocks qu'elle avait croisés à la Forteresse apparurent près de Niall. Ils poussaient des grondements.

D'autres gens se montrèrent à leur tour. Non, pas des gens, mais des créatures surgies de nulle part. Certaines étaient munies d'armes étranges – de petits couteaux recourbés qui semblaient être en pierre et en os, de longues lames de bronze et d'argent. D'autres arboraient des sourires cruels tandis qu'ils se positionnaient les uns en face des autres, comme pour s'affronter. Un petit groupe encerclait Seth, et un autre Leslie.

Tish – elle seule n'avait pas changé, malgré son affiliation avec ces créatures – s'avança lentement, semblable à un animal s'approchant de sa proie.

– Je suis là pour transmettre les ordres d'Irial, ce soir, et pour m'occuper de Leslie, afin qu'elle soit prête pour lui. Mieux vaut que tu ne t'opposes pas à nous, Niall.

L'attitude de Niall – alors que la rage frémissait dans ses os, tel un élixir dans lequel Leslie aurait pu se noyer – indiquait clairement qu'il avait envie de recourir à la violence.

Et Leslie, malgré l'étrangeté de la situation, souhaitait qu'il franchisse le pas. Que tous se mettent en pièces. Elle voulait leur violence, leur haine, leur excitation, leur combat. Un appétit profondément ancré en elle, mais qui n'était pas le sien. Elle vacilla, tandis que leurs émotions s'entrelaçaient en elle.

Puis les créatures qui faisaient cercle autour d'elle s'écartèrent. Tish fit un bref salut de la tête puis saisit la main de Leslie. D'une voix forte, afin de se faire entendre par-dessus les grondements et les marmonnements de la foule, elle demanda à Niall :

– Déclencherais-tu une guerre pour cette fille ?

– J'aimerais tant pouvoir le faire.

– En as-tu *l'autorisation* ?

– Ma cour m'a interdit d'agir ainsi, finit-il par admettre.

– Puisqu'il en est ainsi, rentre chez toi, déclara Tish. Papa, tu peux la porter ? ajouta-t-elle en se tournant vers quelqu'un.

Leslie vit alors Gabriel. Les tatouages qui ornaient ses bras étaient en mouvement, comme prêts à bondir. *C'est impossible. Mais bien réel. Et ils me veulent... pour quoi faire ?* Elle ne ressentait aucune panique. Cette émotion était pourtant là, hors de portée, l'idée d'une émotion, rien de plus. *Que m'ont-ils fait ?*

– Salut, fillette, lui dit Gabriel d'une voix gentille. On y va, d'accord ?

Elle sentit qu'on la soulevait, puis Gabriel se mit à courir dans les rues à une vitesse hallucinante. Elle n'entendait ni ne voyait rien. Il n'y avait que les ténèbres et la voix lointaine d'Irial. *Repose-toi, ma douce. Je te retrouverai un peu plus tard.*

27

Dès que Niall entra dans le salon du loft, il annonça :

– Leslie est partie avec eux. Je ne demande pas grand-chose. Je n'ai jamais demandé grand-chose, toutes ces années, mais...

Keenan leva une main qui palpitait de lumière pour lui intimer le silence.

– Irial a-t-il une emprise sur toi, Niall ?

– Pardon ?

Il resta immobile, s'efforçant de réfréner ses émotions.

Le Roi de l'Été se rembrunit mais ne répondit pas. Les hautes plantes vertes du salon pliaient sous la force d'un vent brûlant qui gagnait de la vitesse sous l'effet des émotions fluctuantes de Keenan. Les oiseaux avaient trouvé refuge dans les recoins aménagés sur les colonnes. *Au moins, les Filles de l'Été sont sorties.* Keenan ordonna sèchement aux gardes de se retirer. Puis il se mit à faire les cent pas. Des tourbillons d'air torrides flottèrent en spirale à travers la pièce, comme s'ils dissimulaient des créatures fantomatiques, avant d'être brutalement étouffés par les vents tropicaux qui hurlaient déjà autour d'eux ; puis tous furent chassés par des trombes d'eau.

Les émotions ambivalentes du roi se manifestaient ainsi, par des phénomènes qui s'affrontaient dans l'espace restreint, laissant derrière eux chaos et désolation.

– Repenses-tu souvent à Irial ? demanda Keenan en s'arrêtant soudain. Éprouves-tu de la sympathie pour sa cour ?

– Qu'est-ce que tu racontes ? s'étonna Niall.

Le roi s'empara de plusieurs coussins qui se trouvaient sur le canapé – visiblement, il tâchait de refouler ses émotions. La tempête se déchaînait autour d'eux, arrachait les feuilles des arbres, abattait des sculptures de verre qui se brisaient sur le sol.

– J'ai fait les choix qu'il fallait, Niall. Je n'accepterai pas d'être de nouveau entravé par Irial. C'est terminé. Je refuse que le Roi des Ténèbres m'affaiblisse...

La lumière du soleil brillait dans ses yeux, coulait de ses lèvres. Les coussins prirent feu.

– Je ne comprends rien à ce que tu racontes, Keenan. Si tu as quelque chose à me dire, vas-y.

Le tempérament de Niall n'était pas aussi changeant que celui du roi, malgré tous ces siècles passés à ses côtés, mais il pouvait se montrer beaucoup plus cruel que Keenan ne le serait jamais.

– Irial a enlevé Leslie. Nous n'avons pas le temps de...

– Irial a encore de l'affection pour toi, l'interrompit le roi, l'air pensif. Et toi, que ressens-tu pour lui ?

Niall se figea, les yeux rivés sur son ami, sa seule raison d'être depuis si longtemps. Que Keenan puisse lui poser une telle question le blessait.

– Ne me demande rien sur mon passé. Ne me demande pas ce que j'étais avant la Cour de l'Été.

Keenan ne s'excusa pas d'avoir réveillé de vieilles blessures. Il se dirigea vers la fenêtre et regarda au-dehors tandis que la tempête de sable s'apaisait. Le roi avait retrouvé son calme.

Niall, lui, luttait pour réfréner ses propres émotions. Il ne voulait pas avoir cette conversation, pas maintenant, alors qu'il s'inquiétait pour Leslie et enrageait contre Irial. Autrefois, il avait placé sa confiance en une autre cour, et cela avait été une erreur. Irial avait toujours su que les mortelles avec lesquelles Niall avait couché tomberaient malades ou perdraient la tête, mais le Roi des Ténèbres ne le lui avait appris que plus tard. Il lui avait aussi dit qu'elles étaient mortes – sans préciser que les Fés des Ténèbres les avaient auparavant amenées dans leur *bruig* pour se divertir. Il avait expliqué que Niall ne pouvait aller contre sa nature, qu'il était un Gancanagh. Niall avait alors fui, mais Gabriel l'avait retrouvé et l'avait ramené au *bruig*, où l'attendait Irial.

– Un jour, tu pourrais régner sur mes sujets, Gancanagh, murmura le Roi des Ténèbres.

Il lui amena ensuite les mortelles qui étaient dépendantes de lui et qui souffraient, en manque.

– Reste auprès de nous, chuchota-t-il. Ta place est là, à mes côtés. Rien n'a changé.

Autour d'eux, les mortelles s'agrippaient aux fés qui voulaient bien d'elles ; elles mouraient d'envie d'être touchées, trop malades pour se rendre compte qu'elles étaient en danger aux côtés de ces créatures couvertes d'épines, aux corps difformes.

Niall, comprenant qu'il avait livré des mortelles aux Fés des Ténèbres, en avait éprouvé un dégoût immense. Irial lui avait alors proposé un marché – « *Divertis la cour à leur place, Gancanagh. C'est ta peur et ta douleur que nous voulons en échange. Peu importe qui paiera cette rançon.* » Niall avait alors agi pour le mieux – du moins le croyait-il : il avait librement fait serment de loyauté à Irial, à condition qu'il relâche les mortelles. En fin de compte, cela n'avait servi à rien. Elles avaient continué de s'affaiblir, jusqu'à la mort.

– Ta nature n'a jamais été exploitée comme un atout par notre cour, reprit Keenan, les yeux dans le lointain, l'air à la fois pensif et calculateur. Mais pour protéger notre cour, j'ai besoin justement de tous nos atouts.

Il déboucha une bouteille et versa un breuvage au miel dans deux verres, avant d'en tendre un à Niall.

Ce dernier fixait son roi, incapable de parler.

– Même si Irial joue de son influence, Leslie te veut encore, et *lui* aussi te veut. Cela peut nous être utile pour apprendre les secrets du Roi des Ténèbres, poursuivit Keenan en tendant de nouveau son verre à Niall. Il ne s'en prendra pas à toi. Peut-être acceptera-t-il de partager la fille, et...

– Tu étais au courant. Tu savais qu'il avait choisi Leslie, qu'il...

– Non. Je savais que les Fés des Ténèbres enlevaient certaines mortelles. J'espérais en apprendre davantage, comprendre pourquoi et comment ils se liaient à elles. À présent, il nous faut réexaminer notre position. Rien n'est terminé. Elle te veut. J'ai vu la façon dont elle te regardait, avant même que tout cela n'arrive. Selon moi, le fait qu'Irial la déclare comme sienne ne peut effacer son désir pour toi. Et si elle survit, elle sera bien placée pour recueillir des informations, qu'elle te transmettra. Elle fera tout ce que tu souhaiteras, simplement pour pouvoir être près de toi. Bois avec moi, Niall. Ne laissons pas ces événements nous déchirer.

Niall finit par prendre le verre tendu. Il regarda Keenan puis lâcha le verre, qui se brisa sur le sol.

– Je n'ai vécu que pour toi, Keenan. Tu as été toute ma vie pendant neuf maudits siècles. Comment as-tu pu la trahir ainsi...

– Ce n'est pas moi qui ai trahi cette fille. Ce n'est pas mon sang qui circule sous sa peau. Irial...

– Ce n'est pas *Irial* qui s'est joué de moi, cette fois ! lança Niall en baissant la tête, tandis que sa rage rivalisait avec son désespoir. Comment as-tu pu te *servir* de moi, Keenan ? Me cacher tant de choses ? Tu m'as manipulé...

Il s'avança d'un pas, tenté de lever la main sur le fé qu'il avait juré de protéger et d'honorer jusqu'à son dernier souffle.

– Et tu cherches encore à te servir de moi, poursuivit-il. Tu savais mais...

– J'avais entendu parler de leurs échanges d'encres, l'interrompit Keenan, sans reculer devant lui, sans non plus appeler ses gardes. Et je soupçonnais que Leslie était impliquée, mais découvrir les secrets de la Cour des Ténèbres est loin d'être tâche facile. Elle n'est qu'une mortelle. Je ne peux pas les sauver toutes, et si une ou deux doivent être sacrifiées pour que les autres soient protégées... Cela ne change pas de nos habitudes. Si nous exploitons cette situation, nous obtiendrons ce que nous voulons, toi et moi.

– Tu m'as encouragé à m'intéresser à Leslie, tu as fait en sorte que je désobéisse à Aislinn, ma reine, *ta* reine.

– En effet.

Tremblant de rage, Niall se souvint alors de tous les

agissements récents de Keenan, de tout ce qu'il lui avait dit. Il ne s'était douté de rien, par excès de confiance ou par sottise, et à présent, la vérité lui brisait le cœur.

– Et tu n'éprouves aucun remords ? Imagine ses souffrances...

– Irial est une menace pour notre cour, rétorqua Keenan en haussant les épaules. La Cour des Ténèbres est trop épouvantable pour que nous puissions lui permettre de s'épanouir. Tu sais comme moi ce qu'ils sont capables de faire. Tu en portes les cicatrices. S'il prend trop de forces, il deviendra un danger, surtout pour notre reine. Il a besoin d'être contrôlé.

– Mais pourquoi ne m'avoir rien dit ?

Niall espérait que le roi lui offrirait une réponse qui allégerait le poids de son chagrin – un chagrin qui menaçait de briser son courage, aussi sûrement qu'Irial l'avait fait autrefois. Mais Keenan n'en fit rien.

– Quelle idée ? Tu en aurais parlé à cette fille, pas vrai ? Mon stratagème était plus habile. Il fallait qu'elle soit le centre de ton attention.

Niall savait que son roi avait suivi un raisonnement logique, qu'il l'avait entendu parler ainsi des siècles durant, tandis qu'il séduisait les mortelles qui étaient devenues les Filles de l'Été depuis. Mais cela ne changeait rien au fait que Keenan avait récompensé la loyauté et l'amitié de Niall par de l'indifférence et une attitude cavalière.

– Je ne peux accepter... je refuse... C'en est terminé, déclara Niall.

– Que veux-tu dire ?

– Je romps mon serment. Je n'appartiens plus à la Cour de l'Été. Tu n'es plus mon roi.

Quelques mots avaient suffi. Il était désormais seul au monde.

– Réfléchis, Niall. Cela ne vaut pas la peine que tu partes. Qu'aurais-je pu faire ?

– Agir différemment, déclara Niall en contournant Keenan. Je préfère être un fé solitaire, sans cour, ni roi, ni maison, plutôt que savoir qu'on se sert de moi.

Il ne claqua pas la porte derrière lui, ne se mit pas en colère, ne pleura pas. Il se contenta de quitter le loft.

Quelques heures plus tard, Niall marchait toujours à travers les rues bruyantes et bondées de Huntsdale. Il s'y déroulait une sorte de divertissement ou de spectacle qui allait de pair avec le vacarme qui résonnait en lui. *Je ne vaux pas mieux qu'Irial. Elle est à présent dépendante de moi, tout comme ces junkies dont elle a si peur.* Et son roi, qui l'avait su, s'en était servi. *J'ai échoué. Je n'ai pas pu la protéger.*

Il était rare qu'il se plaigne de devoir obéir et de ne pouvoir commander, mais tout en déambulant dans les rues sales, il se demanda s'il avait fait le bon choix quand Irial lui avait proposé de devenir son successeur. *Si j'avais accepté, j'aurais eu des alternatives.*

Il se frayait un passage dans la foule, pour la plupart des mortels. Les fés qui s'y trouvaient s'empressaient de s'écarter de son chemin. Tout à coup, il le vit : Irial, nonchalamment appuyé contre la devanture d'une boutique.

– On m'a dit que tu étais dans les parages, lui lança le Roi des Ténèbres. Mais je commençais à penser que mes fés s'étaient trompés.

– Il faut que je te parle.

– Tu seras toujours le bienvenu, Gancanagh. Rien n'a changé, tu sais. Viens te promener avec moi, ajouta-t-il en lui indiquant un petit parc, sur le trottoir d'en face.

Des vendeurs ambulants proposaient des bonbons, des mortels ivres riaient et poussaient des cris ; les rues étaient bondées et la circulation était bloquée, probablement à cause du spectacle en cours. Le Roi des Ténèbres se faufila entre les voitures à l'arrêt et les conducteurs en colère qui ne cessaient de klaxonner, et passa devant un groupe de mortels qui chantaient très mal et effectuaient des mouvements qu'ils prenaient pour de la danse.

Une fois dans le parc, Irial indiqua à Niall un banc de pierre que ses fés venaient tout juste de nettoyer.

– C'est le genre d'endroit qui te convient, n'est-ce pas ? Ou bien préfères-tu...

– C'est parfait.

Pourtant, Niall resta debout et s'appuya contre un arbre – le fait de tourner le dos aux fés qui rôdaient dans la rue le mettait mal à l'aise.

Irial haussa les épaules puis s'installa avec grâce sur le banc, avec l'air d'un ingénu faisant mine de ne pas se rendre compte de l'effet qu'il produisait sur les mortelles qui passaient par là et restaient bouche bée devant lui.

– Bien, dit-il en allumant une cigarette. J'imagine que tu es là à propos de ma Leslie.

– Elle n'est pas à toi.

Irial tira longuement sur sa cigarette.

– C'est ce que tu crois ?

– Oui.

Niall se tourna légèrement et vit quelques fés qui arrivaient sur la droite. Il ne faisait pas confiance au Roi des Ténèbres ni aux fés solitaires qui les observaient – en réalité, en cet instant, il ne se fiait à personne.

Irial fit signe à quelques-uns de ses fés d'approcher.

– J'exige qu'il n'y ait plus personne aux alentours, leur ordonna-t-il avant de s'adresser de nouveau à Niall. Assieds-toi. Il ne te sera fait aucun mal tant que tu resteras assis près de moi, je ne le permettrai pas. Et je t'en fais le serment.

Stupéfait de cette soudaine générosité de la part d'Irial – à croire que la propre sécurité de ce dernier importait moins que celle de Niall – le fé prit place et dévisagea le Roi des Ténèbres. Ce moment de gentillesse ne changeait rien, malgré tout, à la situation de Leslie ou aux cruautés passées d'Irial.

– Leslie ne t'appartient pas, répéta Niall. Elle n'est à personne. Seulement, tu ne l'as pas encore compris.

– Ah... tu es donc toujours un imbécile, Gancanagh. Ardent, je te l'accorde, mais un imbécile malgré tout.

Niall prononça alors des mots qu'il n'aurait jamais pensé dire un jour à Irial – l'amorce d'une conversation qui n'avait jamais eu lieu et qui avait été autrefois son plus terrifiant cauchemar.

– Serais-tu prêt à négocier sa liberté ?

Une lueur indéchiffrable étincela dans les yeux du Roi des Ténèbres.

– Peut-être. Que m'offres-tu en échange ?

– Que veux-tu ?

Une expression de lassitude s'afficha sur le visage d'Irial.

– Parfois, je n'en suis plus certain moi-même. J'ai régné sur la cour lors des guerres entre Beira et le précédent Roi de l'Été, lors des accès de colère de la Reine de l'Hiver, mais cet ordre nouveau... je suis fatigué, Niall. Tu me demandes ce que je veux ? poursuivit-il tandis que sa façade habituelle, à la fois amusée et impitoyable, reprenait le dessus. Que veut un roi ? Que ses sujets soient en sécurité.

– Quel rôle peut jouer Leslie dans tout cela ?

– Es-tu venu ici pour te faire l'intermédiaire du roitelet ?

Le ton mordant du Roi des Ténèbres était celui qu'il employait souvent avec Niall – il ne lui avait jamais tout à fait pardonné sa fuite. Ils le savaient tous deux.

– Que veux-tu que je t'offre en échange ? Je suis là pour conclure un marché. Quel est ton prix, Irial ?

Tout en parlant, Niall éprouvait un tourbillon d'émotions – un profond dégoût envers lui-même de n'avoir pas su protéger Leslie, de la colère envers Keenan qui l'avait manipulé, ainsi que de la consternation car la bonté d'Irial le touchait.

– Je sais comment cela fonctionne. Dis-moi ce que tu es prêt à abandonner et ce que cela me coûtera.

– Tu n'as jamais saisi, pas vrai ? lui demanda le Roi des Ténèbres d'un ton incrédule.

Et, avant même que Niall puisse reprendre la parole, il leva la main pour le faire taire.

– Savoure pleinement les émotions contre lesquelles tu luttes, et je te répondrai.

– Savourer quoi ?

Niall avait entendu parler de marchés bizarres mais dans ce cas précis, il s'exposait aux caprices du Roi des Ténèbres, qui acceptait de répondre en échange de quelque chose d'incompréhensible. Il se rembrunit.

– Quelle sorte de...

– Cesse de réfréner ces émotions si sombres, et je te donnerai toutes les réponses dont tu as besoin, le coupa Irial en souriant, comme s'il s'agissait d'une conversation raisonnable entre deux amis. Autorise-toi à éprouver tes propres émotions, Niall. Je ne te demande rien d'autre. Alors, je partagerai avec toi des informations qui seront à la hauteur de ce que tu éprouves et de l'intensité de ces sentiments.

– Comment pourras-tu savoir...

– Gancanagh... tu aimerais mieux que j'exige de toi des faveurs d'une autre sorte ? Je n'ai pas envie de marchander avec une monnaie d'échange indigne de nous, ni avec toi, ni avec quiconque pour qui j'ai de l'affection, ajouta Irial en se penchant vers lui et en souriant d'un air si malfaisant que Niall se souvint de moments plus plaisants qu'ils avaient passés ensemble.

Mais c'était il y a bien longtemps, avant que Niall sache qui Irial était vraiment, avant qu'il sache lui-même qui il était.

Aussi laissa-t-il libre cours à la colère qui bouillait en lui. Ce n'était pas une émotion qui le dominait souvent, mais c'était celle qu'il tâchait de refouler depuis des heures. Cet accès de rage fut presque un soulagement.

Les pupilles d'Irial se dilatèrent, ses poings se refermèrent.

– En voilà une.

Niall repensa aux mortelles qu'il avait séduites puis rejetées, alors qu'il ne savait pas qu'elles s'étioleraient sans lui ; il repensa à Leslie, docile et ardente dans ses bras. Il la revoyait, ivre de baisers, et sûr qu'il la voulait – un désir amplifié parce que inaccessible.

– J'en veux encore... une autre émotion, Gancanagh, murmura Irial.

Niall se vit alors en train d'enrouler ses doigts autour de la gorge du Roi des Ténèbres, laissant libre cours à la jalousie qui le rongeait, à l'idée qu'Irial puisse poser ses mains sur Leslie – ou que la jeune fille touche Irial.

D'une main tremblante, le Roi des Ténèbres alluma une autre cigarette.

– Tu joues bien le jeu, Gancanagh. Je me demande ce que tu ferais si tu connaissais notre secret.

Niall étudia le visage d'Irial avec un calme distant – il n'éprouvait plus aucune émotion à présent.

– Quel secret ?

– Les Fés des Ténèbres meurent de faim sans émotions – des émotions sombres et négatives. C'est ce qui nous maintient en vie. Les émotions sont ce que nous mangeons, ce que nous buvons ou respirons. C'est un secret bien gardé, Niall. Les autres s'en serviraient contre nous s'ils le connaissaient.

Niall hésitait. D'un côté, il ne comprenait pas pourquoi Irial prenait un tel risque en lui faisant cette révélation ; cependant, il savait aussi une chose qu'il n'admettait qu'avec réticence : Irial lui faisait confiance. Il détourna le regard, regrettant le fait qu'Irial ait si bien placé sa confiance, en sachant que Niall n'ébruiterait pas ces secrets.

– Pourquoi Keenan ne s'en est-il jamais rendu compte ? Et Sorcha ? Et moi ?

– Tu connais la nature changeante et imprévisible de Keenan ? Et l'insensibilité de Sorcha face à tout ce qu'elle n'aime pas ? Quant à toi, ajouta Irial en laissant tomber sa cendre sur le sol, je croyais que tu avais compris, à l'époque, mais quand je me suis aperçu que le roitelet n'en savait rien, j'ai espéré que nous...

– Tous tes sujets se nourrissent ainsi ? le coupa Niall.

Il n'avait pas envie de penser aux années passées près d'Irial, au fait que les instants vécus dans le plaisir avaient nourri le Roi des Ténèbres – tout comme les événements atroces qui avaient suivi quand Niall s'était enfui.

– Oui, sinon, ils s'affaiblissent.

Une souffrance intense s'afficha sur le visage du Roi des Ténèbres – une souffrance presque embarrassante à voir, celle qui vous donne un aperçu des douleurs intimes d'autrui.

– Guin est morte, reprit-il. Abattue par une balle de mortel.

Irial contemplait la foule. Une fille dansait pieds nus sur le toit d'une voiture. Le conducteur tenait ses chaussures à la main en lui faisant signe de redescendre. Irial leur sourit, puis se retourna vers Niall.

– Tu as de l'affection pour Leslie. Si tu avais su qu'elle m'appartenait déjà, tu aurais lutté davantage pour la tenir à l'écart. Tu te serais battu pour elle.

Je savais pourtant qu'Irial la pourchassait... Niall se ressaisit, sachant qu'Irial était capable de déceler ses émotions, ce qui le mettait mal à l'aise. Il savait aussi qu'il pouvait se servir du secret qu'il connaissait à présent pour détruire le Roi des Ténèbres. Si les autres cours apprenaient que les sujets d'Irial pouvaient déchiffrer leurs émotions aussi facilement, il n'était pas certain qu'elles toléreraient plus longtemps l'existence de la Cour des Ténèbres.

– Beira, elle, devait être au courant ? demanda Niall.

– Nous avions besoin d'elle et *vice-versa*. Sinon, je ne l'aurais pas aidée à affaiblir le roitelet. Elle maintenait le désordre quand cela servait mes fés.

– Et quel est le rôle que Leslie est censée jouer ?

– Il me fallait un plan de secours, répondit le Roi des

Ténèbres avec un sourire sombre et menaçant et un air évident de défi. J'ai besoin d'elle.

– Tu ne peux pas la posséder, commença Niall.

Mais Irial lui saisit le bras et soudain son esprit fut submergé par tous les beaux souvenirs que Niall avait fuis, mais aussi par les horreurs les plus sombres de la Cour des Ténèbres – puis il eut l'impression qu'il avalait en une seule gorgée ce qu'il s'était toujours interdit, un vin trop sucré et oublié.

– Arrête, ordonna-t-il.

Irial lâcha son bras.

– Je sais que Keenan t'a volontairement induit en erreur, qu'il t'a trompé. Qu'il t'a incité à te rapprocher de notre Leslie et l'a délibérément mise en travers de ton chemin. Gabriel t'a vu lutter... Moi, cette fois-ci, je ne te tromperai pas. Je suis d'accord pour t'accueillir de nouveau parmi nous. Leslie y sera, elle aussi. Pour te proposer mon trône quand tu seras prêt.

Niall blêmit. Il s'était préparé à tout endurer pour obtenir la libération de Leslie. Contrairement à ses attentes, Irial lui offrait de l'affection et un trône... *C'est une ruse, comme à son habitude. Rien de ce que nous avons vécu par le passé n'était sincère. Je ne peux accepter.*

– Lui rendrais-tu sa liberté en échange de ma loyauté ?

– Non. Elle reste près de moi. Mais si tu veux être avec elle, tu seras toujours bien accueilli, ajouta le Roi des Ténèbres en se levant et en saluant profondément Niall, comme si celui-ci avait été son égal. Je refuse que mes sujets souffrent, même pour toi. Tu connais maintenant mes secrets, tu sais ce que je suis, ce que je continue à t'offrir. Je peux te promettre que je m'efforcerai de la rendre aussi heureuse que possible. Après...

je ne peux rien pour toi. Rejoins ma cour ou rejette mon offre ; c'est à toi de faire un choix. Au fond, tel a toujours été le cas.

Niall se contenta de le fixer, sans voix, sans savoir quoi répondre. Durant des siècles, il avait tâché d'oublier quel lien l'unissait à Irial, de ne plus éprouver de nostalgie, de ne jamais l'admettre chaque fois qu'il croisait Irial. À présent, il prenait conscience qu'Irial avait toujours vu clair en lui. Si le Roi des Ténèbres était capable de déchiffrer ses émotions, de les savourer, il avait dû déceler les faiblesses de Niall chaque fois qu'ils s'étaient rencontrés. *Il a lu en moi pendant ces neuf siècles.* Mais Irial ne lui en tenait pas rigueur. Au contraire, il venait de répéter l'offre faite des siècles plus tôt – et Niall ne parvenait toujours pas à lui répondre.

– Cela fait longtemps que tu sers Keenan, comme pour payer une dette. Nous sommes ce que nous sommes, Niall, ni bons ni maléfiques, ainsi que certains nous dépeignent. Notre nature ne change rien à ce que nous ressentons vraiment, mais elle nous donne la liberté de suivre ces émotions ou non.

Sur ces mots, le Roi des Ténèbres s'éloigna dans la foule en dansant au milieu des mortels, comme s'il était l'un d'eux.

28

Leslie se réveilla en fin de journée dans sa chambre. Elle portait les mêmes vêtements que le soir précédent. Elle avait dormi plus de douze heures d'affilée, comme si son corps luttait contre une grippe ou contre une gueule de bois. Elle ne se sentait toujours pas d'aplomb. Autour de son tatouage, sa peau la tiraillait, trop fine. Pourtant, elle n'éprouvait ni sensation de brûlure ni démangeaison, ce qui écartait toute hypothèse d'infection. En réalité, la présence de son tatouage lui était agréable : on aurait dit que des nerfs supplémentaires palpitaient à cet endroit.

Au rez-de-chaussée, la télévision était allumée. Des dessins animés. Ren éclata de rire. Quelqu'un d'autre toussa. Elle entendait aussi d'autres voix, basses et entrecoupées, sans comprendre ce qui se disait. À l'idée qu'elle ne savait pas du tout qui d'autre se trouvait dans la maison, elle fut gagnée d'une peur panique qu'elle connaissait si bien.

Depuis combien de temps n'avait-elle pas revu son père ? *S'il était mort, on m'aurait prévenue.* Elle ne s'inquiétait plus vraiment pour lui, contrairement à ce qui lui était arrivé tant de fois par le passé. *Je devrais, pourtant.* La panique lui serra la gorge. Puis disparut aussi vite. Elle savait qu'elle avait changé et qu'Irial, la cause de ces modifications, n'était pas un être humain.

Et moi, le suis-je encore ?

Quoi qu'aient fait Irial et Rabbit, quoi que ses amis lui aient caché... elle avait envie d'être en colère. Objectivement, elle savait qu'elle aurait dû se sentir trahie, désespérée, furieuse, même. Elle essaya d'éprouver ces émotions, mais seule leur ombre apparut.

Soudain, la voix étranglée de Ren l'appela depuis les escaliers.

– Leslie ?

Avec un calme qu'elle ne pensait pas posséder, elle se leva et se dirigea vers la porte. Elle n'éprouvait aucune frayeur – une émotion qui n'était plus qu'un souvenir, presque agréable. Après avoir tiré le verrou – *qui a bien pu le fermer ?* – elle sortit et rejoignit l'escalier. Là, en bas des marches, elle vit Irial qui se tenait près de son frère.

– Que fais-tu ici ? demanda-t-elle d'une voix égale, sans pourtant pouvoir réfréner un frisson d'excitation – une émotion qui resta en elle, contrairement aux autres, et qui se mit à grandir.

– Je viens te voir et m'assurer que tu vas bien.

Ren essaya d'attirer son attention.

– T'as besoin de... hummm... de quelque chose ?

– Prudence... murmura Irial, qui ne semblait voir que Leslie.

Soudain, les mains d'Irial furent sur les hanches de la jeune fille.

Comment a-t-il pu grimper les escaliers si vite ?

– Arrête. S'il te plaît.

Elle regrettait de se sentir aussi rassurée par sa présence.

– Je n'ai pas l'intention de te faire du mal, *a ghrá*.

Il se mit à descendre les escaliers à reculons, sans pourtant ôter ses mains de ses hanches.

– Tu ne m'as pas menti ?

– Nous ne mentons jamais.

– Qui es-tu ? Ou plutôt, qu'es-tu donc ? demanda Leslie sans le quitter des yeux.

Il soutint son regard et, l'espace d'un instant, elle crut voir des ombres auréoler sa peau, pareilles à des ailes noires. Elle se sentit envahie de petits picotements, et fut soudain convaincue que d'innombrables lèvres minuscules effleuraient sa peau – pour l'apaiser et lui ôter toute sensation, hormis un intense plaisir. Elle frissonna au contact de ces appétits inconnus, qu'elle ne comprenait pas. La bouche sèche, les mains moites, elle entendait son cœur cogner contre ses tempes.

– Je prendrai soin de toi, j'empêcherai que tu souffres ou qu'on te fasse du mal. Je t'en fais le serment, Leslie. Jamais plus tu ne manqueras de rien. Tu n'auras plus ni peur ni mal. Ne te viendront que les ombres de ces émotions, et même celles-ci, je les effacerai. Tu n'auras plus à les éprouver qu'un bref instant. Regarde.

Il baissa les yeux. Une liane vaporeuse s'échappa de son corps, rejoignit celui de la jeune fille et s'enroula sur sa peau. Elle tendit la main, sur le point de la toucher. Ses doigts effleurèrent les plumes lovées sur elles-mêmes qui tenaient lieu de feuilles à la plante. À cet instant, Irial et elle eurent un mouvement de recul.

– Je ne sais pas ce que tu m'as fait, mais c'est bien réel, constata-t-elle.

– Tu voulais te sentir en sécurité. Ne plus éprouver ni peur ni douleur. Voilà qui est fait.

Irial l'attira à lui, si près qu'elle dut s'appuyer contre lui. Il dégageait une odeur de fumée de charbon, de chambres moites, chargées d'effluves de sexe et de désir, étrangement sucrés et étourdissants. Elle frotta sa joue contre la chemise du fé, pour s'imprégner de son parfum.

– Jamais je ne te quitterai, chuchota-t-il. Si quiconque ose la toucher de nouveau... lança-t-il alors au petit attroupement qui s'était formé au pied de l'escalier.

Le dealer se mit à bredouiller.

– Quand je... je ne savais pas qu'elle était ton...

Irial eut un geste de la main. Au même instant, deux types couverts de cicatrices surgirent de nulle part. Ils s'emparèrent du dealer.

Irial était parmi eux quand... Leslie vacilla sur ses jambes. *Il...* Une sensation de brûlure lui tordit l'estomac, tandis qu'elle s'efforçait de rassembler ses pensées. Elle éprouva tout à coup la terreur des autres personnes présentes, celle du dealer, qui hurlait alors que les deux types l'emmenaient avec eux – elle ressentit tout cela simultanément. Le désir de ces mortels – *mortels ?* – leur ardeur, leur besoin désespéré. Un imbroglio d'émotions l'assaillit. Des éclairs de frustration, d'effroi, de douleur accablèrent son corps tant et si bien qu'elle défaillit.

– Leurs émotions... il faut que je... commença-t-elle en s'agrippant à la main d'Irial.

– Chut...

Il l'embrassa et tout se dissipa.

– Elles t'ont seulement traversée. Ce ne sont pas les tiennes. En un clin d'œil, je les fais disparaître.

Leslie lança un regard vers la porte d'entrée, là où les types étaient partis avec le dealer.

Irial s'agenouilla devant elle.

– Tout va bien se passer. Personne ne te fera plus de mal. Plus jamais. Quant au reste, tu t'y habitueras.

Sans un mot, elle hocha la tête, en le regardant comme elle n'avait jamais regardé personne de toute sa vie : elle était comme paralysée. Irial ferait en sorte qu'elle soit heureuse, que tout se passe bien. Il était la réponse à une question qu'elle avait oublié de poser. Un murmure plaisant envahit son corps. Les émotions qui l'avaient traversée avaient été atroces, elle le savait. Mais à partir du moment où Irial les avait fait disparaître, elle n'avait plus éprouvé que de la félicité. Une sensation florale pesait sur sa langue, sur ses lèvres. *Du désir. Le sien. Le mien.* Il chantait dans ses veines, comme un feu se répandant dans son corps, inondant ses nerfs, en direction de son cœur.

Puis les mots de Niall résonnèrent dans son esprit. *« Ce qui importe, c'est de survivre. Tu en es capable. » Survivre ? À quoi donc ?* Tout se passait bien, pourtant. Irial la rassurait. Il prenait soin d'elle.

– Viens, on va faire tes bagages, lui dit Irial en faisant signe à trois hommes d'allure presque androgyne de monter les escaliers. Il faut qu'on parte d'ici. Loin de tous ces mortels. Il faut qu'on parle.

– Parler ? s'étonna-t-elle en réprimant un rire.

L'idée de parler ne lui avait pas effleuré l'esprit. Elle avait l'impression que ses yeux étaient trop écarquillés. Chaque pore de sa peau, en éveil, semblait vibrer.

– Ou toute autre chose qui te comblera, ajouta Irial avec un sourire malfaisant. Tu me fais un grand honneur, Leslie. Je peux t'offrir le monde.

– Je n'en veux pas. Ce que je veux, c'est...

Elle se pencha en avant et posa de nouveau son visage contre son torse – soudain furieuse, maudissant la chemise qui la séparait de sa peau. Elle se mit à feuler – puis s'arrêta net en s'apercevant que sa main était en train de déchirer le tissu, et qu'elle venait de laisser échapper un son loin d'être normal, si inhumain qu'elle aurait dû en être terrifiée.

Il l'aida à se redresser tout en la gardant serrée contre lui.

– Tout va bien. C'est seulement dû aux modifications initiales. Chuuut.

Il inspira profondément, et elle s'apaisa de nouveau.

– Que dois-je faire d'eux, selon toi ? reprit-il en désignant le petit groupe de mortels.

Ren et les autres se tenaient toujours au même endroit, avec des mines terrorisées. Mais Ren n'avait plus d'importance. Plus rien n'avait d'importance à présent. Seul Irial comptait. Ce plaisir. Cette assurance.

– On s'en fiche, répondit-elle.

Il la souleva alors dans ses bras et se dirigea vers la sortie. Il franchit le seuil et la fit pénétrer dans un monde beaucoup plus tentant qu'elle ne l'avait cru.

29

Niall avait quitté son roi. Il n'avait pas su protéger Leslie. Et il avait révélé ses doutes et ses désirs à Irial. C'était la première fois depuis des siècles qu'il éprouvait un sentiment de perte aussi profond. Il avait passé la moitié de la nuit et le jour suivant à errer sans but, sans pour autant avoir trouvé la moindre réponse ou même les bonnes questions.

Il était, il le savait, surveillé par les fés – ceux de Keenan et d'Irial, mais aussi des créatures solitaires. *Ce que je suis de nouveau, solitaire*. Mais il ne s'était pas arrêté, pas même auprès de ceux qui lui avaient adressé la parole. À plusieurs reprises, il lui avait fallu les écarter brutalement de son chemin, mais il ne leur avait pas dit un mot et n'avait pas entendu ce qu'ils lui disaient.

Maintenant, c'était Bananach qui avançait vers lui en ondulant – telle une ombre dans la nuit qui venait de tomber. La brise agitait les longues plumes qui flottaient dans son dos. Elle portait un charme qui donnait à ses plumes l'aspect d'une chevelure, comme si, devant lui, elle cherchait à jouer à la mortelle.

Niall s'immobilisa.

Le sourire qu'elle lui décocha jurait avec son regard mauvais. Elle passa devant lui, s'arrêta, jeta un coup d'œil derrière elle et lui fit signe de la suivre. Elle n'attendit même pas de voir s'il lui emboîtait le pas et s'enfila dans une ruelle étroite. Puis elle se glissa sous une barrière métallique et effleura du bout des doigts le fil barbelé tranchant qui la surmontait. Elle se retourna enfin. Niall se tenait là, derrière elle, comme une proie naïve qui pourchasse son prédateur.

Il se demanda s'il allait mourir – un sort qu'il avait envisagé puis écarté après qu'Irial avait autorisé ses sujets à le torturer. *Ça n'aurait pas été le bon choix.* À l'époque, Bananach aurait volontiers pris la vie de Niall, si Irial ne l'avait pas renvoyée pour qu'elle aille semer la panique ailleurs. *Ce n'est jamais un bon choix.*

Pourtant, il ne battit pas en retraite.

Elle s'appuya contre la barrière, un bras tendu au-dessus de la tête, les doigts lovés autour des torsades de métal. Le fil barbelé, fait de métal toxique, se trouvait à portée de sa main, si près qu'on aurait dit qu'elle cherchait à le toucher. Ce désir de douleur avait beau être malsain, il fascinait Niall.

Il garda ses distances, sans un mot.

Elle pencha la tête de côté et le dévisagea. Ce mouvement d'oiseau contrastait avec le charme humain qu'elle n'avait pas ôté.

– Irial a besoin d'un remplaçant, finit-elle par lui dire.

– Et pourquoi souhaites-tu en parler avec moi ?

– Parce que tu peux m'apporter du changement. Il ne nous convient pas. Plus maintenant.

Son charme frémit et se mit à clignoter.

– Aide-moi, reprit-elle. Qu'il y ait de nouveau la guerre.

– Je ne veux pas la guerre. Je veux...

Il détourna les yeux. Il ne savait pas ce qu'il souhaitait vraiment. Il l'avait suivie dans ce lieu isolé, attiré par la violence qui émanait d'elle. *Et si je cédais à cette impulsion d'autodestruction, je laisserais Leslie se débattre seule.* Il avait fui Irial, puis Keenan. Et il fuyait toujours.

– Je n'ai pas l'intention de t'aider, déclara-t-il alors.

– Une réponse intelligente, joli garçon, lança alors Gabriel, qui venait de surgir près de lui.

Il tendit le bras, sur lequel les chiens tatoués se mouvaient à toute allure, et fit signe à Niall de reculer.

– Il faut que tu passes ton chemin, maintenant.

Bananach ouvrit brusquement la bouche puis la referma. Son charme se dissipa et son bec acéré apparut.

– Ton ingérence commence à me lasser. Si le Gancanagh veut rester avec moi...

Le Chien se plaça devant Niall alors que Bananach se ruait sur lui. Elle poussa un hurlement perçant – un cri de colère ou un rire, peut-être, ou un mélange des deux. Ses mains grandes ouvertes révélèrent les serres noires qu'elle avait au bout des doigts.

– C'est une affaire qui ne regarde que notre cour, Niall. Va-t'en, lui dit Gabriel sans lui jeter un regard.

Il s'empara alors de Bananach et la projeta violemment contre la barrière métallique. Sa chevelure s'accrocha au fil barbelé, mais elle parvint à s'extirper. Des plumes retombèrent lentement sur le sol et se perdirent sur le trottoir plongé dans l'obscurité.

Niall était en plein désarroi ; que faire ? Rester, partir, dire à Gabriel de s'écarter de sa route afin que Bananach mette fin à la confusion et au désespoir qui pesaient sur lui, ou encore demander au Chien de la réduire en lambeaux ? Pourtant, il se tint immobile, à les observer, aussi hésitant que lorsque Bananach lui avait fait signe de la suivre.

Voir Gabriel en pleine action n'était pas particulièrement plaisant, mais il y avait dans ses gestes une harmonie brutale. Comme les danses des Filles de l'Été, sa façon de se battre était rythmée, pareille à un chant. Mais Bananach, furibonde, n'était pas en reste : la femme-corbeau s'esquiva avec jubilation et fit volte-face pour plonger sans retenue sur le Chien. Puis elle tira une lame en os au scintillement surnaturel. Et lorsque ses serres déchirèrent soudain le visage de Gabriel, de sa tempe gauche à sa joue droite, ce fut un soulagement.

L'odeur du sang arracha des cris de plaisir à un petit groupe de Ly Ergs qui étaient déjà arrivés sur le lieu du combat. À l'unisson, leurs mains rouges étaient secouées de soubresauts tandis qu'ils encerclaient le Chien. Ces créatures se nourrissaient aussi de sang frais, chose qui avait perturbé Niall quand il l'avait appris. Ils n'étaient pas assez nombreux pour triompher de Gabriel, mais Bananach était là elle aussi... *Cela ne me regarde pas vraiment. Ça ne concerne que la Cour des Ténèbres, et je ne suis pas des leurs.*

Niall recula vers la rue. Pourtant, il n'était pas dans sa nature de laisser Gabriel seul face à une Bananach et à une demi-douzaine de Ly Ergs assoiffés de sang. L'arrivée du Chien avait empêché la femme-corbeau de blesser Niall, voire d'en finir avec lui. Il avait une dette envers Gabriel. Ce dernier ne s'y attendait peut-être pas, mais Niall tenait à son honneur – une des seules choses qu'il n'avait pas encore perdues.

Il se lança dans la mêlée – non pas pour servir une cour ou un roi, mais parce qu'il estimait juste de se battre. Il ne pouvait rester à l'écart pendant que quelqu'un affrontait un ennemi supérieur en nombre. Même si ce quelqu'un était le Chien Gabriel.

Niall frappa, cogna, sans se soucier des conséquences. Peu lui importait de savoir où était son roi. D'ailleurs rien n'avait plus d'importance. Il esquiva certains coups des Ly Ergs, mais pas tous. Même si ces créatures cherchaient avant tout à faire saigner leurs adversaires et non à leur infliger des blessures permanentes, elles avaient, au fil des siècles, tué leur part de fés et de mortels.

Bananach passa comme une flèche près de Gabriel et flanqua son pied botté dans l'abdomen de Niall. Une douleur fulgurante le fit basculer vers l'arrière, tandis que le fer toxique de la botte s'enfonçait dans sa chair. Il trébucha et Bananach profita de cet avantage pour le gifler de ses serres souillées de sang.

Gabriel l'empoigna et l'écarta de Niall pour la tirer vers la barrière, laissant le fé se débrouiller avec les Ly Ergs. Niall s'amusait assez, même si cette idée était en soi troublante. Du moins cela le détournait momentanément du désespoir dont il avait essayé de s'extirper. Au fond l'incident était vivifiant, même s'il ne changeait rien à sa situation.

Pendant que Niall obligeait la plupart des Ly Ergs à battre en retraite, Gabriel avait si cruellement meurtri Bananach qu'elle dut prendre appui sur l'un des Ly Ergs, resté à l'écart du combat. Malgré tout, elle continua de se battre, jusqu'à ce que le Chien lui donne un coup violent ; elle vacilla en arrière et s'effondra sur le sol.

– Emmène-la loin d'ici avant que Chela s'aperçoive que j'ai eu de nouveau maille à partir avec elle, conseilla Gabriel au seul Ly Erg encore vaillant, avant de gronder en direction des autres, qui en avaient profité pour se rapprocher. Je n'arrête pas de me battre avec Bananach, ces derniers temps, et Chela va commencer à se montrer possessive. Aucun d'entre nous ne veut en arriver là, pas vrai ?

Le Ly Erg ne répondit pas. Il se contenta de rester près de la femme-corbeau, qui avait posé la tête contre la jambe de la créature.

– Tu m'incommodes, petit chien, dit alors la femme-corbeau. Si nécessaire, j'irai trouver la Reine de l'Hiver ou le roitelet. Il va bien falloir que quelqu'un m'aide à remettre de l'ordre dans notre cour, lâcha Bananach avec un claquement de mâchoire en direction de Niall – qui ne sut s'il s'agissait d'un avertissement ou d'une invitation.

– Irial nous a expliqué comment maîtriser les choses, répondit Gabriel en désignant ses bras, sur lesquels étaient inscrits les ordres en spirales du Roi des Ténèbres.

– Il faut qu'Irial abdique. Il se met en travers de nos plans. C'est d'une guerre dont nous avons besoin. De véritable violence. Nous en avons assez d'attendre, ajouta Bananach en fermant les yeux. Et puis je ne supporte plus que tu me suives partout où je vais.

– Si tu te tiens tranquille, j'arrêterai de te suivre.

Sur ce, le Chien s'assit sur le sol d'un mouvement gracieux et se mit à examiner ses blessures. Il grimaça – une vue décidément peu agréable. Le sang coulait en abondance sur sa figure ; il tâta une plaie sur son front.

Quant au Ly Erg, il tendit sa main déjà rouge pour caresser le visage et les bras de la femme-corbeau – tout comme les siens s'étaient autrefois nourris de sang sur les champs de bataille. Quand le sang frais de Bananach s'insinua entre ses doigts, sa peau se mit à chatoyer. Un autre Ly Erg s'approcha de Gabriel et plaça sa main sur son visage. Pendant la bagarre, ils avaient essayé de blesser leurs ennemis du mieux qu'ils pouvaient, mais pendant ces quelques minutes irréelles, ils se montrèrent presque cordiaux. La peau des Ly Ergs absorbait le sang et la douleur sans que ces créatures se soucient du combat qui venait d'avoir lieu, du moment qu'ils pouvaient se nourrir et y prendre du plaisir.

Puis Gabriel écarta d'un geste brutal le Ly Erg qui se tenait là, à palper ses blessures encore ouvertes.

– Suffit. Emmenez-la loin d'ici. Et demain, peut-être tâcherez-vous de vous montrer plus obéissants.

– Et demain, peut-être, tu tâcheras de ne pas te mettre en travers de mon chemin, répliqua Bananach.

Elle se releva et, d'un air dédaigneux, ramena ses longs cheveux de plumes derrière son épaule. Son corps était meurtri et elle-même ne se sentait pas d'aplomb sur ses jambes ; mais personne ne l'intimidait jamais. Avec une solennité aussi sinistre que ses accès de violence, elle dirigea son attention vers Niall.

– Réfléchis à ce que tu veux vraiment, Gancanagh ; à ce qui serait bon pour toi. Pardonner au Roi de l'Été ou bien à celui des Ténèbres ? Ou alors m'aider à mettre en place justice, douleur et guerre, et à t'offrir *tout* ce que tu désires. Quel bonheur pour nous deux !

Une fois qu'elle fut partie, Gabriel demanda à Niall :

– Tu as quitté Irial, Gancanagh, mais souhaites-tu vraiment que cette créature ait une influence sur notre cour ? As-tu l'intention de l'aider ?

– Je ne veux pas m'en mêler. Je n'appartiens pas à votre cour, répondit-il en s'asseyant près du Chien.

Il se tâta le torse. Il avait sans doute une côte cassée.

Gabriel eut un petit rire méprisant.

– Tu fais partie de la Cour des Ténèbres, même si tu te montres assez bête pour ne pas le reconnaître.

– Je ne suis pas comme toi. Je ne cherche pas constamment les combats ou...

– Tu ne cherches pas à les éviter, cependant. Irial du reste n'est pas si friand de bagarre que ça. C'est pour cette raison qu'il a besoin de *moi*, expliqua le Chien avec un grand sourire, en indiquant les vitres brisées et les briques fissurées autour d'eux. La Cour des Ténèbres ne se définit pas que par la violence. Tu nous apportes une autre forme de noirceur. Nous appartenons tous deux aux ombres.

Niall préféra ignorer ce qu'impliquaient les paroles de Gabriel.

– J'ai quitté la Cour de l'Été. Ce qui explique la présence de Bananach – je suis un fé solitaire, à présent, une proie facile.

L'air approbateur, Gabriel saisit Niall par l'épaule.

– Je savais que tu finirais par comprendre : tu n'es pas un des leurs. Et dès que tu auras assimilé quelques autres petites choses, tu iras mieux, tu verras.

Il ramassa une brique et la lança contre un lampadaire encore allumé. Tandis que le verre se brisait et retombait bruyamment sur le sol, Gabriel s'éloigna.

– Gab ?

Le Chien ne ralentit pas l'allure, mais Niall savait qu'il l'écouterait.

– Je ne le laisserai pas garder Leslie. Elle mérite de vivre en paix. Irial n'a pas le droit de lui voler son existence.

– Tu es un peu long à la comprenette, gamin, répliqua

Gabriel en se tournant vers lui. Elle fait *partie* de notre cour, désormais. Tout comme toi. Elle nous appartient depuis que la première goutte de cette encre est entrée dans sa peau de mortelle. Pourquoi crois-tu que nous sommes tous attirés par elle ? Je t'ai observé, quand tu essayais de lui résister. Comme aimanté. Vous êtes tous deux des sujets du Roi des Ténèbres, et puisqu'elle est mortelle...

Niall se figea sur place.

Gabriel le gratifia d'un sourire plein de pitié.

– Ne te mets pas martel en tête à propos de choses sur lesquelles tu n'as aucun contrôle. Et ne t'en fais pas autant pour cette fille. Tu devrais savoir qu'Irial ne relâche jamais ceux qu'il déclare être les siens. Il est aussi entêté que toi.

Sur ces entrefaites, le Chien remonta dans sa Mustang et disparut dans les rues obscures ; pour la troisième fois en moins de deux jours, Niall resta seul avec des réponses qui, loin d'apaiser ses inquiétudes, ne faisaient que le troubler davantage.

30

Leslie roula sur les draps, hors de portée d'Irial. Malgré l'immensité du lit, elle se sentait encore trop près de lui. Cela faisait plusieurs fois qu'elle avait l'intention de se lever et de partir. Mais elle n'y parvenait pas.

– Ça sera bientôt plus facile, fit-il observer gentiment. C'est tout nouveau. Tu as besoin de t'accoutumer...

– Je n'y arrive pas. Je n'arrête pas de me dire que je vais m'en aller. Mais je ne fais rien pour. Et j'ai des nausées si je m'éloigne trop de toi...

Il roula jusqu'à elle et la reprit dans ses bras.

– Tout ça va s'estomper.

– Je ne peux pas te croire, chuchota-t-elle.

– Nous étions affamés. C'est...

– *Affamés* ?

Il lui révéla alors qui il était. Qui ils étaient, tous : Keenan, Aislinn, Niall. Aucun d'eux n'était humain.

Seth n'avait donc pas menti. Elle s'en était doutée, d'une certaine façon, mais l'entendre de nouveau de la bouche même d'Irial, c'était horrible. *Je suis furieuse. J'ai très peur. Je suis... Non, je ne suis rien de tout cela.*

Irial continua. Il lui parla des cours féeriques et lui expliqua que celle des Ténèbres – la sienne, la leur désormais – se nourrissait d'émotions. Qu'à travers elle, ses sujets pourraient reprendre des forces, qu'elle allait les sauver. Qu'elle le sauverait lui aussi. Il lui dit des choses qui auraient dû la terroriser, mais chaque fois que sa colère ou sa peur montaient, Irial les avalait.

– Et quel est ton rôle à toi ?

– Je suis responsable de la Cour des Ténèbres, répondit-il simplement, avec plus de lassitude que d'arrogance.

– Suis-je... encore humaine ?

Elle se sentait bête de poser une telle question, mais il fallait qu'elle sache.

Il acquiesça.

– Dans ce cas, qu'est-ce que je suis ?

– Tu es mienne, répondit-il en l'embrassant pour insister sur ce fait. Tu es à moi.

– C'est-à-dire ?

Il parut perplexe.

– Que tu peux obtenir tout ce que tu désires ?

– Et si je désire partir ? Revoir Niall ?

– Je ne crois pas qu'il viendra nous rendre visite, mais tu peux aller le voir si tu veux, dit-il en se plaçant au-dessus d'elle. Dès que tu seras rétablie, tu pourras sortir à ta guise. Nous veillerons sur toi, nous te protégerons, mais tu es libre d'aller et venir.

Elle n'en était cependant pas capable. Elle n'en avait pas envie non plus. Il ne lui mentait pas, elle en était consciente ;

seulement, ce qu'il lui avait fait lui ôtait tout désir de le quitter. Un bref instant, elle fut terrifiée d'avoir compris cela, mais l'émotion s'évanouit, cédant la place à un impérieux besoin qui la força à enfoncer ses ongles dans la peau d'Irial et à l'attirer plus près d'elle, encore et encore – même si cela ne suffisait pas à calmer ces accès de manque qui la laissaient tremblante.

Quand Gabriel entra dans la pièce, Leslie était de nouveau vêtue. Elle ne savait pas qui l'avait habillée. Quelle importance, du reste ? Elle était assise, une pomme à la main.

– N'oublie pas de manger, disait Irial d'une voix douce, en lui caressant le visage.

Elle fit oui de la tête. Elle avait quelque chose à lui dire mais oublia aussitôt.

– Un souci ? demanda Irial à Gabriel.

Soudain, Irial se retrouva près de son bureau, loin d'elle. Elle baissa les yeux. La pomme avait disparu. Ses vêtements avaient changé. Elle portait maintenant une robe, couverte de fleurs rouges et d'entrelacs bleus. Du bout du doigt, la jeune fille essaya de suivre le contour des motifs.

– La voiture est là.

Gabriel lui prit la main et l'aida à se relever.

Sa jupe s'emmêla autour de ses chevilles.

Elle trébucha et se retrouva dans les bras d'Irial, en train d'entrer dans la boîte de nuit. L'éclat des lumières l'obligea à enfouir son visage dans la chemise du fé.

– Tu t'en sors très bien, lui dit-il en passant ses doigts dans sa chevelure pleine de nœuds.

– La journée m'a paru longue, murmura-t-elle en vacillant sous ses caresses. Ça ira mieux demain, pas vrai ?

– Cela fait déjà une semaine que tu es parmi nous, mon amour. Tu vas déjà beaucoup mieux.

Elle écoutait rire ces gens étranges – *des fés...* – avec Gabriel. Ils lui racontaient des histoires, la divertissaient pendant qu'Irial discutait avec une fée qui avait des plumes de corbeau en guise de cheveux. Elle était ravissante, cette femme-corbeau. Bananach. Tous l'étaient. Leslie détourna les yeux et les posa sur les Vilas[1] qui dansaient avec n'importe lequel des Chiens qu'elles appelaient, en oscillant dans les recoins obscurs, comme si elles parvenaient à toucher les ombres, à l'instar de Leslie – des mains taquines, promettant une félicité d'une intensité indicible.

Je veux danser avec Irial.

La jeune fille se leva et se dirigea vers Bananach, qui continuait de parler avec Irial. Elle se rappela avoir assisté à des scènes identiques les jours précédents : Bananach, omniprésente, accaparait l'attention du Roi des Ténèbres. Et Leslie n'aimait pas ça.

– Pousse-toi, dit-elle à la femme-corbeau.

Irial éclata de rire. Bananach voulut lever la main, mais Gabriel et un autre de ses Chiens l'en empêchèrent.

– Bananach était justement en train d'affirmer que tu ne nous étais d'aucune utilité, déclara alors Irial.

Leslie sentit un frémissement parcourir les tentacules invisibles qui la reliaient à Irial et elle sut qu'il venait d'atténuer cette connexion afin de lui garantir quelques instants de lucidité. Cela s'était déjà produit.

1. Nymphes de la mythologie slave.

– Et à quoi est-ce que je sers, Irial ? Lui as-tu expliqué ?

– Oui, répondit le fé en lui tendant les bras.

Leslie plaça sa main dans la sienne et s'approcha de lui. Quant à Bananach, elle s'était tue. Elle pencha la tête de côté, un mouvement qui lui donnait une allure encore moins humaine que les autres fés. Ses yeux, qui ressemblaient à ceux d'Irial, se rétrécirent, mais elle resta muette. *Elle refuse de m'adresser la parole.* Leslie se souvenait que les autres soirs, la femme-corbeau n'avait pas voulu parler à « ce petit animal domestique ».

Leslie jeta un coup d'œil à Gabriel, qui paraissait attendre, puis parcourut l'endroit du regard. *Ils attendent tous quelque chose. De la nourriture.* Elle se dit qu'elle aurait dû être effrayée, mais elle n'éprouvait qu'un profond ennui.

– Tu peux la garder en laisse pendant que je me détends un peu ? demanda-t-elle à Gabriel.

– Avec grand plaisir, répondit le Chien avec un sourire, sans même attendre la permission d'Irial.

La jeune fille savait que tous l'observaient, mais elle se doutait qu'ils l'avaient vue dans d'autres circonstances, beaucoup plus humiliantes. Elle fit glisser ses mains sur le torse d'Irial, sur ses épaules puis le long de ses bras, et sentit à quel point il était tendu, alors que rien ne le laissait paraître dans sa posture et son expression. Elle attendit qu'il la regarde, puis elle chuchota :

– Suis-je donc là seulement pour que vous vous serviez de moi ?

Elle savait que l'encre sous sa peau avait pour but de faire d'elle un intermédiaire. Elle savait que le bonheur total qu'elle éprouvait canalisait la tempête d'émotions qui passait à travers elle – comme un raz-de-marée qui se fraierait un passage dans une paille – et n'était qu'une ruse destinée à lui ôter toute lucidité. Elle avait eu certains soirs d'autres retours à la conscience, mais ils disparaissaient dès que les émotions l'assaillaient.

– Ai-je raison ? demanda-t-elle.

Il se rapprocha d'elle encore plus. Les lèvres du fé se posèrent sur son cou. Elle sentit, plus qu'elle n'entendit : « Non. »

Pourtant, elle avait envie de n'être plus que cela : un intermédiaire. Et lui aussi le savait. Elle repensa à sa vie d'avant – des junkies dans sa maison, un père ivre ou absent, des factures à payer, des heures debout, à servir au restaurant, des amis qui lui mentaient. *Devrais-je regretter quoi que ce soit ?* Elle ne voulait plus de cette existence, entre peur et souffrance. Elle voulait de l'euphorie. Elle voulait éprouver ce crescendo qui la menait au plaisir – un bonheur si brutal qu'elle en perdait chaque fois connaissance.

Irial s'écarta pour la dévisager.

Elle enroula ses bras autour de son cou et avança, l'obligeant à reculer.

– Plus tard, je serai tellement folle de bonheur que je ne pourrai même plus ôter mes mains de toi...

Idée qui suffisait à la faire trembler – de même que sa confession publique, l'acceptation de son sort –, ne sachant si admettre ce désir était pire que de se mentir à elle-même afin d'apaiser sa faute.

– C'est amusant, d'être ici, malgré tout. D'être avec toi. J'aimerais pouvoir me souvenir un peu plus de ces instants. C'est possible ? Laisse-moi ne pas oublier ces bons moments passés avec toi !

La tension qu'il éprouvait disparut tout à coup. Il regarda derrière elle et fit un geste. Aussitôt, la musique emplit la salle. Les basses étaient si fortes que la jeune fille crut d'abord qu'elles émanaient de son propre corps. Ils dansèrent et prirent du bon temps, et durant quelques heures, Leslie eut l'impression que tout allait à merveille. Les regards de mépris ou d'adoration des fés et des mortels n'avaient plus d'importance. Seuls comptaient Irial et le plaisir qu'elle prenait à danser. Cependant, plus elle était lucide, plus elle se remémorait des choses atroces. Soudain, dans les bras d'Irial, elle comprit qu'elle avait désormais le pouvoir de détruire tous ceux qui avaient fait de sa vie un cauchemar. Irial accepterait de les retrouver et de les lui amener. Une idée à laquelle elle réfléchissait froidement, avec clarté.

Mais le voulait-elle vraiment ? *Non, je n'ai pas envie de détruire qui que ce soit. Je veux simplement les oublier de nouveau.*

– Irial ? Nourris-les. Maintenant.

Elle s'immobilisa et attendit le flot d'émotions qui déchirerait son corps en un éclair.

– Gabriel, se contenta-t-il de dire.

Ce qui suffit à semer le désordre. Bananach poussa un cri perçant. Gabriel un grondement. Les mortels se mirent à hurler et à gémir de délice et de terreur. Une cacophonie pareille à une berceuse familière.

Irial garda Leslie contre lui et l'empêcha de voir ce qui se passait.

Des étoiles se mirent à briller trop près de la jeune fille. Elles la consumèrent durant quelques battements de cœur, mais laissèrent dans leur sillage une vague d'extase qui l'obligea à fermer les yeux. Elle eut la sensation que chaque particule de son corps explosait et elle oublia tout, n'éprouvant que le plaisir de sentir la peau du Roi des Ténèbres contre la sienne.

31

Le temps, fragmenté, n'était plus qu'une masse confuse et une suite d'instants vides durant lesquels Leslie était inconsciente ; mais les périodes de lucidité se faisaient plus fréquentes. *Depuis combien de temps suis-je là ?* Son tatouage avait cicatrisé depuis un moment. Ses cheveux étaient plus longs. Souvent, elle sentait qu'Irial rompait le lien qui les unissait, ce qui arrêtait le flux d'émotions qui glissaient le long de la liane noire flottant entre eux. Ces jours-là, tout était presque en ordre, et les heures se succédaient normalement. Mais la majeure partie du temps, tout était embrouillé. *Des semaines ?*

Elle n'avait pas encore quitté Irial. *Combien de temps... ? Depuis combien...* Aujourd'hui, elle essaierait. Elle prouverait qu'elle en était capable. Elle savait qu'elle avait déjà essayé, en vain, à plusieurs reprises. Des bribes de souvenirs en fouillis lui revenaient en tête. C'était sa vie maintenant : des montages d'images et de sensations, et l'omniprésence d'Irial. Au moindre geste, elle l'entendait dans une pièce voisine. *Toujours à ma portée. Ça aussi, c'est dangereux.* La femme-corbeau voulait que tout cela change, elle voulait écarter Irial.

Leslie enfila une des innombrables tenues qu'il avait commandées pour elle, une longue robe moulante qui tourbillonnait dès qu'elle se déplaçait. Comme tout ce qu'il achetait, le tissu de ce vêtement était presque trop sensuel. Sans bruit, elle ouvrit la porte de la pièce voisine.

Il ne dit pas un mot. Se contenta de l'observer.

Elle se dirigea vers la porte qui donnait sur le couloir. Des fés la suivaient – invisibles aux yeux des humains de l'hôtel. Mais Leslie, elle, les voyait. Irial lui avait donné la Vue en frottant une huile bizarre sur ses paupières. Les créatures grandes et maigres, couvertes de petites épines, qui étaient sur ses talons, restaient silencieuses, voire respectueuses. Si elle en avait été capable, elle aurait été terrifiée. Mais elle n'était plus qu'un conduit d'émotions. Les murs ne la protégeaient pas de ces dernières. Chaque peur, désir ou colère que les mortels et les fés éprouvaient autour d'elle traversait son corps jusqu'à lui faire perdre connaissance. Seule la présence d'Irial, apaisante, l'empêchait de sombrer dans la folie. Il lui disait qu'il reprenait des forces. Que la cour guérissait grâce à elle.

Les portes de l'ascenseur se refermèrent derrière Leslie, au nez des fés qui la suivaient. Elle descendit au rez-de-chaussée, où d'autres créatures devaient l'attendre.

Tandis qu'elle sortait de l'ascenseur, une glaistig hocha la tête ; les sabots de plusieurs de ses compagnes se mirent à marteler le sol derrière Leslie, qui traversait le long hall d'entrée. Les pas de la jeune fille n'étaient pas moins bruyants – Irial ne lui avait acheté que des chaussures outrageusement chères et des bottes à talons.

– ... amène la voiture, demandait le portier, que Leslie

n'avait pas encore remarqué. Mademoiselle ? Avez-vous besoin de votre chauffeur ?

Elle le regarda fixement et palpa l'effroi qui s'était emparé de lui. Elle sentait aussi Irial, plusieurs étages au-dessus, qui goûtait à cette émotion par son biais.

Le portier la dévisageait toujours, déversant sur elle ses craintes et son mépris.

Que voit-il vraiment ?

Irial devait lui apparaître comme une sorte d'excentrique. Il avait de l'argent, et ses invités, qui avaient l'air de criminels, ne cessaient de défiler ; les masques humains des fés dissimulaient mal l'aura menaçante qui planait au-dessus d'eux. Quant à Leslie, elle avait tout d'un zombie dès qu'elle quittait sa chambre, agrippée au bras d'Irial ; à quelques reprises, elle avait bien failli se donner en spectacle.

– Sortirez-vous aujourd'hui ? lui demanda le portier.

Son estomac se noua. Elle se sentait mal quand elle s'éloignait d'Irial.

– Que lui veux-tu ? questionna alors Gabriel qui venait de surgir près d'elle.

Le portier détourna le regard. Il n'avait sans doute pas capté la tonalité inhumaine de la voix de Gabriel, mais il avait perçu la crainte qu'inspirait la présence du Chien. Comme tous les humains. C'était la nature même de Gabriel, et plus il s'agitait, plus il devenait effrayant.

La terreur du portier grandit.

« Tu as réussi à atteindre la porte, Leslie. C'est bien. » La voix d'Irial s'était faufilée dans son esprit. Un phénomène qui ne la surprenait plus ; elle eut néanmoins un mouvement de recul.

– Pas avec ce chauffeur, répondit-elle au portier en désignant Gabriel. Je peux avoir un taxi ?

Elle serra les poings. Elle n'échouerait pas, cette fois. Elle ne s'évanouirait pas, ni ne s'écroulerait sur le sol. *Une petite victoire*. Elle se força à ajouter :

– Un taxi pour m'emmener à cet entrepôt...

Elle vacilla.

– Êtes-vous certaine que ça va aller... commença le portier.

– Oui.

Elle avait la bouche sèche et les poings si crispés qu'elle en avait mal.

– S'il te plaît, Gabriel, porte-moi jusqu'au taxi. Je veux aller vers la rivière...

Puis elle s'effondra, en espérant que le Chien l'avait écoutée.

Quand Leslie se réveilla dans l'herbe, au bord de la rivière, elle se sentit soulagée. Pour de bon – Irial n'avalait pas ses émotions positives. Savoir qu'elle était moins engourdie que d'habitude aurait dû la rendre heureuse. Mais il lui manquait une chose qui l'en empêchait – ce désir d'être touchée par Irial, un besoin terrible qui la rendait folle quand des sensations plus sombres l'emplissaient jusqu'à l'étouffement, sans pourtant atteindre ses propres émotions.

Un peu à l'écart, plusieurs des Chiens de Gabriel attendaient, à l'affût. Elle n'avait pas peur d'eux. Ils semblaient contents de savoir qu'elle les aimait bien. À quelques reprises, elle avait revu Tish et Ani – étant donné l'existence qu'elle menait à présent, Leslie avait naturellement accepté leur double appartenance. Elle s'était réconciliée avec le fait que Rabbit et ses sœurs avaient su que l'échange d'encre la transformerait.

– Tu es suffisamment forte, Leslie, avait répété Ani avec insistance.

– Et si ce n'est pas le cas ?

– Ne t'en fais pas. C'est pour Irial. Nous avons besoin de sa puissance, avait ajouté Ani en la serrant contre elle. Toi seule peux le sauver. La cour est déjà beaucoup plus forte. Lui aussi.

Sans prêter attention aux Chiens, Leslie marcha le long de la berge. Bientôt, elle arriva à un entrepôt où Rianne et elle avaient eu l'habitude de se rendre pour fumer. Elle ouvrit la fenêtre par laquelle elles étaient si souvent passées et monta à l'étage – où elle aurait vue sur la rivière. Là-haut, loin de tous, elle se sentit presque normale – c'était la première fois que cela lui arrivait depuis le matin où elle était partie avec Irial.

Elle s'assit sur le rebord d'une fenêtre et contempla le cours rapide de la rivière. Ses pieds pendaient dans le vide. Elle ne voyait ni fés, ni mortels, ni Roi des Ténèbres. Loin d'eux, elle se sentait moins consumée de désir. Le monde avait retrouvé une sorte de stabilité. *Est-ce la distance qui change ça ?*

Peu importait, cependant. Elle le sentit qui se rapprochait. Et soudain, Irial se trouva en bas, dans la rue, les yeux rivés sur elle.

– Est-ce que tu as l'intention de redescendre ? demanda-t-il.

– Peut-être.

– Leslie...

Elle se redressa, en équilibre sur les talons, les mains au-dessus de la tête, comme si elle s'apprêtait à effectuer un plongeon.

– Je devrais avoir peur, Irial. Mais ça n'est pas le cas.

– Moi, j'ai peur, répondit-il d'une voix ni tendre ni rassurante, mais rauque. Je suis terrifié.

Elle oscilla légèrement d'avant en arrière, tandis que le vent tourbillonnait autour d'elle.

– On arrivera de mieux en mieux à... commença Irial de son ton implacable.

– Est-ce que tu auras mal si je fais un pas en avant ? demanda-t-elle d'une voix neutre.

Cette idée la stimulait. Et pourtant, elle n'avait toujours pas peur – alors que c'était cette sensation qu'elle cherchait à éprouver. Non pour avoir mal, mais pour se sentir normale. Elle venait de comprendre ce dont elle avait besoin : ne plus être fragmentée, se réapproprier ce qui lui appartenait, ses émotions.

– Tu sentirais quelque chose ? Est-ce que *moi*, je sentirais quelque chose si je tombais ? Est-ce que j'aurais mal ?

Elle baissa les yeux vers lui. Il était beau, et bien qu'il l'ait dépouillée de son libre arbitre, elle le considérait encore avec une douceur insolite. Il la protégeait, même s'il était responsable de la situation dans laquelle elle se trouvait. Il la prenait dans ses bras autant qu'elle le souhaitait. Il ne la laissait pas sombrer dans la folie. Et il avait même dû déplacer sa cour pour elle. De plus, il avait l'air totalement épuisé. Elle éprouva une tendresse soudaine pour lui.

Mais quand il reprit la parole, ce fut pour lui crier avec rudesse :

– Vas-y, saute !

Colère, effroi et doute la submergèrent – des émotions désagréables, mais *réelles*, qui lui appartenaient vraiment, pour une fois.

– J'en suis capable, tu sais.

– Oui. Et je ne t'en empêcherai pas. Je n'ai pas l'intention de te priver de ta volonté, Leslie.

– C'est pourtant ce que tu as fait, répliqua-t-elle tout en

regardant Gabriel s'approcher d'Irial pour lui murmurer quelques mots à l'oreille. Et je ne suis pas heureuse.

– Dans ce cas, saute, répéta-t-il avant de s'adresser au Chien. Je ne veux ni mortels ni fés dans cette rue.

– Tu me rattraperais, dit Leslie en se rasseyant sur le rebord de la fenêtre.

– En effet, mais si ça peut te faire plaisir de sauter... Je préférerais que tu sois heureuse, ajouta-t-il en haussant les épaules.

– Moi aussi.

Elle se frotta les yeux, comme si des larmes étaient près d'en jaillir. *Ça m'étonnerait.* Elle ne pleurait plus jamais. Une part d'elle avait disparu, dérobée par Irial, aussi sûrement que le reste de sa vie. Finis, le lycée, Rianne et ses mélodrames, les rires partagés dans les cuisines du *Verlaine*, les soirées passées à danser au *Crow's Nest*. Et il n'y avait aucun moyen de revenir sur ce qui avait été fait. *Il n'est jamais possible de repartir en arrière.* Pourtant, elle n'éprouvait aucun bonheur véritable dans sa nouvelle existence. Elle vivait dans un rêve brumeux – *ou un cauchemar ?* Elle ne parvenait plus à faire la différence.

– Je ne suis *pas* heureuse, chuchota-t-elle. Je ne sais pas ce que je suis, mais en tout cas, ce n'est pas ça, le bonheur.

Irial se mit à escalader le bâtiment en s'agrippant à des briques descellées et à des morceaux de métal enfoncés dans la paroi – des prises qui lui meurtrirent les mains, laissant derrière lui des empreintes sanglantes. Quand il arriva à la hauteur de la fenêtre, il lui dit :

– Aide-moi.

Ce qu'elle fit en le tirant vers elle puis en se cramponnant à lui comme s'il était le dernier être tangible au monde.

– Je ne veux pas que tu sois malheureuse, dit-il quand il l'eut rejointe.

– Pourtant, je le suis.

– Mais non, répondit-il en prenant le visage de la jeune fille entre ses mains. Je sais exactement tout ce que tu ressens, mon amour. Et tu n'éprouves ni chagrin, ni colère, ni angoisse. Comment cela pourrait-il te nuire ?

– Il n'y a rien de réel dans tout ça... je refuse de vivre ainsi.

Au ton de sa voix, il avait dû se rendre compte qu'elle était sérieuse, car il acquiesça.

– Donne-moi quelques jours, que je trouve une solution.

– Vas-tu en parler à...

– Non, répondit-il en la dévisageant avec une lueur vulnérable dans les yeux. Mieux vaut pour tout le monde que nous n'en parlions pas. Contente-toi de me faire confiance.

32

Irial passa plusieurs jours à observer Leslie, qui luttait pour tâcher d'éprouver quelques bribes des émotions qu'elle avait perdues. Dès qu'Irial relâchait sa surveillance, elle se mettait volontairement en danger. Elle s'était aventurée au milieu de la circulation, n'avait cessé de provoquer Bananach, qui se montrait de plus en plus agressive, et s'était interposée entre deux mortels armés, en pleine bagarre. Irial avait du mal à comprendre la jeune fille – de la même façon qu'il saisissait rarement les motivations des mortels en général.

Ce jour-là, elle était épuisée. Et lui aussi.

Il referma la porte de la chambre où Leslie dormait. Elle demandait des soins constants, et lui devait sans cesse dissimuler ses véritables sentiments. Jamais il n'aurait pensé qu'une mortelle pouvait le changer ainsi. Cela n'avait pas fait partie de son plan.

Lorsque Irial s'assit à l'autre bout du canapé, Gabriel leva les yeux et reprit leur conversation – celle qu'ils avaient chaque fois que Leslie faisait la sieste.

– Cela fait un bout de temps que nous n'avons pas organisé de fête avec des mortels, dit le Chien en lui tendant une bouteille déjà ouverte.

– Parce qu'ils se brisent trop facilement, répondit Irial en prenant la bouteille et en reniflant son contenu. Serait-ce de la bière ? De la *vraie* bière ?

– Si tu le dis...

Gabriel s'installa plus confortablement sur le canapé, étendit les jambes et se mit à marteler le sol de ses bottes, en rythme avec une chanson que lui seul entendait.

– Alors, cette fête avec des mortels ?

– Peux-tu en trouver qui survivront quelques nuits ? demanda Irial, en jetant un coup d'œil vers la porte, derrière laquelle sa trop fragile mortelle dormait d'un sommeil agité. Histoire qu'on n'ait pas à les remplacer toutes les semaines. Essayons de reprendre les mêmes pour plusieurs fêtes et voyons comment ça se passe.

Il n'ajouta rien, même s'il se demandait comment Leslie parviendrait à canaliser les souffrances et les peurs de plusieurs mortels à la fois. S'ils étaient nombreux et suffisamment furieux, sensuels et terrifiés, Leslie serait tellement grisée qu'elle ne remarquerait peut-être pas quelques décès. S'ils se multipliaient, cela pourrait la bouleverser.

– Une petite guerre ne nous ferait pas de mal non plus, reprit Gabriel. Bananach ne cesse de mettre à l'épreuve chacune de tes limites. Pourquoi ne pas lui offrir une petite escarmouche ?

– Elle n'a pas encore assez de partisans pour aller bien loin, répondit Irial, pourtant inquiet.

Il détestait avoir sans cesse la femme-corbeau sur ses talons, en quête de ses faiblesses, cherchant à semer la zizanie. Avec le temps, elle minerait ses forces. S'il ne parvenait pas à rendre sa cour plus puissante, Bananach rassemblerait ses sujets pour fomenter une véritable rébellion. Ce ne serait pas la première fois. Il fallait l'apaiser, afin qu'elle s'en tienne à des querelles plus modérées, et non pas renforcer son audace. *D'abord, consolider la position de Leslie.*

– Bananach a de nouveau tenté de rallier Niall à sa cause, l'informa Gabriel en souriant de toutes ses dents. Le garçon sait encore se battre.

Irial aurait aimé assister à la mêlée. Niall avait tendance à se montrer plus raisonneur que violent, mais quand il s'engageait dans un combat, il y appliquait autant de concentration qu'au reste.

– Est-il… il va bien ?

Le Chien haussa les épaules, mais conserva son expression réjouie.

– Ne t'en fais pas, il reviendra tôt ou tard. Tu as besoin d'envisager les choses sur le long terme, c'est tout.

Irial ne pouvait savoir ce que Niall avait l'intention de faire. Il gardait espoir, mais ça ne l'aidait pas à trouver une solution. Gabriel avait raison. Irial s'était trop focalisé sur son idée première – mais cela faisait longtemps qu'il n'avait pas eu à échafauder de plans. Durant les neuf siècles du règne incontesté de Beira, le Roi des Ténèbres s'était affaibli, croyant que ses sujets et lui auraient toujours de quoi se nourrir facilement. Ces derniers mois, l'avènement d'un Roi de l'Été puissant et d'une nouvelle Reine de l'Hiver lui avait montré la rapidité avec laquelle les choses pouvaient changer – et il ne s'y était pas préparé.

– Dis à Bananach de rassembler qui elle voudra et de s'en prendre à Sorcha. Je ne peux nourrir tout le monde sur le long terme. Si les Cours de l'Été et de l'Hiver ont décidé de se montrer si peu coopératives pour l'instant, voyons ce qu'on peut faire du côté de Son Altesse Royale Sorcha l'ennuyeuse. Bananach saura bien s'y prendre.

Les avant-bras de Gabriel s'obscurcirent, tandis qu'y apparaissaient les ordres qu'il transmettrait à la femme-corbeau – il fallait espérer qu'elle serait suffisamment satisfaite pour accepter de disparaître un petit moment.

– Quant à Ani, poursuivit Irial en pesant prudemment ses mots, que Tish et Rabbit viennent la rejoindre chez nous. Ils peuvent emménager dans la maison où nous avons veillé Guin. Vu le penchant de Sorcha à enlever des demi-fés, ils seront en danger une fois que Bananach aura lancé l'assaut. Maintenant que nous sommes en paix, la Haute Cour de Sorcha ne vit plus à l'écart du monde.

Gabriel hésita un bref instant avant de reprendre la parole.

– Tu feras bien attention à mes petites, d'accord ? Même si Ani est capable de se nourrir directement des émotions des mortels, elle reste ma fille. Faire des expériences sur elle...

– Nous ne ferons rien sans son consentement, le coupa Irial, tout en allumant une cigarette.

Il fumait beaucoup depuis l'arrivée de Leslie. *Je m'inquiète, pour elle.* Il tira quelques bouffées avant de reprendre :

– Laisse Ani agir à sa guise avec les mortels. Je veux voir ce qu'elle pourra en tirer. C'est peut-être d'elle dont nous avons besoin pour tout arranger.

– Dans ce cas, il nous faut organiser... deux fêtes différentes parce que je ne veux pas être là si ma petite y participe, répliqua Gabriel, que cette idée perturbait. Elle a bon fond, tu sais.

– Bien entendu. Choisis quelques Chiens de confiance qui pourront la prendre en charge. Et réserve deux chambres, en face des nôtres. Voyons ce dont nous avons besoin pour me rassasier, moi et la cour, avant que Leslie ne perde connaissance. Il faudra observer ses réactions et nous arrêter quand elle sera sur le point d'atteindre ses limites.

Cette idée ennuyait pourtant Irial. Si on poussait trop loin les mortels, le système neurologique de certains d'entre eux pouvait en être endommagé.

– Regroupe aussi quelques Filles de l'Été de Keenan. Elles feront un appât non négligeable pour inciter les nôtres à bien se comporter. À l'aube, on les offrira comme prix à ceux qui posséderont le plus de mortels encore en vie, ajouta Irial en baissant la voix, car il avait entendu un bruit dans la chambre voisine.

Leslie aurait dû dormir plus longtemps, mais pas moyen de raisonner cette gamine obstinée. Elle fit irruption dans la pièce et se dirigea vers Irial, qui lui prit la main. Elle alla se blottir dans les bras du fé.

– Tu t'occuperas d'organiser la fête, c'est d'accord ? demanda Irial en caressant les cheveux de Leslie d'un air absent.

Gabriel acquiesça.

– Laisse-moi deux jours.

– Parfait.

Irial tourna alors son attention vers Leslie et fut content d'entendre la porte se refermer derrière le Chien.

– Si tu as la patience d'attendre encore deux jours, nous

pouvons t'entraîner un peu, de sorte que tes émotions soient un peu moins piégées par ceci, dit-il en désignant la liane qui les liait l'un à l'autre.

– Quels sont...

– Ne pose pas de questions, Leslie. C'est ma seule condition, ajouta-t-il en l'embrassant sur le front. Tu veux plus de liberté ? Plus d'espace pour vagabonder ?

Elle fit oui de la tête.

– Seulement, tu dois éviter de te mettre en danger. Si tu continues à agir ainsi, je ne pourrai plus t'aider.

Il la dévisageait, en se demandant encore une fois à quoi elle ressemblerait si elle pouvait conserver certaines de ses émotions – pas toutes, mais quelques-unes.

– Est-ce que ça va faire mal ?

À ce moment précis, elle parut excitée à l'idée d'éprouver ce qu'elle avait tant voulu oublier.

– Est-ce que les deux premières semaines que tu as passées avec moi t'ont fait souffrir ?

– Je ne m'en souviens pas. J'ai rarement été lucide.

Elle se passa la langue sur les lèvres, comme si elle avait pu goûter aux inquiétudes d'Irial. À cause de leur lien, elle en était incapable, mais parfois, il sentait comme un tiraillement, quand elle essayait d'inverser le flux, donnant l'impression qu'elle cherchait à lui voler *ses* émotions à lui.

– Exactement.

– Tu es cruel, Irial, constata-t-elle d'un ton impassible.

Elle était incapable de se mettre en colère, de lui répondre d'un ton accusateur.

L'espace d'un instant, il prit conscience qu'elle et lui auraient souhaité qu'elle puisse retrouver ses émotions. *Ma*

Fille des Ombres. Il l'embrassa avant de lui dévoiler ses pensées – grave erreur.

– Je peux l'être, Leslie. Et si tu t'obstines à essayer de te faire du mal, je le serai.

Il espéra un bref moment qu'elle serait suffisamment intelligente pour comprendre qu'aucun d'eux ne voulait en arriver là, même si elle était désormais incapable de ressentir de la peur. Pourtant, elle soupira langoureusement, comme si cette cruauté n'était pas une menace mais une récompense.

– Tu as gardé les cicatrices de Niall en mémoire ? lui demanda-t-il alors.

– Oui, répondit-elle, en l'observant attentivement.

– Tu cesseras sans doute de m'aimer si je dois me montrer cruel, dit-il en l'aidant à se lever.

Elle resta immobile, les mains tendues.

– Je ne t'aime déjà plus beaucoup en cet instant.

– Nous ne mentons jamais, lui rappela-t-il en la reprenant dans ses bras.

– Je suis mortelle, Irial, chuchota-t-elle. Je peux mentir tant que je veux.

Il la lâcha, tout en le regrettant, car cela lui était difficile.

Il avait prévu d'aller assister à une émeute avec elle. Il ne l'avait pas emmenée en promenade dans les hôpitaux ou les sanatoriums ou tout autre endroit du même genre – *pas encore*. Mais ce soir, elle découvrirait un festin de colère. S'il l'emplissait de toute la noirceur qu'elle pouvait supporter pour ensuite la transmettre à sa cour, il la laisserait après respirer un peu. Il fallait soit se contenter de la situation, soit accepter de la perdre – ce qui n'était pas envisageable. Il s'était efforcé de développer son accoutumance petit à petit, mais son entêtement à elle – comme son désir à lui de ne pas la détruire – rendait ses plans caducs. Ce n'était pas la première fois depuis le début de cette satanée paix qu'Irial n'avait qu'une envie : quitter sa cour et ses responsabilités. Quelque chose avait changé, cependant : cette fois-ci, il voulait partir avec Leslie.

33

Au cours de la semaine qui suivit, Irial la mit tant à contribution que, grisée d'émotions qui n'étaient pas les siennes, elle eut sans cesse des haut-le-cœur. Mais ils n'en discutèrent pas.

Ils s'installèrent dans une routine qu'elle croyait pouvoir accepter. Irial ne lui racontait pas comment se déroulaient leurs nuits, et elle ne lui posait aucune question. Ce n'était pas vraiment une solution, mais Leslie se sentait mieux. Elle se disait qu'il y avait du progrès. Parfois, elle éprouvait des bribes d'émotions perdues quand Irial rompait la connexion entre eux et que la liane qui les reliait s'assoupissait, tel un gros serpent endormi. À ces instants, elle pouvait se mentir à elle-même et s'imaginer qu'elle était heureuse, qu'être ainsi dorlotée n'avait pas que des inconvénients. Puis, le poids de ce qu'elle était devenue pesait de nouveau sur elle, à tel point que les symptômes du manque la rendaient folle.

Je ne suis pas différente des autres drogués.

Même si sa drogue à elle avait une voix et un corps, cela n'y changeait rien. Et elle avait sombré dans des profondeurs qui l'auraient remplie de honte, si elle avait encore pu éprouver pareil sentiment. Mais Irial engloutissait toutes ses émotions, comme s'il s'agissait de quelque élixir exotique. Et quand l'horreur de sa situation atteignait son apogée, seules les caresses d'Irial pouvaient combler un peu le gouffre béant qui prenait de plus en plus de place en elle.

Que m'a-t-il fait ? Les ténèbres vont-elles me consumer ?

Mais Irial ne répondait pas à ces questions. Il ne pouvait lui dire comment son corps, sa santé, sa longévité en seraient affectés. Il était seulement capable de la rassurer, de la protéger et de lui promettre qu'il veillerait sur elle.

Maintenant, elle sortait régulièrement seule, loin d'Irial – de cela, elle était capable. Elle savait qu'elle ne tarderait pas à revoir Niall. De tous ceux qu'elle avait connus dans sa vie d'avant, il était celui qu'elle avait le moins envie de rencontrer. Autrefois, il avait été aux côtés du Roi des Ténèbres, il savait à quoi ressemblait le monde dans lequel elle vivait désormais – et elle se demandait comment elle parviendrait à lui faire face.

Pourtant, elle l'avait cherché. Et ce jour-là, elle le vit enfin. Il se tenait sur le trottoir opposé, devant *Music Exchange*, le disquaire que Rianne fréquentait assidûment. Près de lui, un homme jouait du tambourin, un son inconnu et familier à la fois. Les battements de cœur de la jeune fille s'accordèrent au rythme de l'instrument, et elle sentit les percussions lui marteler l'estomac, comme si c'était sur sa peau et ses veines que le tambour vibrait.

Niall se retourna et remarqua sa présence.

Elle vit son nom se former sur les lèvres du fé. « Leslie. » Mais elle était trop loin pour pouvoir l'entendre.

La circulation était trop rapide pour qu'on puisse traverser la rue sans danger, mais Niall, qui n'était pas un être humain, qui ne l'avait jamais été, se faufila habilement entre les véhicules et se retrouva près d'elle. Il lui prit les mains et les porta à ses lèvres, les yeux pleins de larmes – des larmes qu'elle-même était incapable de verser.

– Il a refusé que je te rende visite, dit-il.

– Je lui avais demandé de ne pas te laisser venir, répondit-elle. Je n'étais pas en état d'être vue, ajouta-t-elle en détournant les yeux vers les fés qui les observaient.

– Je le tuerais, si j'en avais les moyens, déclara-t-il, et Irial lui-même n'aurait pas employé un ton plus cruel.

– Ce n'est pas ce que je souhaite. Non...

– Tu le souhaiterais s'il ne t'avait pas transformée.

– Il n'a rien d'horrible, tu sais.

– Arrête. Je t'en prie.

Il la tenait contre lui, sans cesser de pleurer. Il donnait l'impression que c'était bien elle qu'il voulait. Pourtant, elle s'interrogeait – cet élan qu'elle avait éprouvé, ce besoin de toucher Niall, de se blottir contre lui... tout avait disparu. *Était-ce une illusion ? Ou bien Irial a-t-il englouti ces pulsions ?* Elle regarda le beau visage balafré de Niall et éprouva, l'espace d'un instant, de la tendresse pour lui. Mais plus aucune tentation.

Dans la rue, les fés les observaient avec de la hargne ou de la joie sur leur visage. Des bribes de murmures arrivèrent aux oreilles de Leslie, tandis que les fés se demandaient ce que le Roi des Ténèbres et ses sujets feraient quand ils apprendraient que la mortelle avait rencontré Niall.

Il va tuer le garçon. C'est certain.

Ça lui permettra de provoquer une petite bataille.

Il ne fera rien. Elle importe trop peu...

Si. Avant elle, Irial n'avait jamais enlevé de mortelle. Elle est sûrement...

Cela fait longtemps qu'Irial nous interdit de nous en prendre à son Gancanagh chéri.

Il va peut-être le torturer ? Ou obliger la fille à le faire ?

Leslie, incapable de supporter davantage leurs bavardages et leurs gloussements, se tourna vers un des Chiens de Gabriel et lui lança un regard suppliant. En un clin d'œil, celui-ci dispersa la foule de créatures difformes qui détala sous la menace, et s'en prit brutalement à certains, qu'il souleva et projeta à l'autre bout de la rue. Des cris perçants et des bruits de corps disloqués résonnèrent au loin, si bien que l'homme qui jouait du tambourin s'arrêta un instant pour regarder autour de lui, comme s'il avait entendu un écho des atrocités qui s'étaient déroulées alentour, invisibles à ses yeux.

– Ils t'obéissent ? demanda Niall.

– Oui. Ils se montrent gentils avec moi. Aucun d'eux ne m'a fait de mal.

Elle plaça la main sur la poitrine du fé, là où se trouvaient ses nombreuses cicatrices, dissimulées sous ses vêtements. Ces anciennes blessures répondaient aux questions qu'elle s'était posées à propos de lui, d'Irial et de la cour qu'elle appelait maintenant « mon chez-moi ».

– Personne n'a rien fait sans mon consentement... ajouta la jeune fille.

– Pas même Irial ? demanda Niall d'une voix aussi indéchiffrable que son visage.

Elle percevait cependant ses émotions – espoir, désir, colère et peur mêlés. Un véritable fouillis.

Leslie aurait pu lui cacher la vérité, mais elle n'en avait pas envie. Pas à lui, qui ne pouvait lui mentir ni lui dissimuler ses sentiments.

– La plupart du temps. Il ne me touche pas, à moins que je ne le lui demande, si c'est ce que tu sous-entends... cependant, il m'a transformée à mon insu, et je n'arrive plus à faire la distinction entre ses choix à lui et les miens. Quand j'ai... besoin de lui ou que... ça me consume, Niall. Je suis comme affamée, comme si quelque chose me rongeait de l'intérieur. Ça ne fait pas mal. *Je* n'ai pas mal, mais je sais que je devrais. La douleur est absente, ce qui ne m'empêche pas de hurler en silence. Seul Irial m'aide à me sentir mieux. À tout arranger.

Niall se pencha près de son oreille.

– Je peux arrêter ce processus, murmura-t-il. Je crois que j'en suis capable. J'obtiendrai ce qu'il faut pour briser le lien qui vous unit. Aislinn acceptera de me donner la lumière du soleil et Donia, la Reine de l'Hiver, le gel, afin que je brûle et gèle l'encre qui se trouve sous ta peau. Ça devrait marcher, et tu pourrais retrouver ta liberté.

Leslie ne répondit rien. Elle était incapable de dire un mot.

– C'est à toi de faire un choix, poursuivit alors Niall en prenant son visage entre ses mains et en la regardant comme avant, quand le Roi des Ténèbres ne la possédait pas encore. Voilà ce que je peux t'offrir : le choix.

– Et si cela ne fait qu'empirer les choses ?

– Essaie de te demander ce que tu choisirais si tu n'étais pas sous son influence. Aurais-tu décidé de lui appartenir ?

– Non. Mais je ne peux pas revenir en arrière et ignorer ce choix. Je ne peux faire semblant de ne pas être ce que je suis devenue. Je ne serai plus jamais celle que j'étais... et si mes émotions revenaient, si je réussissais à quitter la Cour des Ténèbres, comment arriverais-je à vivre en sachant que...

– Tu vivras, c'est tout. Les choses que nous faisons sous le coup du désespoir ne nous définissent pas, répliqua Niall d'un ton plus hargneux, cette fois.

– Vraiment ?

Elle se souvenait du désespoir qu'elle avait éprouvé quand elle avait baissé les yeux vers le sol, sur le point de sauter dans le vide, et elle savait qu'il y aurait d'autres moments semblables. Les émotions qu'elle avait à peine pu palper faisaient aussi partie d'elle. Le choix, il venait d'elle et d'elle seule. Elle repensa aux avertissements et aux indices qui lui avaient indiqué que quelque chose clochait. Aux ombres qu'elle avait aperçues dans le studio de Rabbit. Aux questions qu'elle n'avait pas posées à Aislinn, à Seth, au tatoueur ou à elle-même. À la honte qu'elle avait ravalée plutôt que de se confier à quelqu'un. Tout cela faisait partie d'elle aussi, la définissait. Cette passivité, elle l'avait également choisie.

– Je ne crois pas, Niall, s'entendit-elle répondre d'une voix qui n'était ni douce ni apeurée. Même droguée, je reste moi-même. Je n'ai peut-être pas beaucoup de choix, mais je continue à prendre des décisions.

Elle se remémora une nouvelle fois le moment où elle avait failli sauter depuis la fenêtre de l'entrepôt. Elle n'avait pas fait ce choix. *Si j'avais sauté, j'aurais eu l'impression d'abandonner. Ne vaut-il pas mieux supporter la situation ?* Leslie comprit alors qu'elle était plus forte qu'elle ne l'avait cru. Elle ferait les choix qu'elle voudrait – peut-être accepterait-elle plus tard la proposition de Niall – mais elle ne laisserait ni Niall, ni Irial, ni personne les lui dicter.

Plus jamais.

34

La lune était haute dans le ciel quand Irial traversa discrètement la pièce. Mieux valait qu'aucun mortel ne s'aperçoive que des portes s'ouvraient puis se refermaient toutes seules. Aussi revêtit-il son charme en arrivant dans le couloir. Plusieurs Chiens montaient la garde devant la suite, invisibles aux yeux des mortels qui auraient pu passer par-là. N'en voyant pas un alentour, Irial ôta son charme.

– Si elle se réveille, empêchez-la de sortir, ordonna-t-il aux Chiens. Pas question qu'elle aille se promener ce soir.

– Elle ne coopère pas toujours très bien. Nous pouvons la suivre et veiller sur elle, ainsi...

– Non.

– Nous ne voulons pas lui faire de mal, ajouta un autre Chien. Et si nous l'empêchons de sortir, elle sera si malheureuse que...

– Verrouillez les portes, c'est tout.

Irial grimaça. Il n'était pas le seul à être influencé par le lien qui l'unissait à Leslie. Il avait un faible pour elle, qui rejaillissait sur la cour entière. Tous ses sujets avaient du mal à faire quoi que ce soit qui ne soit pas du goût de Leslie.

Je les affaiblis. L'affection que j'ai pour elle les désempare.

Le seul moyen de contourner ce problème ? L'empêcher, elle, de demander à ses fés des choses aussi stupides. Sinon, il faudrait la briser totalement, ce qu'il se refusait à envisager.

En serais-je capable ? Il repoussa cette idée avant de devoir s'y attarder. Livrer Niall à ses sujets avait été si atroce qu'il en faisait encore des cauchemars. Pendant des siècles, il avait revécu en rêve cet instant où Niall, après ces tortures, l'avait rejeté. Un roi faible ne pouvait durer bien longtemps. Irial en était conscient, mais cela n'avait pas atténué la douleur qu'il avait éprouvée quand Niall avait choisi de rejoindre une autre cour – même si cette souffrance s'était éteinte depuis longtemps.

Les toutes dernières fêtes en compagnie de mortels avaient cependant réveillé des souvenirs profondément enfouis – quand Niall et lui avaient participé à des soirées semblables. Cela prouvait encore une fois à quel point la mortalité de Leslie avait corrompu sa nature et l'avait transformé. Un changement qu'il n'aimait pas. Et à mesure que son agitation grandissait, la liane qui s'étirait comme une ombre entre sa mortelle et lui devint tout à coup visible.

– Dites-lui simplement que je lui interdis de quitter sa chambre, finit-il par dire aux Chiens. N'échangez pas d'autres paroles avec elle. Dites-lui que vous serez cruellement punis si vous la laissez sortir. Et si ça ne suffit pas, ajoutez qu'Ani sera punie, elle aussi.

Ils grondèrent un peu, mais Irial savait qu'ils suivraient ses ordres. Il espérait ainsi que cela inciterait Leslie à obéir elle aussi, pendant quelques heures, ce qui lui laisserait le temps de nettoyer les vestiges de la nuit passée.

Dans la première chambre, les mortels qui avaient survécu aux récentes festivités étaient étendus sur le sol, en pleurs. Ils avaient tenu plus longtemps que la fournée précédente, mais ils étaient nombreux, ceux dont l'esprit ou le corps se brisait facilement. Ils se lamentaient bruyamment, ayant pris conscience des orgies qu'ils avaient vues ou auxquelles ils avaient participé. Il suffisait de leur donner de la drogue, de les charmer et de les appâter un peu, et les mortels plongeaient de leur plein gré dans la dépravation la plus totale. Ensuite, à la lumière du jour, quand les survivants découvraient les cadavres qui les entouraient, certains perdaient la raison.

– Chela leur a trouvé quelques remplaçants plus robustes, dit Gabriel. Ils s'amusent dans la chambre voisine.

Irial aurait voulu les réprimander, mais ce qu'ils faisaient n'était pas pire que d'autres divertissements qu'ils avaient organisés au fil des siècles. *Le Roi des Ténèbres n'a pas à exiger de la bonté envers les mortels de la part de ses sujets.* Il écarta ses scrupules et leur dit :

– On devrait peut-être mettre un tableau en scène dans le parc, tout près du loft du roitelet... un extrait du *Songe d'une nuit d'été*, ou bien...

– Non. Une pièce de cet autre mortel... celui qui a écrit la parade des péchés capitaux ? suggéra un Ly Erg, en frottant son visage de ses mains rouge sang. Le rigolo.

– Le péché, j'adore, murmura une leannan-sidhe.

– Comment s'appelle cette pièce ? demanda le Ly Erg grincheux.

– *Faust. La Tragique Histoire du docteur Faust*[1], répondit Leslie d'une voix douce.

Tous se tournèrent vers elle. Elle avait revêtu un peignoir par-dessus son pyjama de dentelle.

– Une pièce de Marlowe. À moins que comme certains, vous ne pensiez que Marlowe et Shakespeare étaient un seul et même homme.

Aucun des fés ne dit mot. Avec n'importe qui d'autre, ils auraient grogné ou l'auraient invitée à se joindre à eux. Mais avec Leslie, ils se comportaient différemment.

Elle sortit de sa poche un des paquets de cigarettes d'Irial et en alluma une en silence, tout en les observant rassembler d'autres corps. Les voyant s'approcher, elle leur ouvrit la porte.

Ils franchirent le seuil et revêtirent un charme qui leur permettait de cacher ce qu'ils transportaient. La jeune fille avait pourtant tout vu – et notamment, en gros plan, le cadavre d'un homme aux yeux exorbités, à la chair meurtrie. Elle n'éprouva ni horreur ni dégoût, mais l'ombre de ces émotions se propagea malgré tout jusqu'à Irial.

Une fois qu'ils furent seuls, elle se dirigea vers lui en laissant tomber sa cendre sur le sol constellé de taches de sang, en contraste avec ses pieds d'un blanc immaculé.

– Pourquoi ?

– Ne me pose pas cette question.

---

1. *The Tragical History of Doctor Faustus*, pièce de Christopher Marlowe, 1594.

Irial vit que ses mains tremblaient légèrement. Il l'observa en train de lui résister, tandis qu'il cherchait à avaler les émotions qu'elle éprouvait.

– Dis-moi pourquoi.

Elle lâcha sa cigarette et l'écrasa de son pied nu. Comme des vagues de terreur la traversaient, son tremblement s'accentua.

– Tu n'aimerais pas ma réponse, ma belle.

Il tendit les bras vers elle, sachant qu'en dépit de ses meilleures intentions, les effets secondaires la feraient bientôt sombrer.

Elle recula.

– Ne me touche pas. Je ne veux pas... c'est ma faute, pas vrai ? Voilà pourquoi tu...

– Non.

– Je croyais que les fés ne mentaient jamais.

Elle perdit l'équilibre et tomba à genoux sur une large tache de sang.

– Je ne te mens pas. Et tout ceci n'est pas ta faute.

Il essayait d'être le Roi des Cauchemars, le Roi des Ténèbres, mais toutes ses tentatives échouaient face à elle, qui semblait si perdue. C'était lui qui hésitait, et non Leslie.

Le sang souilla ses doigts tandis qu'elle s'agrippait au tapis pour s'empêcher de tendre les bras vers lui.

– Pourquoi sont-ils venus ici ? Pourquoi sont-ils...

À l'évidence, elle continuerait de le harceler de questions. Il décida donc d'être franc.

– Quand je suis rassasié, je peux offrir suffisamment de nourriture à mes sujets, afin de te laisser de la liberté. Ils sont toujours un peu affamés, mais pas assez pour perdre des forces… et tant que tu restais dans ta chambre, tu n'avais pas besoin de savoir ce qui se déroulait ici.

– Ainsi, nous les avons tourmentés afin de…

– Non. *Toi*, tu n'as tourmenté personne.

Il la regarda qui s'efforçait d'éprouver une sensation d'horreur qu'elle ne pouvait ressentir – une émotion qu'il sentit glisser sous sa peau. Il soupira.

– Arrête ton cinéma.

Elle rit. Un rire sans joie, qui aurait pu être un cri.

Il s'agenouilla près d'elle.

– Il y a bien pire, tu sais.

Il ne lui dit pas que le pire surviendrait inévitablement si la paix entre la Cour de l'Été et celle de l'Hiver se consolidait – une issue fort probable. Elle le fixa l'espace de plusieurs battements de cœur, puis se pencha vers lui et posa sa tête contre sa poitrine.

– Vous ne pouvez pas choisir des criminels, ou des gens du même acabit ?

Au fond de lui, il fut attristé par le fait qu'elle accepte si facilement la mort d'autres êtres humains. Mais là encore, la nature mortelle de la jeune fille contaminait son discernement. Il écarta ces émotions.

– Je peux essayer… je ne peux changer ce à quoi tu me sers, mais je peux t'épargner les détails du processus.

Elle se figea dans ses bras.

– Et si je ne le supporte pas ? Si mon esprit…

Il reconnut alors sa faiblesse :

– Je n'avais pas prévu cela, Leslie. J'avais seulement besoin que ton corps reste en vie. Au début, la plupart des mortels qui ont vécu l'échange d'encre… ne s'en sont pas aussi bien tirés que toi. Mais je n'ai pas envie que tu sombres dans le coma. Si cela signifie que d'autres mortels risquent de mourir ou de perdre la tête pendant que tu t'évanouis quelques jours durant...

– Dans ce cas, fais ce que tu as à faire, chuchota-t-elle.

35

Niall était passé au loft pour y récupérer quelques affaires, quand Aislinn survint.

– Je ne veux plus en discuter, commença-t-il.

Mais la Reine de l'Été s'écarta pour laisser passer Leslie. Elle avait la mine blafarde et des cernes noirs, et ses veines étaient visibles sous sa peau presque translucide, lui donnant un teint légèrement bleuté.

– Elle souhaite te parler... à toi seul, déclara Aislinn.

Celle qui n'était plus sa reine quitta alors la pièce et referma la porte derrière elle.

– Il s'est passé quelque chose ? s'enquit Niall.

– Irial m'a chargé de te transmettre son bon souvenir.

Ses mouvements étaient aussi guindés que ses mots. Elle s'éloigna vers la fenêtre. Des ombres dansaient autour d'elle. Il en avait déjà vu de semblables dans les yeux d'Irial, des silhouettes informes qui bondissaient et tournoyaient, comme au bord d'un gouffre. À présent, elles planaient autour de Leslie, pareilles à des courtisanes cauchemardesques.

Niall ne savait que dire ou faire ou penser. Il attendit qu'elle poursuive.

– On peut aller ailleurs ? finit-elle par demander en regardant par-dessus son épaule. Je ne peux pas faire ça ici.

– Faire quoi ?

Elle l'observa d'un air calme, lui sembla-t-il.

– Ce dont on a *déjà* parlé.

Et même si elle ne le disait pas, il comprit qu'elle avait décidé de quitter Irial.

– Tu acceptes de m'aider, Niall ? J'ai besoin de régler tout ça.

Un instant, Niall se demanda qui de Leslie ou d'Irial s'adressait à lui, car la voix de la jeune fille sonnait faux et ses mots s'accordaient mal avec les intonations qu'il lui connaissait. Mais peu importait. Les ombres virevoltaient toujours autour d'elle. Il offrit à Leslie – ou à Irial – la seule réponse possible.

– J'accepte.

Leslie sentit l'étrange murmure de la nature d'Irial la traverser dans un bruissement. C'était un réconfort, même si elle espérait en terminer avec lui. Ce qu'il lui donnait, ce qu'il lui coûtait, tout leur était néfaste, à l'un comme à l'autre. Elle aurait trouvé plus facile de le diaboliser, mais la situation n'avait plus rien à voir avec les notions de bien ou de mal. Ces réponses auraient été trop simples. Irial agissait pour le bien-être de ses fés et faisait ce qu'il pensait être le mieux pour sa cour – elle y compris. Et tant pis si elle et les mortels qu'il livrait à ses sujets devaient en pâtir. Tant pis aussi pour les milliers de mortels dont Irial se servirait une fois que Leslie aurait moins d'importance pour lui, ou si la situation devenait désespérée.

Elle sourit à Niall. Ils se trouvaient dans son ancienne chambre, où elle n'avait pas remis les pieds depuis le jour où elle était partie avec le Roi des Ténèbres. La maison était vide, comme inhabitée depuis des semaines. Si elle avait été capable d'éprouver quoi que ce soit, l'absence de son père l'aurait inquiétée, mais ce fut comme si elle se contentait de noter qu'elle aurait dû s'inquiéter.

Je m'occuperai de ça plus tard. Quand tout sera terminé.

Niall l'attira dans ses bras et la serra fort, comme pour l'empêcher de tomber dans un précipice tout proche. Il posa la main sur la nuque de la jeune fille.

– Si je t'avoue que j'aimerais ne pas être celui qui va te faire ça, vas-tu me mépriser ?

– Non.

Plus tard, cependant, quand l'influence d'Irial s'estomperait, elle se poserait la question.

– Viens.

Elle le prit par la main et le conduisit jusqu'à son lit. *Je suis en sécurité ici. Grâce à Irial.*

Niall resta immobile alors qu'elle s'asseyait sur le bord du couvre-lit délavé, décoré de roses. Elle sentait quelques rares apparitions de ses émotions – grâce à ce qu'Irial avait fait, grâce aux mortels qui étaient tombés dans les bras de ses sujets. Pas toutes, mais quelques-unes des plus intenses : du dégoût pour la façon dont les fés traitaient les cadavres, de l'horreur à l'idée que des gens aient pu souffrir autant par sa faute. Le poids de ces morts sur sa conscience la rendait malade... de même que son désir de retourner à l'état d'engourdissement qui lui épargnait d'éprouver ces sentiments. C'était ce qu'elle avait recherché, l'engourdissement, et le prix à payer était trop élevé, pour elle comme pour n'importe qui d'autre.

Elle attira Niall à elle. Il la dévisagea d'un air triste.

Son estomac se noua de peur, une sensation qui menaça soudain de l'étouffer ; non pas comme par le passé, cependant, car cette émotion était liée à la faim.

La faim d'Irial.

Puis elle disparut, engloutie par le Roi des Ténèbres qui devait être assis dans une boîte de nuit, entouré de ses fés qui, lentement, étaient venus le rejoindre en masse. Elle espérait que la faim d'Irial l'aiderait à supporter la douleur à venir.

Elle roula sur le côté tout en ôtant son chemisier et essaya de ne pas penser à ce qui allait se passer.

– S'il te plaît ? dit-elle, les yeux clos.

Niall approcha sa main de sa peau, de son tatouage, de la marque sur laquelle était inscrite la présence d'Irial. Il posa la petite boule de soleil qu'Aislinn lui avait donnée et qu'il portait en lui, qu'il avait amenée. À ce contact, elle sentit une brûlure.

À ma demande.

Le gel de la Reine de l'Hiver, Donia, suivit la lumière du soleil et Leslie eut l'impression que des glaçons acérés transperçaient sa peau. Elle hurla, tout en mordant sa lèvre afin de garder le son enfoui en elle. Elle hurla, comme rarement cela lui était arrivé – *si, une seule fois.*

Ce n'est pas la faute de Niall. C'est moi qui l'ai voulu. Moi.

– Pardonne-moi, la supplia-t-il tandis qu'il appliquait le soleil et le gel sur sa peau, paralysant les larmes qui se trouvaient mélangées à l'encre, carbonisant le sang d'Irial qui était mêlé à cette même encre, tuant ainsi les racines de la liane noire que l'encre d'Irial avait fixées dans son corps.

Leslie ? murmura le Roi des Ténèbres.

Elle le voyait clairement, comme un hologramme dans la pièce. Si ses yeux n'avaient pas été fermés, elle aurait même cru qu'il était réellement là. Surpris, Irial se releva, dérangeant la fée qui s'était lovée sur ses genoux.

Que fais-tu ?

Je fais un choix.

Elle mordit la couverture pour ne pas hurler une seconde fois. Ses poings étaient tellement crispés qu'elle sentit l'édredon se déchirer. Elle arqua le dos, mais Niall le bloqua avec son genou.

Près de son visage, le drap était trempé de larmes.

Je n'appartiens qu'à moi-même. À personne d'autre.

Je t'appartiens encore, malgré tout. Il en sera toujours ainsi. Ma Fille des Ombres.

Soudain, il se tut, et Leslie se sentit de nouveau submergée par ses propres émotions.

Niall s'écarta. Elle se tourna pour le regarder. Il s'assit près d'elle, les yeux rivés sur ses mains.

– Je suis désolé. Bon sang, vraiment désolé.

– Pas moi.

Elle n'était sûre de rien, mais au moins, elle ne regrettait pas ce qu'il venait de lui faire. Puis, tout lui devint insupportable – sa peau à l'agonie, ses souvenirs, l'horreur de ce qu'elle avait vécu. Elle se retourna et se mit à vomir dans la corbeille à papier. La douleur l'assaillait et son corps se recroquevilla. Des larmes vinrent se mêler à sa transpiration et des éclairs glacés l'envahirent, qu'elle ne parvenait pas à contrôler. Ses muscles se nouaient, comme pour répondre à la souffrance qu'elle éprouvait au fond d'elle.

Et pourtant, elle sourit. Un bref instant. Elle était libre. Cela faisait un mal de chien, mais elle avait retrouvé sa liberté.

36

Pendant plusieurs jours, tandis que la vie continuait autour d'elle, Leslie reprit parfois connaissance, pour chaque fois sombrer de nouveau. Niall resta à ses côtés. Aislinn et Seth lui rendirent visite. Ani, Tish et Rabbit aussi. De même que Gabriel, les bras chargés de plus de fleurs que de raison. Il posa les bouquets, serra l'épaule de Niall, hocha la tête, embrassa Leslie sur le front et repartit. Tous les autres essayèrent de lui parler. Des mots d'encouragement de la part d'Aislinn, des félicitations de celle de Seth et de Rabbit ; Ani et Tish lui pardonnèrent d'avoir quitté la Cour des Ténèbres. Seul Irial ne vint pas.

Elle restait couchée sur le ventre, vêtue d'un jean et d'un soutien-gorge. Pour l'instant, elle avait à peine prononcé quelques mots. Elle avait trop de choses en tête qu'elle ne parvenait pas encore à formuler. Ni son père ni son frère n'étaient rentrés à la maison depuis son retour. Elle ne savait pas où ils se trouvaient, ni s'ils allaient revenir, et se demanda si on ne les retenait pas quelque part *contre leur gré*. Mais elle était chez elle, en sécurité, et elle se rétablissait. C'était tout ce qui comptait.

Niall était en train d'appliquer une pommade pour apaiser les brûlures de son dos. Elle tourna la tête pour le regarder. C'est alors qu'elle les vit, qui s'étiraient sur toute la longueur de la chambre : les vrilles carbonisées de la liane vaporeuse qui sortait de sa peau – une connexion qui avait pourtant cessé d'être un conduit.

– Ça ne va jamais disparaître ?

– Je ne sais pas, répondit Niall, les yeux rivés sur la liane. C'est la première fois qu'elle m'apparaît. Je ne l'avais jamais vue avant.

– Le lien est rompu, c'est l'essentiel. Et il ne renaîtra pas, dit-elle en se redressant.

Elle dut se mordre la lèvre pour ne pas avoir à crier de douleur.

– Es-tu... comment te sens-tu ? s'enquit-il, hésitant encore à l'inciter à parler et à se mouvoir.

Il était assez près pour qu'elle puisse lui prendre le bras si elle avait besoin d'être soutenue, mais il se gardait bien d'empiéter sur son espace.

– Très mal, mais réelle.

– Cette pommade à l'aloès devrait aider à la cicatrisation. Les remèdes humains ne marcheraient pas... j'ai appelé Aislinn, et...

– C'est très bien ainsi, Niall. Ça me fait mal, mais ça ne me dérange pas.

Il la regardait avec tant de peine qu'elle en eut le cœur brisé – elle comprit aussi combien les jours précédents avaient dû être éprouvants pour le fé.

– Tu m'aides à me lever ?

Elle lui tendit la main pour qu'il la soutienne. Parfois, la station debout était si pénible qu'elle s'effondrait. Cette fois, elle vacilla un peu sur ses jambes tandis que Niall la conduisait à la salle de bains, mais il y avait du progrès. Elle se rétablissait, physiquement et mentalement. *Il était temps.* Elle s'appuya contre le chambranle et lui indiqua le placard qui se trouvait sous le lavabo.

– Il y a un petit miroir là-dedans.

Sans un mot, il le sortit et le plaça de manière qu'elle puisse voir son dos dans le grand miroir. L'encre s'était estompée et avait viré au blanc et au gris. Le tatouage était aussi beau qu'avant, mais il s'était comme délavé au contact du soleil et du gel.

C'est le mien à présent. C'est mon corps. Elle baissa le miroir et sourit. Ce n'était pas le tatouage qui l'avait changée et l'avait aidée à reprendre possession de son corps, mais ses choix et ses décisions, quand il avait fallu trouver un chemin alors que toutes les issues semblaient fermées.

– Leslie ? Est-ce que ça va aller ? demanda Niall tout en se plaçant derrière elle et en dévisageant son reflet dans le miroir.

Elle fit volte-face et répéta les mots qu'il lui avait déjà dits :

– J'ai survécu, n'est-ce pas ce qui importe ?

– Si, admit-il en la prenant délicatement dans ses bras.

Ils restèrent là un instant, calmes, quand elle se mit à chanceler.

– Je suis encore faible, j'imagine, dit-elle en rougissant.

– Tu es forte, au contraire. Blessée, oui, mais tu n'as pas à en avoir honte.

Il l'aida à rejoindre le lit.

– Aislinn viendrait prendre soin de toi si tu le lui permettais, dit alors Niall d'une voix hésitante. Je les ai laissés, j'ai abandonné Keenan, mais ils sont d'accord pour veiller sur toi. On peut tout arranger et...

– Niall... commença-t-elle en s'efforçant d'adopter un ton gentil. Je ne... je ne peux pas être en contact avec vos cours féeriques pour l'instant. Je veux juste mener ma vie tranquillement. Cette chambre... n'a rien d'exceptionnel, mais je la préfère à votre monde, dont je n'ai pas envie de faire partie.

– Je ne peux changer ma nature. Je n'appartiens plus à aucune cour, mais je ne peux pas couper tout contact avec mon univers... je...

Leslie n'avait pas envie d'avoir cette conversation, pas pour le moment ; pourtant, il le fallait bien.

– J'éprouve encore quelque chose... je ne sais pas quoi, pour toi, mais là, tout de suite, il faut que je reparte à zéro, ailleurs... et seule.

– J'essaierai de veiller sur toi.

Il lui raconta alors comment il l'avait surveillée des mois durant, comment lui et d'autres fés avaient marché à ses côtés dans les rues de Huntsdale. Il lui dit qu'il avait d'abord essayé de ne pas lui adresser la parole car Aislinn le lui avait interdit, qu'elle ne voulait pas que Leslie se retrouve dans leur monde – et qu'il pensait que la décision de sa reine était sage.

– J'ai envie d'être près de toi, avoua-t-il. Je suis un fé... solitaire. Je pourrais t'accompagner, où que tu ailles, prendre soin de...

– Je suis navrée, le coupa-t-elle.

– Bien. Tu as besoin de temps, mais quand tu te sentiras prête... ou si tu as besoin de quoi que ce soit, peu importe le moment...

– Je le sais, répondit-elle en s'appuyant contre les oreillers. Peux-tu demander à Aislinn de venir me voir ? Je voudrais lui parler avant de rencontrer Irial.

– Irial ? Mais pourquoi le...

– Je ne suis pas la seule mortelle à laquelle il pourrait s'en prendre. Il va vouloir me remplacer, ajouta-t-elle en s'efforçant de ne pas laisser transparaître la souffrance dans sa voix. Si ce n'est déjà fait. Je ne vais pas partir et laisser quelqu'un d'autre entre ses mains.

Elle repensa aux mortels en sanglots, aux combats sanglants qu'elle avait aperçus avant de perdre connaissance, à l'idée qu'Irial avait commis tout cela avec prudence et gentillesse, par considération pour elle. Elle n'osait imaginer ce qu'il était capable de faire en temps normal.

– J'ai besoin de discuter avec Aislinn avant toute chose. Je ne veux pas trop attendre.

Niall soupira et quitta la pièce. Elle entendit la porte d'entrée s'ouvrir puis se refermer. Elle s'assoupit en sachant qu'elle était libre et en sécurité, et qu'elle allait trouver un moyen pour qu'aucune autre jeune fille n'ait à payer le prix de cette liberté.

Ce soir-là, quand Leslie entra dans la suite, Irial était seul. Il ne fit aucun commentaire, ne posa aucune question. Il lui servit à boire et lui tendit un verre.

Elle le prit en silence et alla s'asseoir sur le canapé. Il la suivit mais s'installa dans un fauteuil. Elle trouva étrange de le voir assis loin d'elle, hors de portée.

– Est-ce que ça va ?

Elle se mit à rire.

– Selon Niall, je prends des risques à venir ici, et la première chose que tu me demandes, ce sont des nouvelles de ma santé. Je ne sais pas ce que tu lui as fait, mais ça a dû être atroce.

– Ce garçon n'est pas aussi prompt à pardonner que toi, dit Irial avec un sourire si triste qu'elle eut envie de lui poser des questions.

Elle n'en fit rien. Elle chercha une position qui atténuerait la douleur. Elle était contente d'avoir ce tatouage, mais dès qu'elle bougeait, les larmes lui montaient aux yeux.

– Je ne pouvais pas regarder des gens mourir pour moi. Ou subir tout ce que tu m'as caché.

– Au fil du temps, cela aurait été pire, reconnut-il.

Il ne s'en excusait pas, mais elle ne s'était pas vraiment attendue à ce qu'il le fasse.

– Tu me donnes des détails ?

Il alluma une de ses cigarettes, en la regardant d'un air dont la familiarité lui était presque réconfortante. Il eut un geste dédaigneux en agitant sa cigarette.

– La guerre, l'intensification des trafics de drogues, un regroupement de mes sujets autour de moi... peut-être quelques négociations avec les fés de Far Dorcha, qui gèrent les marchés du sexe et de la mort.

– Est-ce que j'aurais survécu à tout ça ?

– Possible, dit-il en haussant les épaules. Tu te débrouillais vraiment très bien. La plupart des mortels ne restent pas conscients aussi longtemps. Et vu que c'était à moi que tu étais liée... tu aurais certainement survécu. Je le voulais.

– J'en ai discuté avec Aislinn, et si tu enlèves une autre mortelle...

– Est-ce une menace, ma belle ? demanda-t-il avec un large sourire.

– Non. Simplement, je ne veux pas que tu me remplaces.

Son sourire se dissipa.

– Eh bien... et si je le fais ?

– Dans ce cas, Aislinn s'alliera à l'autre reine, celle de l'Hiver, et elles te menaceront, s'en prendront à notre... ta cour.

Elle le fixa, sans savoir si cette tactique était la bonne, mais convaincue qu'elle ne pouvait laisser une autre subir ce qu'elle avait enduré.

– Mais il y a une chose qu'elles ne saisissent pas, poursuivit-elle : je ne veux pas qu'on te fasse de mal. Cela me ferait du mal en retour. Si tu te lies à une autre mortelle, cela me fera souffrir. Et quand les reines l'apprendront, ce qu'elles te feront me fera plus de mal encore.

– Et... ?

– Et tu as promis que tu ne laisserais personne me faire de mal.

Leslie attendit, tandis qu'il fumait en silence sans détacher ses yeux d'elle. Elle était loin d'être réconciliée avec Aislinn, mais elle espérait que le conseil que lui avait donné la Reine de l'Été serait utile. Pour l'instant, l'objectif de Leslie était simple : arranger les choses – sa vie, son avenir et, si elle le pouvait, faire en sorte que tout soit clair avec les gens pour lesquels elle avait de l'affection. Et Irial figurait sur cette liste.

– La Cour des Ténèbres est ce qu'elle est. Je ne vais pas leur demander de changer leur nature pour apaiser...

– Tu tournes autour du pot, Irial.

Elle lui fit signe d'approcher.

Surpris, il sursauta, ce qui suffit à compenser la pointe de peur qu'elle éprouvait. Il écrasa sa cigarette et vint la rejoindre sur le canapé, assez près pour la toucher.

– Tu m'en as fait le serment, Irial. Je me contente de t'expliquer ce qui se passera si tu laisses les reines te blesser : j'en souffrirai, et si, malgré tout, tu enlèves une autre mortelle... Ce que tu es, ce que tu fais, cela ne me regarde pas. En revanche, procéder à un nouvel échange d'encre, déclencher des guerres entre les humains, tuer les miens... cela est aussi *mon* affaire, et si l'affection que j'ai pour toi t'empêche d'agir ainsi... je serai prête à reconnaître que je tiens encore à toi.

Il s'approcha d'elle. Elle resta immobile. Elle ferma les yeux et s'abandonna aux baisers du fé.

– Je te sais sincère, dit-il enfin, en lui décochant un étrange regard de respect et d'effroi mêlés.

Elle avait retrouvé son autonomie, et c'était une chose splendide. Mais elle comprit que ses sentiments pour Irial n'avaient pas tellement changé.

– Dis-moi ce que tu ressens pour moi ? demanda-t-elle.

Il s'écarta légèrement et la lâcha.

– Pourquoi ?

– Parce que je veux savoir.

– Tu ne finiras pas dans le coma, et j'en suis heureux, répliqua-t-il d'un ton impassible.

– Quoi d'autre ?

Elle l'observait, qui luttait contre la tentation de tout lui avouer. Mais elle ne pouvait le forcer à parler.

– Si tu avais envie de rester...

– Je ne peux pas, l'interrompit-elle en pressant la main d'Irial dans la sienne. Mais ta réponse n'a rien à voir avec une émotion, c'est juste une proposition. Tu devrais le savoir, toi, entre tous. Je veux seulement entendre de ta bouche si tu tiens encore ou non à moi, maintenant que nous ne sommes plus liés. Ou bien était-ce juste l'échange d'encre ?

– La seule chose qui a changé, c'est que tu t'es libérée et que je suis là, à me demander comment je vais bien pouvoir nourrir ma cour, dit-il en allumant une nouvelle cigarette. C'était d'abord un échange, mais... il y avait autre... chose. J'ai de l'affection pour toi. Suffisamment pour t'avoir laissé partir.

– C'est-à-dire...

– C'est-à-dire que je ne romprai pas mon serment : il n'y aura plus d'échange d'encre avec des mortelles.

Leslie se releva gauchement. Elle avait du mal à le quitter. Il y avait tant de questions qu'elle aurait voulu poser, tant de choses à lui dire. Mais cela ne ferait aucune différence, et elle se doutait qu'Irial savait déjà tout.

– Demain matin, j'aurai la clé de mon appartement, se contenta-t-elle d'annoncer. Aislinn s'en est chargée pour moi... elle n'a rien payé, mais elle m'a trouvé un endroit où vivre et s'est occupée de la paperasse.

– Si tu as besoin de quoi que ce soit, tu me le diras ? demanda-t-il d'un ton aussi hésitant que celui de la jeune fille.

– Non, je suis persuadée que vous revoir, toi ou Niall, serait une mauvaise idée. Je le lui ai dit... je ne veux pas de votre monde. Aislinn avait raison. Je veux mener une existence normale et régler ce qui s'est passé... avant toi.

– Tu t'en sortiras très bien, mieux que si tu étais restée ici, déclara-t-il en tirant sur sa cigarette, avant d'expirer une bouffée.

Elle regarda la fumée former des spirales au-dessus d'eux. Non pas des ombres, seulement de l'air normal, qui n'avait rien de mystique ou d'éthéré.

Cela la fit sourire.

– Oui, je vais m'en sortir.

Épilogue

Comme il l'avait souvent fait ces dernières semaines, Niall observait Leslie qui quittait le lycée. Le garçon mortel qui l'attendait haussa les épaules après qu'elle lui eut dit quelque chose en souriant. Il la regardait d'un air protecteur que Niall approuvait – en se plaçant du côté des voitures, l'œil alerte devant les mortels qu'ils croisaient. Elle avait besoin d'amis comme lui. Elle avait besoin de rire. *Pas avec moi. Pas maintenant.* Les ombres qui cernaient ses yeux s'estompaient ; son pas était plus ferme, plus assuré.

– Elle a l'air en forme, pas vrai ? lança une voix très malvenue.

– Va-t'en, répondit Niall en se tournant vers le Roi des Ténèbres.

Irial s'appuyait contre le kiosque à journaux, un chapeau incliné sur le front.

Comment se fait-il que je ne l'aie pas remarqué avant ?

– Et en meilleure santé aussi, sans ce misérable de frère qui lui causait tant d'ennuis, ajouta Irial.

Il s'avança et passa un bras autour des épaules de Niall, un geste amical qui se prêtait mal aux circonstances. Ce dernier repoussa le bras du Roi des Ténèbres.

– Que veux-tu ?

– Je viens voir comment va notre petite – et comment *toi*, tu vas.

Irial observait Leslie d'un air qu'on aurait pu croire protecteur s'il s'était agi de quelqu'un d'autre.

Il n'en est pourtant pas capable. Il est le souverain de la Cour des Ténèbres.

Mais Niall savait qu'il se mentait à lui-même, et ce depuis des siècles. Irial était différent de ce que Niall avait toujours voulu croire. Il n'était pas aussi horrible ni aussi gentil qu'il pouvait le laisser paraître.

Malgré tout, il ne mérite pas d'être près d'elle.

D'autres mortels avaient rejoint Leslie. L'un d'eux dit quelque chose qui la fit éclater de rire.

Niall se plaça devant le Roi des Ténèbres.

– Elle ne t'appartient plus à présent. Si tu oses...

– Calme-toi, mon garçon, le coupa Irial avec un petit rire. Me crois-tu capable de lui faire du mal ?

– Tu lui as déjà fait du mal.

– Je lui ai dérobé son libre arbitre en ne lui parlant pas de l'échange d'encre. Je me suis servi d'elle. J'ai agi avec elle comme nous l'avons fait tous deux durant des siècles avec d'autres mortelles.

– Ce n'est pas...

– Exactement ce que le roitelet a fait avec son adorable reine et le reste de ses petits jouets qu'il surnomme les Filles de l'Été, déclara Irial avant de marquer une brève pause. Mais tu t'en rendras bientôt compte. Autrefois, ajouta-t-il en se tournant de nouveau vers Leslie, je t'ai laissé le choix : soit me confier les mortelles qui étaient dépendantes de toi, soit te livrer. Tu as voulu te livrer. C'est ainsi que se comporte un bon roi, Gancanagh : il prend des décisions parfois difficiles. Tu sais ce que nous sommes et pourtant, tu n'as pas révélé nos secrets. Tu mets de côté ton amour pour Leslie afin de mieux servir ses intérêts. Tu feras un roi excellent.

Et avant que le fé puisse réagir, Irial colla sa bouche contre la longue balafre que Gabriel avait autrefois gravée sur le visage de Niall, avec l'autorisation de son souverain. Niall sentit ses jambes se dérober sous lui, une énergie nouvelle circuler dans son corps et la conscience d'innombrables Fés des Ténèbres, pareils aux fils d'une immense tapisserie, tisser leurs vies autour de la sienne.

– Prends grand soin de la Cour des Ténèbres. Ils le méritent. Ils *te* méritent, précisa Irial en le saluant d'un signe de tête. Mon roi.

– Non, protesta Niall qui trébucha en arrière et tituba sur le trottoir, manquant de tomber dans la circulation. Je refuse. Je t'ai dit que...

– La cour a besoin d'une énergie neuve, Gancanagh. J'ai été leur roi durant le règne de Beira, j'ai trouvé le moyen de leur donner plus de forces. Je suis fatigué, et Leslie m'a transformé plus que je ne suis prêt à l'admettre, même devant toi. Tu as brisé le lien qui nous liait, tu m'as arraché de sa peau, mais cela ne change rien à ce que je suis devenu. Je ne suis plus en état de gouverner ma cour, expliqua Irial en souriant tristement. Ma cour, la tienne maintenant, a besoin d'un nouveau roi, et tu feras parfaitement l'affaire. Tu as toujours été mon dauphin.

– Reprends tes pouvoirs, répliqua Niall, tout en ayant conscience de la stupidité de ces paroles – cependant, il n'avait rien trouvé d'autre à dire.

– Si tu n'en veux pas...

– Tu as compris, je n'en veux pas.

– Choisis donc un successeur qui en sera digne.

Les yeux d'Irial brillaient un peu moins à présent. L'énergie sinistrement tentante qui l'avait toujours habité comme un halo avait perdu de son intensité.

– Entre-temps, reprit-il, je t'offre ce que je n'ai jamais offert à quiconque : ma loyauté, Gancanagh. Tu es mon *roi* à présent.

Il s'agenouilla sur le trottoir animé, et baissa la tête. Des mortels tendirent le cou pour voir ce qui se passait.

Niall regardait bouche bée le précédent Roi des Ténèbres tandis que la réalité de la situation s'imposait à son esprit. *Et si j'attrapais le premier fé venu et... non, impossible de céder ce pouvoir à n'importe quelle créature choisie au hasard. Surtout à un Fé des Ténèbres...* il repensa à Bananach et aux Ly Ergs, assoiffés de guerre et de violence. En comparaison, Irial était modéré. Niall ne pourrait laisser la cour à n'importe qui sans éprouver de remords, et Irial le savait.

– Les souverains de la Cour des Ténèbres ont toujours été des fés solitaires. Après ton refus, j'ai longtemps espéré trouver un autre successeur. Et puis, je me suis rendu compte que j'attendais que tu quittes Keenan. Tu ne m'as pas choisi pour le remplacer, mais tu t'es engagé sur un chemin plus ardu.

Irial se releva, prit le visage de Niall entre ses mains, gentiment mais fermement, et déposa un baiser sur son front.

– Tu t'en sortiras bien. Et quand tu seras prêt, que tu voudras que l'on parle, je serai là.

Sur ces mots, il disparut dans la foule de mortels qui envahissait le trottoir, laissant Niall sans voix, perplexe.

Irial ne regarda pas en arrière, ne se retourna ni vers Niall ni vers Leslie. Il continua d'avancer jusqu'à se retrouver perdu au milieu des mortels dont il pouvait lire les émotions sans parvenir à les avaler.

Pas sans elle.

Il savait qu'elle était là, libre et pleine d'assurance, dans son monde à elle, voyant sans frémir les créatures qui la regardaient dans l'ombre. Par instants, il percevait le goût titillant du désir qu'elle éprouvait pour lui et pour Niall – mais il n'irait pas la retrouver, pas maintenant qu'elle était heureuse. Elle rattrapait les cours qu'elle avait manqués pendant qu'elle vivait avec lui et, fièrement, elle se reconstruisait. À l'automne, elle irait à l'université.

Elle n'appartient qu'à elle-même, ni à Niall ni à moi.

Cette idée le comblait, de même que les quelques sursauts sporadiques du lien qui l'unissait encore à elle. Il avait craint qu'en abdiquant, il provoque la rupture de cette connexion. Cette peur l'avait incité à reporter cet événement. *Ma hantise de perdre mon dernier lien avec ma Fille des Ombres.* Elle avait voulu que se consument les racines de la liane, enfouies dans sa chair. Il avait eu l'impression de perdre la sensation d'un membre, une perte qui l'avait déboussolé et découragé. Mais il parvenait encore à goûter des échos de ses émotions, de temps à autre, comme des douleurs fantômes. Son désir de revivre de tels moments montrait à quel point il était désormais incapable de régner sur la Cour des Ténèbres. Il n'y avait plus de part de lui sur la peau de Leslie, mais elle avait fait de lui quelqu'un d'autre – il n'était pas un mortel, mais pas non plus assez robuste pour mériter le titre de souverain.

Pourquoi mes cauchemars sont-ils peuplés de rêves de paix ? Que cela signifie-t-il ? Comment se fait-il qu'un Fé des Ténèbres puisse aspirer à la lumière, comme cela m'arrive maintenant ?

Elle n'était plus liée à lui, mais elle restait sa Fille des Ombres. Il lui avait fait le serment de prendre soin d'elle, de la protéger de toute souffrance, de faire en sorte de la combler. Son départ n'y changeait rien. Quant à Niall, il appartenait désormais à une cour ; il avait un rôle à remplir – mais si cela n'avait pas été le cas, il aurait fini par essayer de rejoindre Leslie, peut-être sans mauvaises intentions. Cependant, sa nature, comme celle d'Irial, le conduisait à séduire les mortelles et à les rendre dépendantes. Il était toujours une créature de l'ombre, malgré les siècles passés à tenter d'échapper à ce qu'il était. *Plus maintenant.* Puisqu'il était désormais irrémédiablement lié à la Cour des Ténèbres, ses penchants étaient neutralisés. *Et ma nature à moi va de nouveau s'épanouir.* Comme Irial par le passé, Niall retrouverait des forces auprès de ses sujets, et *vice-versa.*

Irial leur avait trouvé un roi plus adéquat. Et il avait offert sa cour à Niall pour lui prouver son affection. De même, pour aimer Leslie, il savait qu'il devrait rester loin d'elle.

Parfois, quand on aime, il faut laisser les choses s'échapper plutôt que de chercher à les retenir.

C'était là le seul moyen de protéger la cour, les fés et la seule mortelle qui ait jamais eu d'importance à ses yeux.

Note de l'auteur

Je voulais que toutes les descriptions traitant des tatouages soient aussi précises et réalistes que possible ; ainsi, tous les passages y faisant référence ont été examinés par mon tatoueur, Paul Roe. Au fil de l'écriture, j'ai appris beaucoup sur l'histoire de cet art, la façon dont on assemble les machines, et les menus détails – des métaux utilisés (étant donné que les fés sont allergiques au fer et à l'acier) aux raisons pour lesquelles les tatoueurs positionnent les motifs de telle ou telle manière. S'il y a des erreurs, j'espère qu'on me les pardonnera. Si ce n'est pas le cas, le mérite en revient à Paul.

Le tatouage de Leslie est au centre du roman. Je l'ai su très tôt. Seulement, je ne savais pas à quoi ressemblait exactement ce tatouage. Il fallait qu'il représente la nature d'Irial, et tandis que j'avais les mots qui me permettaient de faire vivre Irial, je n'avais pas de visuel me permettant de capturer son essence. L'univers nous donne ce dont nous avons besoin, malgré tout ; j'en suis convaincue. J'avais besoin de l'art et de la sagesse de Paul. C'est peu dire qu'il a été essentiel à la création de ce roman.

Tout comme pour les tatouages que j'ai sur la peau, j'ai donné mes mots à Paul. Il m'a répondu avec ses images. Le résultat final est accroché dans ma ligne de vision depuis un an. Grâce à Paul, les yeux d'Irial me rendaient chaque jour mes regards quand je travaillais.

Rien de plus étonnant que les muses respectives de deux personnes capables de danser ensemble.

Remerciements

L'année dernière, *Ne jamais tomber amoureuse*, mon premier roman, est passé du stade de la révision aux étagères des librairies, et *Ne jamais te croire* de la conception à la rédaction. Une expérience intimidante, mais rendue possible par les chaleureux encouragements reçus.

Je tiens à remercier toute l'équipe d'HarperCollins US et celle d'HarperCollins UK ; mes éditeurs à l'étranger (et principalement Franziska de chez Carlsen en Allemagne) ; bibliothécaires, libraires, lecteurs, parents, journalistes, enseignants, et les responsables de mon fan-club en ligne (surtout Maria) ; mon étonnante conseillère financière, Peggy Hileman ; et le nombre incalculable de ceux que j'ai rencontrés en ligne ou en personne : votre gentillesse et votre soutien me rendent très humble. À tous, merci.

Des remerciements tout particuliers à Clare Dunkle, dont les romans m'ont profondément touchée, de même que sa sagesse, au cours de l'année dernière. Je me sens privilégiée.

Mon agent, Rachel Vater, sait mettre de l'ordre dans le chaos. Que tu me réduises au silence, que tu me tiennes compagnie lors de mes balades, ou que tu me décoches un de tes adorables sourires carnassiers, je te suis toujours reconnaissante.

Mes deux éditeurs passionnés, Anne Hoppe et Nick Lake, continuent de dépasser mes attentes. Votre perspicacité, vos remarques et nos heures passées à discuter ont rendu le texte plus limpide et plus proche de l'idéal que je m'efforce d'atteindre.

Kelsey Defatte a lu les toutes premières versions de ce manuscrit. Craig Thrush a parcouru les scènes de conflit. Je vous dois beaucoup à tous deux. De même qu'à Jeaniene Frost pour les heures de discussion, pour les lettres de révision en réponse à celle d'éditeurs rivaux et pour les si nombreuses observations propres à engendrer de véritables épiphanies. Merci, J.

Mon tatoueur, Paul Roe, a lu les scènes de tatouage et a répondu à mes innombrables questions sur les menus détails de cet art et de son histoire. Pour tout cela, pour avoir décoré ma peau, et pour tout le reste, tu m'as été essentiel.

Quelques personnes exceptionnelles m'ont offert leur affection durant des années de chaos et de calme – Dawn Kobel, Carly Chandler, Kelly Kincy, Rachael Morgan, Craig Thrush, et surtout, Cheryl et Dave Lafferty. Merci de m'avoir aidée à rester d'aplomb. Il n'y a pas de mots pour décrire ce que je vous dois.

Rien de tout cela n'aurait de sens s'il n'y avait ceux qui enrichissent chaque aspect de ma vie – mes parents, mes enfants et mon époux. Je suis à peu près certaine que j'existe seulement parce que vous êtes près de moi.

Juin 2007

D'autres livres

Wiz Albin Michel

Jodi Lynn ANDERSON, *Peau de pêche*
Jodi Lynn ANDERSON, *Secrets de pêches*
Jodi Lynn ANDERSON, *Un amour de pêche*
Jay ASHER, *Treize Raisons*
Candace BUSHNELL, *Le Journal de Carrie*
Meg CABOT, *Une (irrésistible) envie de sucré*
Meg CABOT, *Une (irrésistible) envie d'aimer*
Meg CABOT, *Une (irrésistible) envie de dire oui*
Elizabeth CRAFT et Sarah FAIN, *Comme des sœurs*
Elizabeth CRAFT et Sarah FAIN, *Amies pour la vie*
Melissa DE LA CRUZ, *Un été pour tout changer*
Melissa DE LA CRUZ, *Fabuleux bains de minuit*
Melissa DE LA CRUZ, *Une saison en bikini*
Melissa DE LA CRUZ, *Glamour toujours*
Melissa DE LA CRUZ, *Les Vampires de Manhattan*
Melissa DE LA CRUZ, *Les Sang-Bleu*
Melissa DE LA CRUZ, *Les Sang-d'Argent*
Melissa DE LA CRUZ, *Le Baiser du Vampire*
Norma FOX MAZER, *Le Courage du papillon*
Nicola MORGAN, *Un monde sans rêves*
Joyce Carol OATES, *Un endroit où se cacher*
Chloë RAYBAN, *Les Futures Vies de Justine*
Chloë RAYBAN, *Dans la peau d'un garçon*
Chloë RAYBAN, *Justine sérieusement amoureuse*
Chloë RAYBAN, *L'Effet Justine*
Sarah REES BRENNAN, *La Nuit des démons*
Meg ROSOFF, *Maintenant, c'est ma vie*
Laurie Faria STOLARZ, *Bleu cauchemar*
Laurie Faria STOLARZ, *Blanc fantôme*
Laurie Faria STOLARZ, *Gris secret*
Laurie Faria STOLARZ, *Rouge souvenir*

Gabrielle ZEVIN, *Une vie ailleurs*
Gabrielle ZEVIN, *Je ne sais plus pourquoi je t'aime*

Anna GODBERSEN, *Rebelles*, Albin Michel
Anna GODBERSEN, *Rumeurs*, Albin Michel
Anna GODBERSEN, *Tricheuses*, Albin Michel
Alice KUIPERS, *Ne t'inquiète pas pour moi*, Albin Michel

www.wiz.fr
Logo Wiz : Cédric Gatillon

Composition Nord Compo
Impression : Imprimerie Floch, août 2010
Editions Albin Michel
22, rue Huyghens, 75014 Paris

ISBN : 978-2-226-20936-8
ISSN : 1637-0236
N° d'édition : 18446/01. – N° d'impression : 77310
Dépôt légal : septembre 2010
Loi n° 49-956 du 16 juillet 1949 sur les publications destinées à la jeunesse.
Imprimé en France.